彀外譚屑

苗子题签

近五十年闻见摭忆

赵珩 著

三联书店

图书在版编目（CIP）数据

彀外谭屑：近五十年闻见摭忆／赵珩著．—北京：生活·读书·新知三联书店，2017.4
ISBN 978-7-108-05835-5

Ⅰ．①彀…　Ⅱ．①赵…　Ⅲ．①随笔－作品集－中国－当代
Ⅳ．①I267.1

中国版本图书馆 CIP 数据核字（2016）第 248393 号

责任编辑　张　荷
装帧设计　蔡立国　罗　洪
责任校对　龚黔兰
责任印制　张雅丽
出版发行　生活·讀書·新知　三联书店
（北京市东城区美术馆东街 22 号　100010）
网　　址　www.sdxjpc.com
经　　销　新华书店
印　　刷　北京隆昌伟业印刷有限公司
版　　次　2017 年 4 月北京第 1 版
2017 年 4 月北京第 1 次印刷
开　　本　635 毫米 × 965 毫米　1/16　印张 17.75
字　　数　202 千字　图 52 幅
印　　数　00,001－10,000 册
定　　价　42.00 元
（印装查询：01064002715；邮购查询：01084010542）

Peacock Record
PEACOCK RECORD
PATHE RECORD
Brunswick
ELECTRICAL RECORDING
GREAT WALL RECORD

各公司出品的唱片纸套

原首都图书馆内辟雍雪景(纪鸣/摄)

民国时期，瑞蚨祥鸿记大门及两侧的中英文广告

陕西长安南里王村出土唐墓壁画《郊外宴饮图》

1980年在天桥剧场恢复演出《四郎探母》的节目单

1983 年江苏昆剧院来京演出《牡丹亭》节目单，马得先生绘

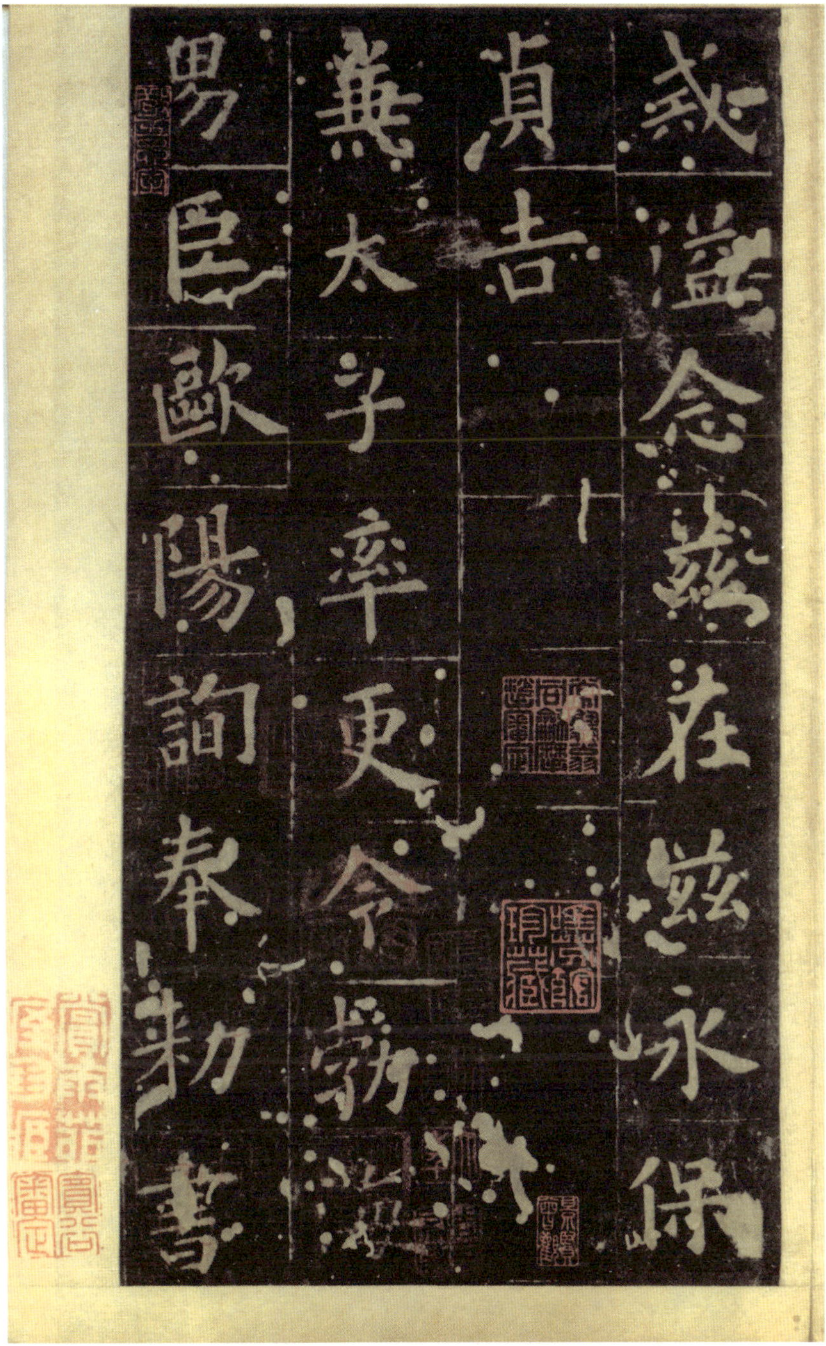

南宋翻北宋缉熙殿本《九成宫醴泉铭》

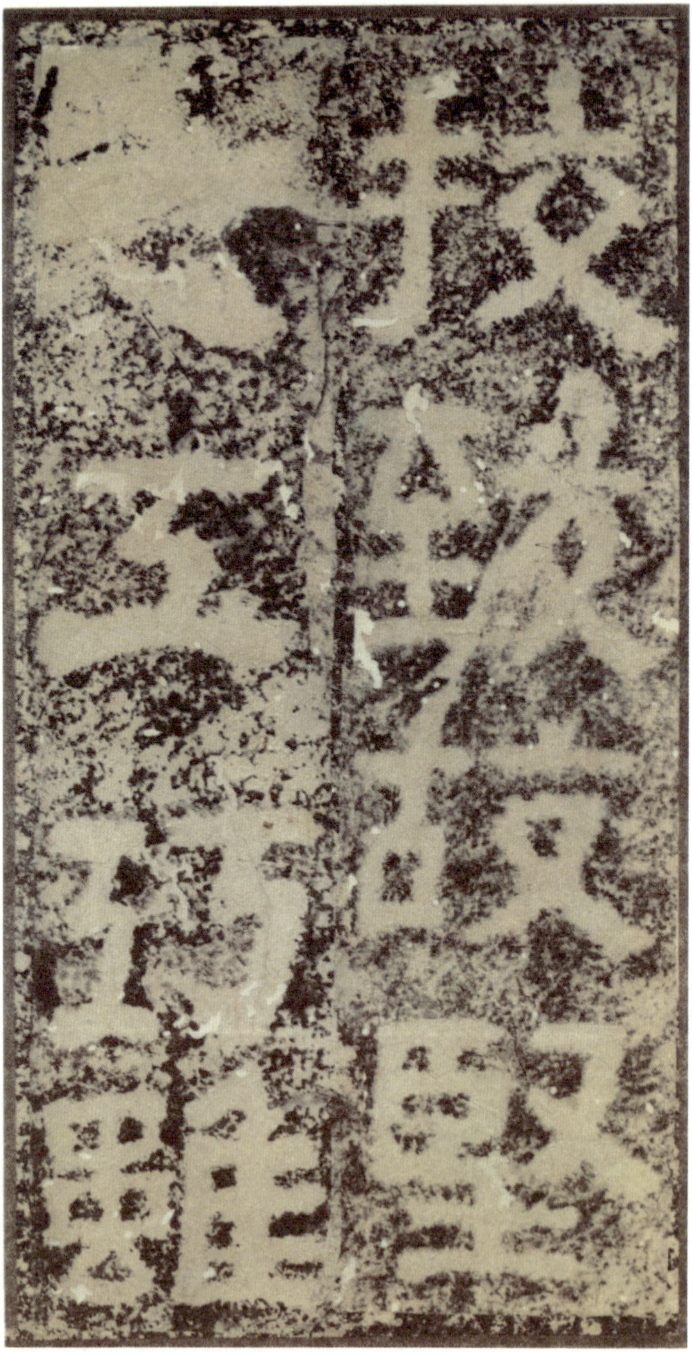

汉碑《郙阁颂》的清初拓本，“校致故坚”四字犹存

启功先生作朱竹扇面

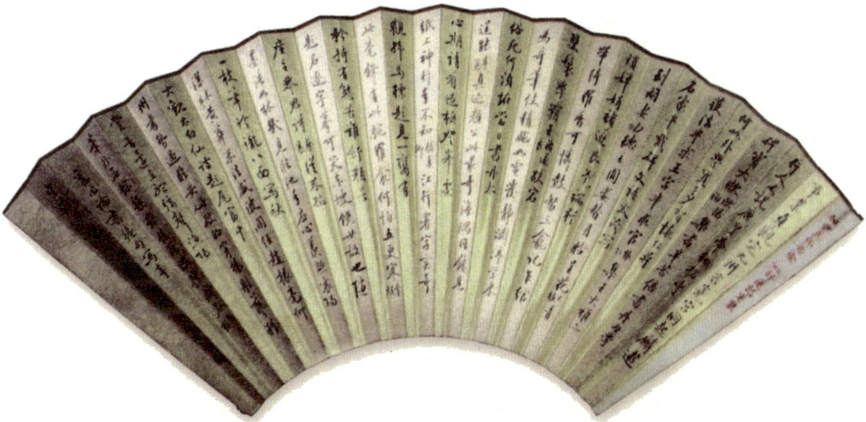

启功先生赠予父亲的论书绝句扇面

朱家溍先生所作山水（1978）

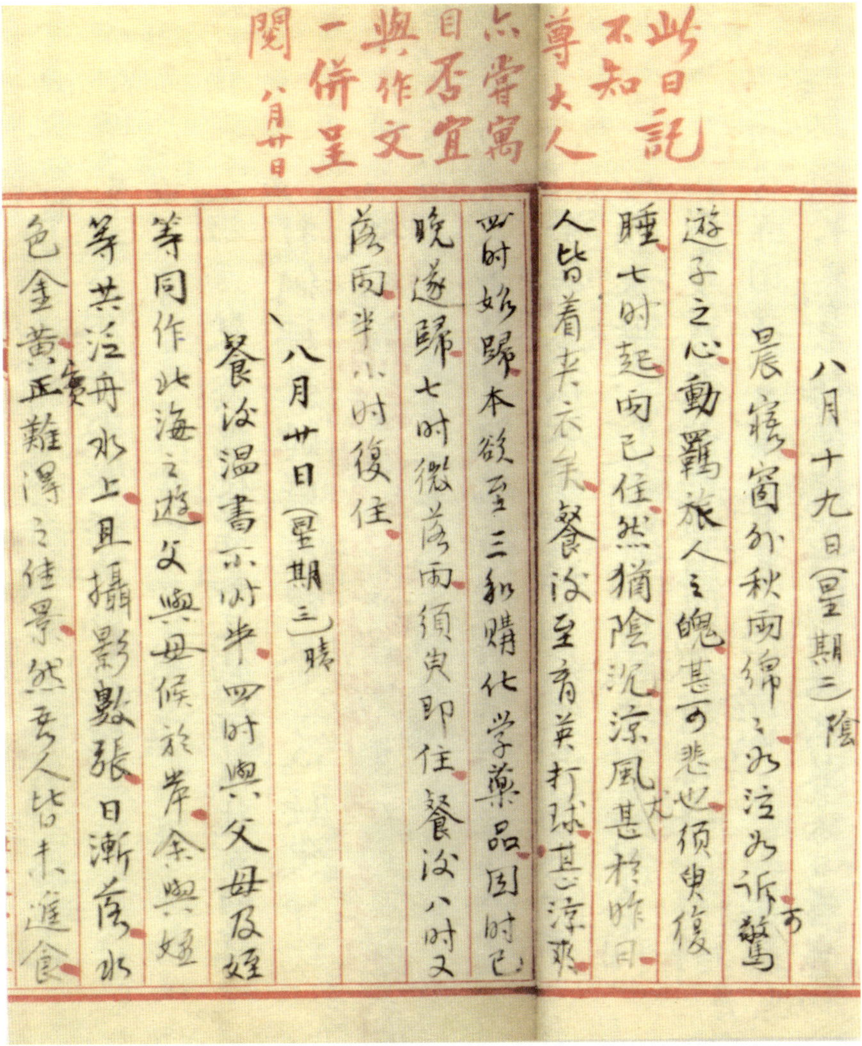
此日記不知
尊大人亦嘗寓目否宜與作文一併呈閱
八月廿日

八月十九日（星期三）陰
晨寢，窗外秋雨綿綿，如泣如訴，驚
遊子之心，動羈旅人之魄，甚可悲也。須臾復
睡，七时起，雨已住，然猶陰沉，涼風甚於昨日，
人皆着夹衣矣。餐後至育英打球，甚涼爽。
四时姊歸，本欲至三和購化学藥品，因时已
晚遂歸。七时微落雨，須臾即住。餐後八时又
落雨，半小时復住。

八月廿日（星期三）晴
餐後温書一小时半。四时與父母及姪
等同作北海之遊，父與母候於岸，余與姪
等共泛舟水上，且攝影數張。日漸落，水
色金黃，正難得之佳景，然吾人皆未進食

父亲十四岁时的日记，朱批为塾师所书

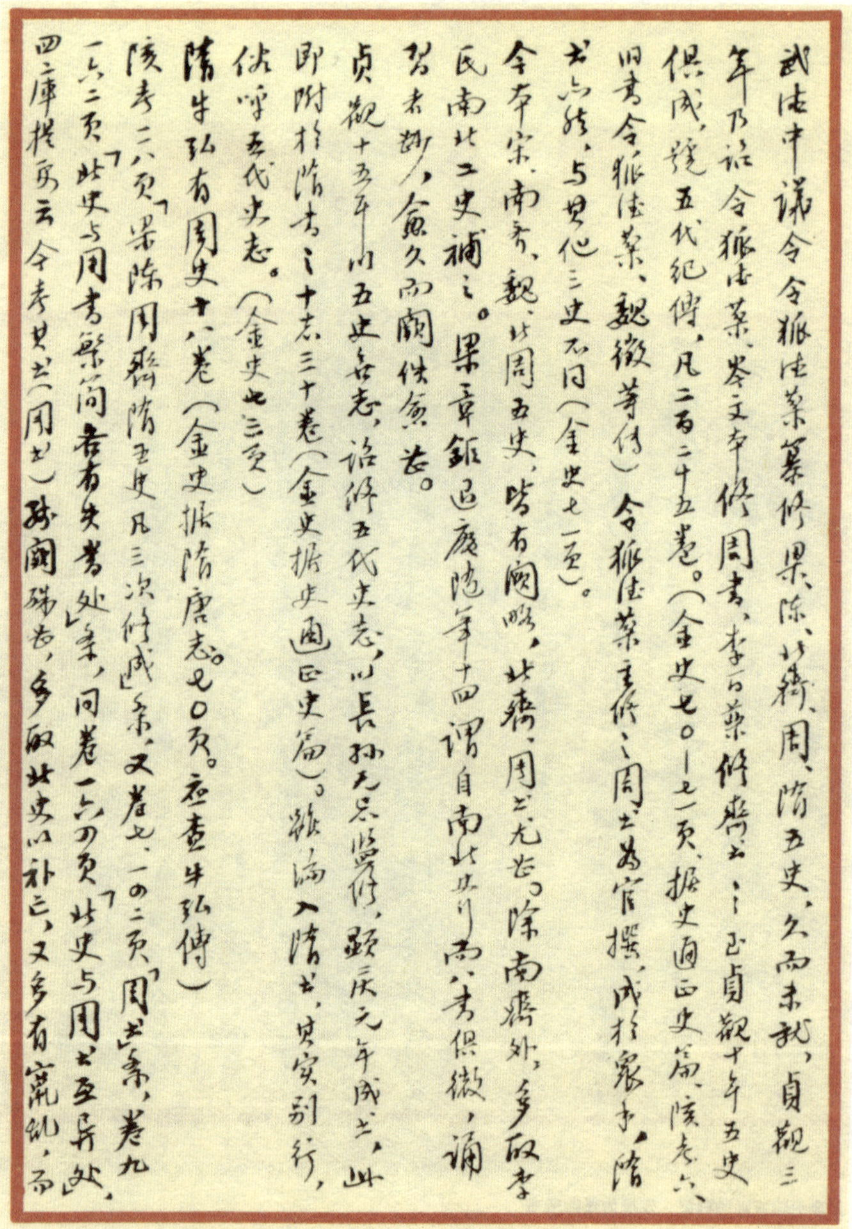
武德中，議令令狐德棻纂修梁、陳、北齊、周、隋五史，久而未就，貞觀三年乃詔令狐德棻、岑文本修周書，李百藥修齊書，……貞觀十年五史俱成，通五代紀傳，凡二百二十五卷。（金史七〇—七一頁、據史通正史篇、陔考六、舊書令狐德棻、魏徵等傳）令狐德棻主修之周書為官撰，成於衆手，隋書亦然，與其他三史不同（金史七一頁）。

今本宋、南齊、魏、北周五史，皆有闕略，北齊、周書尤甚。除南齊外，多取李氏南北二史補之。梁章鉅退庵隨筆十四謂自南北史行而八書俱微，誦習者尠，久而闕佚愈甚。

貞觀十五年以五史無志，詔修五代史志，以長孫無忌監修，顯慶元年成書，此即附於隋書之十志三十卷（金史據史通正史篇）。雖編入隋書，其實別行，俗呼五代史志。（金史七三頁）

隋牛弘有周史十八卷（金史據隋唐志。七〇頁。應查牛弘傳）

陔考二八頁「梁陳周齊隋五史凡三次修成」條，又卷七、一〇二頁「周書」條，卷九一六二頁「北史與周書繁簡各有失當處」條，同卷一六四頁「北史與周書互異處」，四庫提要云今本其書（周書）殘闕殊甚，多取北史以補亡，又多有竄亂，而

父亲参加“廿四史”标点整理工作手迹

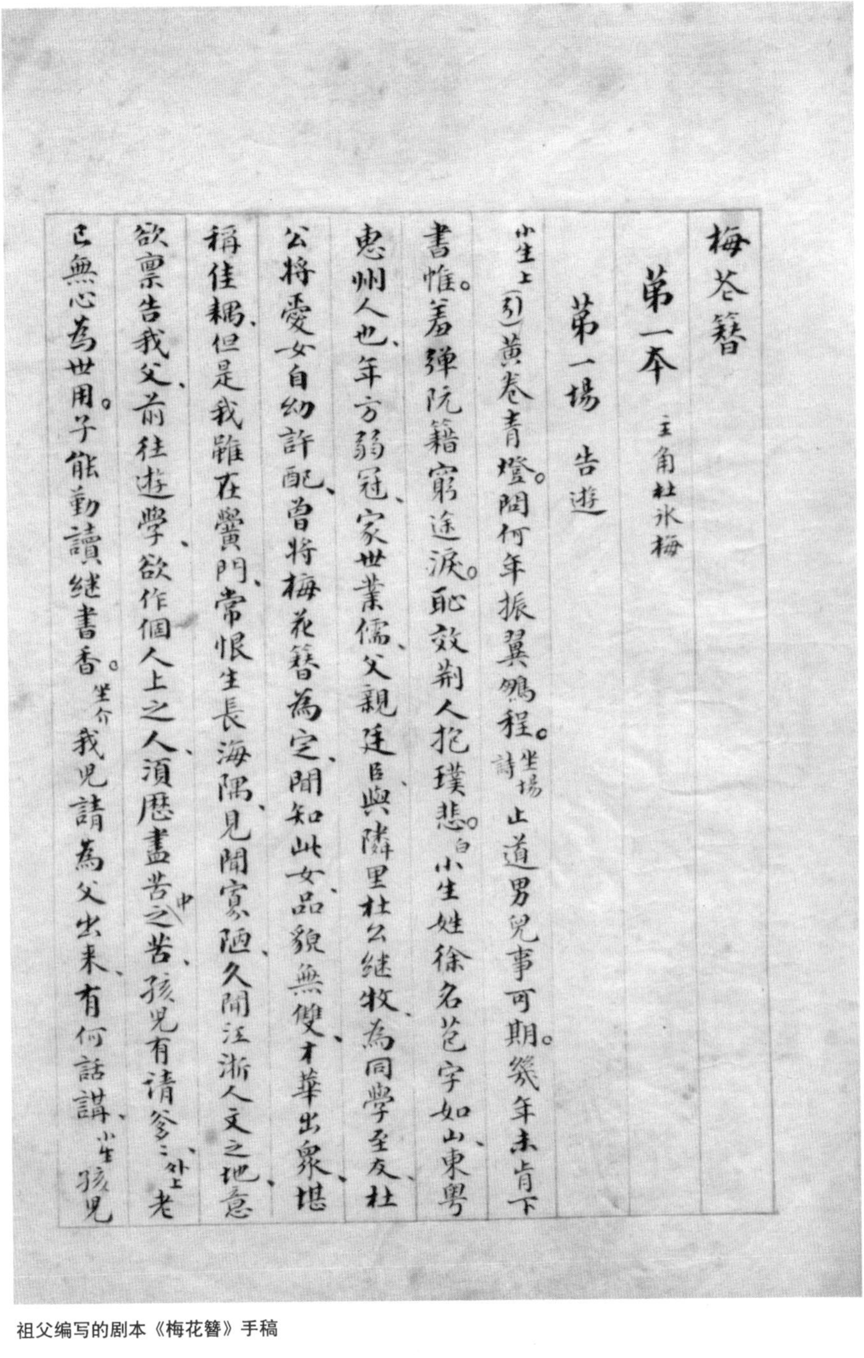

梅花簪

第一本　主角杜冰梅

第一場　告遊

小生上（引）黄卷青燈。問何年振翼鵬程。（詩）（坐場）止道男兒事可期。幾年未肯下書帷。羞彈阮籍窮途淚。恥效荊人抱璞悲。（白）小生姓徐名苞字如山、東粵惠州人也、年方弱冠、家世業儒、父親廷臣與隣里杜公継牧為同學至友、杜公將愛女自幼許配、曾將梅花簪為定、聞知此女品貌無雙才華出衆、堪稱佳耦、但是我雖在黌門、常恨生長海隅、見聞寡陋、久聞江浙人文之地、意欲禀告我父、前往遊學、欲作個人上之人、須歷盡苦中之苦、孩兒有請爹爹、（外上）老夫無心為世用。子能勤讀継書香。（坐介）我兒請為父出来、有何話講、（小生）孩兒

祖父编写的剧本《梅花簪》手稿

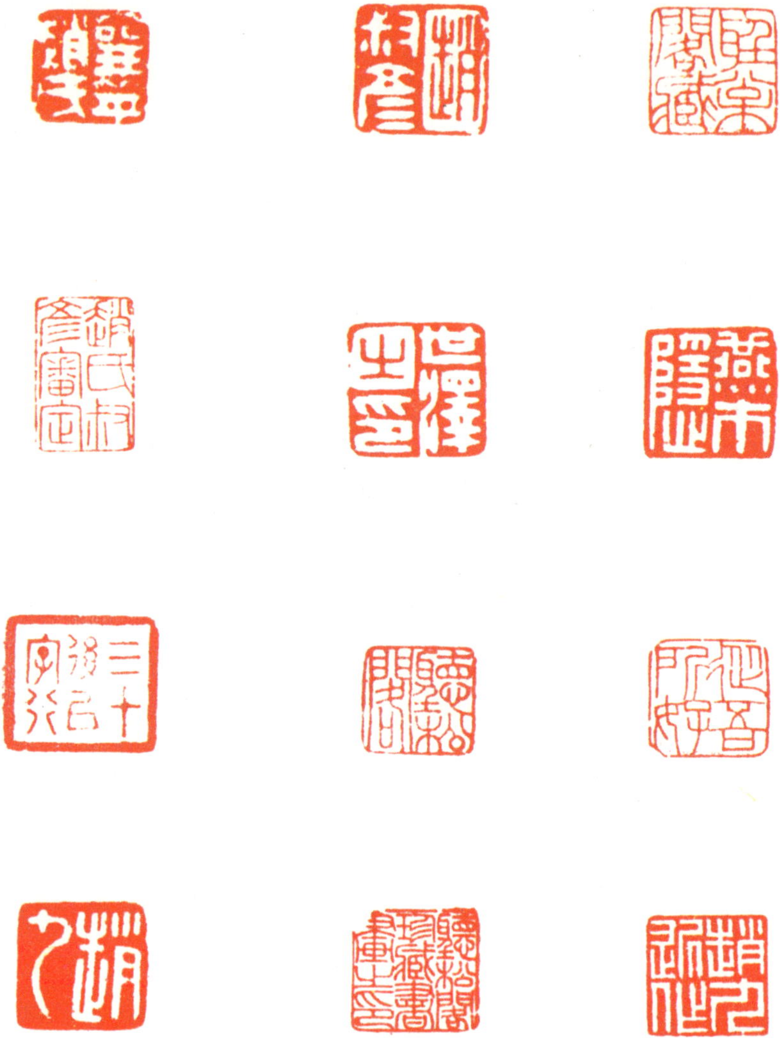

祖父居“幻园”时常用的印信

母亲青年时代所绘小册页，后由父亲补题

通向“幻园”深处的小路（2003年摄）

目录

自　序

《彀外谭屑》是我在《老饕漫笔》出版之后完成的又一本随笔杂记。

随着年龄的增长，人往往对旧时琐事的记忆愈加清晰，也就总想记下一鳞半爪的印象。五十年闻见不算少，其中许多东西别人已经写过，甚至非常详尽周备，使我获益良多。于是从记忆中尽量搜索些他人未曾述及的生活琐事，并融入我的人生经历与感受，敷衍成若干小文。说是关于社会生活的随笔，口气未免太大，其实不过是一点点个人的闻见杂记。或记事，或记人，或记物，或是读书偶感，拉杂写来，大概就是《彀外谭屑》的全部内容。

五十年时光对一个人来说已是大半生，但对于历史来说却不过是匆匆一瞬。然而近半个世纪却是中国社会经历巨变、文化发生颠覆的时段，社会生活的方式和节奏也随之有了很大的变化。因此这“一瞬”就不能与前几个世纪中的某个五十年作等同观。这段时间给人们留下深深印迹的东西实在是太多太多，于是一些生活的细微末节也就往往被忽略和淡忘了，这大抵就是我写《彀外谭屑》一书的初衷。

这本小册子中的某些内容可能更多地融入了个人的感情色彩，对于今天的读者来说也许不会引起感同身受的共鸣，这是非常自然和情理之中的事。如能偶尔引起读者一点兴趣，或对所述内容拾遗补阙，我也就感到十分满足了。

有人曾经给我出了一个题目，让我谈谈如何以古典情怀面对现代社会。我想这个题目是太大了，很难说得清楚。情怀是个人的，而社会却永远会向前发展。什么是“古典情怀”？我想不过是一种文化认同罢了。

谢谢此书的所有读者。

赵 珩

2006年5月3日于彀外书屋

闲话老唱片

关于唱片，我可以说是外行。想到这个题目，是因为今年是中国唱片诞生一百周年，前时电视台专门播出了这方面的专题片。这个专题片拍得很好，介绍了很多鲜为人知的资料，尤其是对三四十年代中国流行歌曲的情况，作了非常公正、客观的评价，还历史本来面目；而就这段音乐史料而言，离开唱片，也就无从谈起了。

从《洋人大笑》说起

关于中国戏曲唱片的历史，近年来看到叙述最详的是罗亮生先生的《戏曲唱片史话》和吴小如先生的《罗亮生先生遗作〈戏曲唱片史话〉订补》，两文互为参补，是了解近百年中国戏曲唱片出版历史最好的材料。

唱片最早传入中国，是伴随着留声机一起来的，多为西洋音乐、歌曲唱片，很多是胜利（Victor，中文音译为“物克多”）公司和歌林（即哥伦比亚，Columbia）公司发行。这两家唱片公司都是美国的产业，进入中国后唱片多在洋行和乐器行销售，销售量并不很大。原因是中国人对西洋音乐所知甚少，兴趣也不大。我小的时候听过一张《洋人大笑》的唱片，说一句英文，底下就是许多人哈哈大笑。这张唱片大约今天七十岁以下的人都没有听过，在中国却十分有名。《洋人大笑》的名字是中国人起的，正因为不知所云，于是就叫它"洋人大笑"。老舍先生的《茶馆》第二幕，就采用了这张唱片为背景音乐，与那个时代也很吻合，王利发在民国初年改良"老裕泰"，正是《洋人大笑》流布京城的时代。

中国唱片的前身是蜡筒录音，在留声机上放送时需接上几根橡皮管子，听者将管子塞在耳朵上才能听到。当时北京的东安市场、隆福寺，上海的城隍庙，都有这样的留声机摊子，花上几文钱，就可以听上一段，有点像听觉上的拉洋片。在蜡筒时代，商人就开始注意到蜡筒的市场效应。同光以来，京剧处于鼎盛时期，于是蜡筒专门请名角儿录音，"后三鼎甲"中的谭鑫培、汪桂芬都录过蜡筒，据说唯有孙菊仙（津人称为"老乡亲"）从不灌唱片、灌蜡筒，市场上流行的孙菊仙蜡筒多为赝品，其中多数假借孙菊仙之名，其实是找人代唱的。中国唱片定为一百年历史，恰是以1904年孙菊仙所灌唱片为标志。对孙是否灌过唱片，历来争议颇多。有一种说法认为，孙是灌过唱片的，或认为是冯二狗代孙唱的。且不论真伪，以孙菊仙名义灌的唱片确实有一百年了。据罗亮生先生说，他在同仁堂乐家听过汪桂芬所灌的两个蜡筒，保存了二十余年，声音仍然很好。

由蜡筒过渡到钻针、钢针唱片，是美国哥伦比亚公司的一项重要技术革命，使听觉传媒有了更多的受众。自从有了钻针唱片，中国唱片市场空前繁荣，而录制的范围也更为广泛了，除了京剧占有最大的比重外，其他如地方戏、曲艺、歌曲、广东音乐、江南丝竹、西洋音乐无所不有。

"百代"念成"伯逮"

物克多（Victor）公司是最早进入中国的唱片业，所收录当时名角唱片最多，但赝品也不少，有些赝品也有争议，如谭鑫培的几张唱片，有人说是谭自己唱的，也有说是王又宸代唱的。当时老谭名噪大江南北，又值晚年，且并不重视灌录唱片，疏懒而又不好推却时，如由其婿代劳，也在情理之中。

早期钻针唱片是由内向外转的，据我所知，目前中国艺术研究院和国家图书馆、首都图书馆都保存着一些这样的钻针唱片。后来钢针唱片改成由外向内转，这种唱片就退出了市场。我在1950年代的隆福寺看到用这种唱片制的盘子，唱片中间的小圆孔被胶木堵住了，周边弯成圆形，成了茶盘，可谓废物利用了。

物克多公司也是唱机公司，最早进入中国的西洋唱机大多是物克多公司的产品。我小时候家中有三个唱机，一个是最老式的带喇叭的盒式唱机，好像是坏了，家里从来没有用过。一个是柜式落地唱机，上面掀盖儿，打开盖子是唱盘和唱头，下面是对开门的柜子，分成若干层，可以放唱片用，整个柜子是桃花芯木制成的，很漂亮。这个唱机也很少用。最常用的则是一个新式的盒式唱机，没有扬声喇叭，但有摇把儿上弦。这三个唱机都是美国物克多公司的产品，商标图案是一只狗和一个带扬声喇叭的唱机，那只狗好像在听留声机。

物克多唱片最早在片心上印有上述图案，仅标有英文Victor，没有"胜利"两字，但下方演员和所演唱剧目则使用中文。1920年代初，物克多经短期休整，交由中国人经营，经理是上海胜利公司老经理徐乾麟之子徐小麟。罗亮生先生也参与了物克多公司的经营活动，此外还有梅花馆主郑子褒先生，这几位都是行家，因此在唱片出版的选题方面颇能迎合市场需求。当时公司设在上海四马路（即今上海福州路），是物克多公司的全盛时代。1930年代前夕，物克多公司在唱片心的商标上去掉了英文Victor字样，干脆标明中文“胜利”二字，以更适应中国市场。

与胜利公司并驾齐驱的当属百代（Pathe）公司，光绪末年百代即在中国出现。吴小如先生认为，吴晓铃先生考订百代公司于1906年在中国开始经营比较可信。百代是法商产业，民国后与华人合资经营，最初的华人经理是张长福。百代自在中国伊始，就将目光对准戏曲市场，所灌录的产品以京剧皮黄唱段为主，同时也有少量梆子和曲艺唱片。百代公司片心商标图案是一只报晓的雄鸡，设计颇有创意，致使这个图案家喻户晓，一望而知是百代的产品。百代公司唱片大多在开始前有报幕，如首段先说：“百代公司特请余叔岩老板唱《捉放曹》。”背面则很简洁：“接唱二段。”我印象最深的是“百代”二字念成“伯逮”，且报幕人多为烟嗓儿，据说有演员自报的，也有是随便请“文场”成员报的。我小时候以能模仿百代公司报幕人的发音为乐，学得惟妙惟肖。百代公司的唱片录音大多是在北京完成的，因此众多京剧名家都在百代公司灌过唱片，我家曾收藏各种唱片三百余张，其中京剧唱片有近一半是百代公司的产品。

与胜利、百代齐名的大公司还有高亭（Odeon）和蓓开（Beka）。高亭公司的片心图案是一座亭型西式屋顶，而蓓开最初产品不标中文，仅有Beka字样，后来才换成蓓开两字。高亭公司唱片也有报幕人，但报幕语言较清晰，一字一顿，不像百代那样一带而过，含混不清。蓓开公司在片头不使用报幕方法，这两家公司的历史也很长，现存于首都图书馆的一张余叔岩早期唱片(余年轻时嗓音未“倒仓”前录制的）《碰碑》，片心为淡蓝色，剧名《碰碑》，但演唱者错标“小余三胜”，落掉了一个“小”字，应为“小小余三胜”。弥足珍贵。

蓓开公司出品余叔岩“倒仓”前录制的唯一一张唱片，为《碰碑》唱段。片心“小余三胜”系“小小余三胜”之误。

订做羊皮封套

除以上四家大公司之外，尚有开明公司（瑞士商人经营，音质上乘，但产品不多）、大中华公司（原为日本产业，由中国人盘下，改名“孔雀”）、得胜公司等，这几家公司的唱片我家也都有，但数量很少。我小时候最喜欢的是长城公司的出品，长城公司是最晚出现的一家唱片公司，创办于1931年，是德商产业，中方经理是天津人，名字叫叶庸方。长城公司的产品是在国内录音，送回德国用虫胶制片，纹理较细，音质较早期其他公司唱片好得多，据说售价也较贵，片心是红色，有一段长城敌楼图案。我小时最珍爱一套梅兰芳、杨小楼合作的《霸王别姬》唱片，记得好像是五张，正反共十面，音质极佳，近年出现的录音带和光盘都是根据长城公司这套唱片翻制的。当时唱片类似五张一套的很少，加上这套唱片质量极佳，我特地在人民市场后场（隆福寺于20世纪50年代中期改为人民市场，东西前场为百货，后场为旧货和“老虎摊”）订做了一部套子，五张唱片套订在一起，前后有封面和封底，是羊皮做的。“四大名旦”的《四五花洞》也是长城公司的出品，正反两面，梅、尚、程、荀每人一句，各显风采。这出戏自50年代以后很少在剧场演出，我是直到1988年12月5日才在中山公园音乐堂看到的，那是中国戏曲学院校友为母校教育基金会集资演出，由刘长瑜、张曼玲、曲素英、沈健瑾、秦雪玲、王蓉蓉、白玉玲（原安排为刁丽，后由白玉玲代）、陈琪（原安排为王学勤，后由陈琪代）八位旦角和司驿等八位丑角演出的《八五花洞》。《五花洞》本来是出荒诞不经的玩笑戏，但由梅、尚、程、荀通力合作，又由长城公司出品，遂为经典唱片。长城唱片所用虫胶质量上乘，每张的重量也较旧时高亭、百代唱片要轻，片面亮度也好些。

从物克多到长城，中间经过了从钻针到钢针的技术革命，音响效果越来越好，而唱片的规格却基本上保持了直径12英寸的形制（少数也有10英寸的），一般唱机都可通用，偶有14英寸的大片，有些唱机就不能使用了。我家那架落地式唱机的唱盘与唱头距离较远，是可以安放14英寸大片的，但并没有使用过。吴小如先生和罗亮生先生在他们的文中还提到若干家小公司，有些是大公司的分号，如宝塔、丽歌等等，宝塔的我没有见过，但丽歌出品的倒有一两张。此外，我还见到过两位先生都没有提到的鹦鹉公司的唱片，其中有该公司灌制的荀慧生的《玉堂春》和言菊朋的《法门寺》，我的印象深刻。这两张片子录制较晚，但音质却不是很好。

老唱片的转速都是每分钟78转，一张唱片放送时间大约三四分钟，如不够三四分钟的唱段，片心可以加大；过长的唱段，片心则缩小，于是片心的大小成了观察放送时间长短的标志。我玩儿唱片时，都是由外转内的，没有赶上由内转外的唱片，同时也步入了钢针时代。由于时间长度所限，许多戏曲唱片在灌制时都做了修改，如减少“过门儿”，减去锣鼓过场，甚至唱速加快，与舞台戏曲演出有很大不同。一段《空城计》慢三眼，要分正反两面才能放完，影响了整体效果，这都是旧式唱片受到技术局限所造成的缺憾。

唱片放送要依靠唱针，这种唱针都是锥形的，一头安在唱头下端，旁边有一螺母，可松可紧，用以固定唱针。一般每听两三张唱片就要更换一次唱针，时间长了，唱针头磨粗，就会影响到音质。50年代凡卖唱片的地方都代售唱针，当时以国产唱针为多，但市场上也能买到进口唱针，质量要高于国产的，有时可以听四五张唱片不换针。我曾在隆福寺后场的“老虎摊儿”上买到过一打（十二盒）美国哥伦比亚公司的唱针，大约是40年代初制作，用了很长时间。我还发现过一种木质唱针，三棱形，下端是尖的，有的唱头可以装上，有的却装不上，这种木针只能听一两张唱片，很不经使。

“狗马央红”

我对于唱片有种特殊的情结，那是我幼年时最好的玩意儿，也是我接触戏曲与音乐最直接的工具。家中所有的三四百张唱片，真可以说是五花八门，有的唱片来源于何处，也不得而知。其中戏曲唱片约占70%以上，另外有20%是音乐唱片，还有10%是曲艺或类似“洋人大笑”之类莫名其妙的东西。

在戏曲唱片中，我最钟爱的除了梅、杨合作的《霸王别姬》之外，尚有百代灌制的杨小楼的《恶虎村》，那种大武生的念白淋漓酣畅，神完气足，可以说是后无来者。金少山在长城公司录制的《锁五龙》《牧虎关》也堪称是黄钟大吕。再有梅兰芳与姜妙香的《穆柯寨》，一段花衫京白，字字脆亮，是梅先生青年时代最精彩的京白段子。余叔岩的十八张半唱片，我家大概存有一半，其中有《沙桥饯别》《搜孤救孤》《珠廉寨》《洪洋洞》《桑园寄子》《打棍出箱》等多种。其他如高庆奎的《辕门斩子》《斩黄袍》，言菊朋的《上天台》《卖马》等，此外还有时慧宝、王又宸、王凤卿、贯大元等人。值得一提的是京剧名票天津夏山楼主韩慎先先生灌制的几张唱片，韵味富有书卷气，苍劲拙朴，是难得的京剧录音文献。

老生唱片中最多的，当属马连良。无论胜利、百代、高亭、蓓开，都有马连良的作品。我最喜欢其中《审头刺汤》念白的一张两面，是哪家公司出品的已经记不清了。那句“你在我这大堂之上摆来摆去，我又不买你的字画呀”，我彼时也可以学得很像，尤其是“之”字略带舌音，更突出了马连良的特点。由于幼年对旦角兴趣不大，所以凡属青衣类唱片听的时候很少。很可惜的是，海派演员的唱片几乎没有，如三麻子、周信芳、林树森等人，是我后来从录音带的转录中才接触到的。说到周信芳，倒是有一张他的《斩经堂》，我总觉得与其他老生唱段大相径庭，被视作另类。

在曲艺类唱片中，留存最多的是刘宝全的京韵大鼓。我最喜欢他的袍带书，如《战长沙》《截江夺斗》《单刀会》等。相声唱片很少，有一张焦德海、刘德禄合说的《洋药方》，倒是印象颇深。在广东音乐唱片中，有一张《汉宫秋月》和一张《走马英雄》，那张《走马英雄》也是百代公司出品，前面也有报幕人，用的是粤语，我常常学着他，将《走马英雄》读成“狗马央红”。

那时的唱片包装十分简陋，只有一个牛皮纸套子，中间有个窟窿，露出商家品牌和唱片内容，有的唱片最多附有一张唱段词句的说明文字。用的时间久了，唱片套子就破烂不堪，唱片也会很快磨损。

在这三百多张唱片中，有一小部分是外国音乐。凡单张唱片，多是一些独奏小品，如小夜曲之类，正反两面，基本上在三四分钟时间之内。记得有两部大型作品，即贝多芬的《月光》奏鸣曲（即《第十四钢琴奏鸣曲》）和他的《第五交响曲》（《命运》），这两套唱片分别装在两个大本子里，都是14英寸的片子，每套五六张之多，本子像是两本大精装书，紫红和深蓝的羊皮套子，外面是烫金的英文。这两部唱片只能放在落地式唱机上听，一部大型音乐作品要反复换十来回片子，今天听来不可思议，但在当时已经是很好的享受了。由于幼年时这部经典反复听，深深地印在脑海之中，《月光》庄严清丽，《命运》激昂奋进，几十年来，每当这两部作品响起，无论是月光的梦幻流连，还是命运之门叩响的震撼，都会使我想起童年时代。

音乐唱片中有一部分是三四十年代最流行的作品。一类是外国音乐，有《蝴蝶夫人》中《晴朗的一天》，《茶花女》中《饮酒歌》，《天鹅湖》中《拿波里舞曲》，以及托赛里和德里格的小夜曲，这些都是初涉西洋音乐的启蒙唱片。再有是爵士乐类作品，好像都是美国哥伦比亚公司出品，其中小号和萨克斯部分很突出，节奏感很强，也有一些伦巴和桑巴舞曲。我最喜欢的是两张夏威夷吉他独奏，一张是《再见夏威夷》，一张是《蓝色的夏威夷》，1962年我开始学吉他，这两张片子是反复听的。另一类是流行歌曲唱片，也就是最近那部电视片中涉及的三四十年代流行的歌曲，其中不少是周璇唱的，也有王人美、陈燕燕等人演唱的。有几张李香兰的歌曲，大约是敌伪时期录制的唱片，记得有《特别快车》《卖糖歌》等。50年代以后，这一类音乐统统被称为“靡靡之音”，尤其是像《桃花江》《香槟酒满场飞》《夜上海》《何日君再来》之类，是我偶尔偷着听的，至今耳熟能详。

第一次接触“电转儿”

我听唱片的年代，家中已经没有人再去听它，因此两个能用的唱机和三四百张唱片均归我所有。那些京剧唱片是我和家厨福建祥一起常听的，而音乐唱片则是我一个人听。由于当时家中那种宽松和自由的生活空间，使我成了那个特殊年代中的另类。

78转的老唱片早已成了文物，今天，除了音录部门用它来翻制一部分文献史料之外，再就是图书馆作为一个类别保存着，此外没有什么实用价值了。我家那三四百张唱片经过“文革”浩劫，早已荡然无存，留下的只是一些浮光掠影的印象。

1950年代初，上海唱片公司成立，不久在此基础上创办中国唱片公司，出版了大批新唱片。除了新录制的戏曲唱片之外，音乐类唱片逐年增多，包括西乐、民乐、歌曲、器乐演奏和曲艺等。这一时期的唱片均为红色片心，有天安门和华表图案，印有“中国唱片”四字，都由中国唱片公司一家经营。当时梅、尚、程、荀、马连良、谭富英、杨宝森、奚啸伯、周信芳、裘盛戎、叶盛兰、张君秋、李多奎等著名演员都在中唱录制了新唱片，音质也较前有很大程度的提高，但仍属于钢针唱片范围。我家留存的旧唱片中也逐渐增加了一部分中国唱片公司的新版唱片。

当时唱片多在专门的唱片社出售，新华书店也有卖的。一部分乐器行和百货公司的留声机柜台也卖唱机。公私合营之前，在东安市场、西单商场、前门大街、隆福寺等地还有一些规模很小的私营唱片社，除了售卖新唱片之外，某些胜利、百代、高亭、蓓开的唱片仍有售卖。我印象最深的还是开在东安市场南花园和丹桂商场的唱片社，出售品种不少，同时出售国产轻便留声机。这一时期我还太小，自己没有买过唱片。其实早在50年代初，密纹唱片已在国外风行，至于放送密纹唱片的电动留声机（当时俗称“电转儿”）在国内出现，已经是60年代初了。

自小学五年级以后我就很少听唱片了，那部老式手摇留声机也束之高阁。几年之后，家里有了电动留声机，是“熊猫”牌的。那留声机的样子很漂亮，上面有一层木盖，中间嵌有一块玻璃，后面是电源插头，还有一根线接在收音机上，声音从收音机的扬声器放送出来。

说起添置“电转儿”，是因为对西洋古典音乐发生兴趣的缘故，那要从在刘念信先生家听音乐开始。刘念信先生是上海实业家刘鸿生之子，刘鸿生的子女均以“念”字排行。刘念信先生的夫人陈小曼女士在商务印书馆做编辑工作，是我父母的好朋友，当时他们家住在东城八面槽韶九胡同。刘念信夫妇多次邀我父母和我去家中听音乐，那也是我第一次接触到“电转儿”这玩意儿。刘家的电转儿好像是进口的，什么样子不记得了。他家唱片很多，有一个装唱片的柜子，里面全是西洋古典音乐。我还记得有两三次去他家听了贝多芬第六（《田园》）交响乐、舒伯特第八（未完成）交响乐，以及许多管弦乐作品。我当时非常奇怪一张唱片可以听上二十分钟而不换面，那唱片看上去也不过12英寸，还有6英寸的小唱片，竟然也能听上十几分钟，真是不可思议。刘先生家有一本唱片目录，我从头至尾认真翻阅一遍，看到贝多芬、莫扎特、肖邦、李斯特、门德尔松、勃拉姆斯，无所不包，大约有百十个曲目，令我非常羡慕。也是由于这个原因，家里才买了“电转儿”，从此开始了我对唱片的第二次热情。

那些周末的下午

1963年至1964年，我几乎每个星期六都去王府井八面槽路西的外文书店盘桓一个下午。那时周末下午不上课，于是有充裕的时间去那里买唱片。说是买唱片，毋宁说是听唱片。当时密纹唱片的价格很贵，国产密纹唱片也要四五元钱一张，进口的东欧唱片更贵一些。在那里呆上一下午，最多买上一两张，但可以试听许多唱片。当时的外文书店唱片门市部很清静，因为那时电动留声机还不很普及，买一台"电转儿"的钱，是买一台电视机的二分之一，有钱的人宁愿去买一台苏联制的电视机或北京牌电视机，而很少愿意买"电转儿"的。"电转儿"是个无底洞，要买许多唱片填在里面，可谓永无休止。这也是外文书店唱片门市部很少有顾客的原因。正因为如此，这里成了一个听音乐的好地方。加上那里有两套东德的音响设备，音色极好，远远超过家中经电子管收音机输出的声音。久而久之，那里的几位营业员都认得我了，很愿意为我试放唱片。我至今还记得有两位营业员粗通外文，有一位俄文很好，帮了我不少忙。

外文书店当时出售的唱片大半为苏联和东欧国家的，其中质量最好的当属东德和捷克，苏联出品的质量差一些，而匈牙利、波兰的品种不多，更没有看到过罗马尼亚和保加利亚唱片。这些密纹唱片多为$33\frac{1}{3}$转，也有45转，$16\frac{1}{2}$转速的很少。唱片套子非常漂亮，是硬卡铜版纸彩印的。国产密纹唱片的质量也有很大提高，西洋古典音乐、民乐、歌曲和轻音乐都有，外文书店当时是不卖戏曲和曲艺唱片的。那一时期还录制了许多亚洲和拉丁美洲音乐，我还记得当时有一张用民族乐器演奏的亚洲和拉美音乐唱片，是彭修文指挥和改变配器的，可谓别开生面，使人耳目一新。我曾在外文书店买过两套《天鹅湖》唱片，一套是苏联的，质量并不太好，另一套是国产的，共两张，由中央歌剧舞剧院管弦乐团演奏、黎国荃指挥。唱片套子是蓝色调的油画，设计得很好。此外如顾圣婴、李名强的钢琴独奏，马思聪的小提琴独奏和中央乐团的管弦乐、交响乐唱片都能买到。中国首次出版的贝多芬第九（合唱）交响乐，是由中央乐团演奏的，第四乐章的合唱、四重唱都达到当时国内最好水平。我最珍爱的是顾圣婴录制的四张钢琴独奏唱片，那是她刚刚在日内瓦国际音乐比赛中获女子钢琴最高奖归来，录制了舒曼、肖邦、李斯特和德彪西等名家作品。顾圣婴在1967年"文革"中被迫害致死，年仅29岁，实在令人惋惜。

唱片逐渐成了文物

说到1960年代中国密纹唱片封套的设计，想起前年请黄苗子先先和夫人郁风、丁聪先生和夫人沈隽在家中吃饭的一件趣事。我们在聊天中说到郁风阿姨的美术设计，我说："我第一次知道郁风这个名字是在60年代，从唱片套上看到的。"郁风阿姨睁大眼睛发愣说："唱片套？你让我想想。"她沉吟片刻，然后说道："太对了！我是为唱片公司设计过两次唱片封面，这事儿我真的完全忘记了。"旁边的苗子先生和丁聪先生同时诧异地说："啊？你还设计过唱片封面？"郁风阿姨说："对！对！现在想起来了！今天最大收获是你提起这件事，我把这事全忘了。"其实，那时的中国唱片封面比进口唱片一点也不逊色，许多都是名家设计的。有一张古筝的《渔舟唱晚》，封面是幅水墨画，清新淡雅，别具风格。

1962年到1964年是中国唱片的全盛时代，为音乐普及和传播起到了重要作用。由陈钢、何占豪创作，俞丽拿演奏的小提琴协奏曲《梁祝》就是那一时期销量最大的唱片，而《梁祝》能家喻户晓，也有唱片的功劳。那时欧美密纹唱片几乎看不到，也没有进口渠道。我倒是在东单三羊信托商行买到过两次，都是人家在那里寄售的，可能是私人从国外带来的。有一次竟然买到一包，约有二十来张，仅售三十元，其中有西德、法国和英国的唱片，包括海顿的《C小调奏鸣曲》《降E大调奏鸣曲》、斯美塔那的标题交响诗《理查三世》、西贝柳斯的《芬兰颂》和舒伯特的《鳟鱼》五重奏等。虽然是转手的旧唱片，但显然没有听过多少次，还是崭新的。

唱片已经进入到CD时代，从蜡筒到钻针，从钻针到钢针，转速也从78转到45转、$33\frac{1}{3}$转和$16\frac{1}{2}$转，再由唱片到CD，一百多年的历史留下了多少铭刻在人们心中难以磨灭的声音。一位在英国的老同学对我说，在伦敦市场上仍可以见到唱片，不论什么品种，都是一英镑一张，却很少有人买，逐渐成了文物。据他说，实际上唱片声音的层次感是远远超过CD的。

雪泥鸿爪忆首图

我最初接触首都图书馆还是在1970年代末或80年代初，而最早发生联系的部门则是期刊部。那时我尚未到出版社工作，还在某医院“悬壶”，不务正业之时，喜欢读些杂书和有关民国史、北京史方面的东西，尤其对二三十年代的旧期刊有兴趣，彼时十年浩劫刚刚过去，极左思想还没有消除殆尽，不要说是二三十年代的旧报刊，就是对“文革”前的刊物，也没有完全解禁，首图的社科期刊部虽然恢复一般性阅览工作，但借阅条规较之其他部门更为严格，有的报刊“因工作特殊需要，凭单位介绍信阅览”方可。幸得医院人事部门对“社科期刊”没有过高的政治敏感性，很顺利地给我开了介绍信，拿到首图社科期刊部一试，居然好使。那日借阅了两三种旧期刊，在首图西侧庑廊中消磨了一整天。遗憾的是这种介绍信只能使用一次，下次再去则要另开，如此几次，医院开具介绍信的人也有点烦了。某次社科期刊部的同志疑惑地问我：“您借的旧期刊挺杂，您到底要查点什么？”其实我实在是没有任何目的，就是浏览一下，了解一点二三十年代的社会生活和历史变迁。于是我便老老实实地告诉了那位工作人员。而也正因于此，自此之后再也没有向我索要过介绍信，后来又办了一个借阅证，在社科期刊部算是畅通无阻了。

记得那一段时间，在首图社科期刊阅览室翻看了《北洋画报》《晨报》《东方杂志》《良友》《实报》和部分《故宫博物院院刊》等，首都图书馆期刊部所藏虽不甚全，但较为重要时期的大都有，如《良友》创刊于1926年，1941年因太平洋战争爆发而停刊，前后出刊一百七十余期，在当时的中国可算是最长命的刊物，首图所藏可达三分之二，80年代末，《良友》全部影印出版，其质量比原版刊物差了许多。再如《实报》，在中国北方，尤其是京津一带颇有影响，日出四开四版，故有“小实报”之称。社长管翼贤，是位才子，很有办报经验，其新闻、评论、报道乃至副刊，均属上乘，加之报纸容量大，很受社会市民阶层欢迎，发行量很大。《实报》中有不少关于当时社会生活的内容，有一定的资料性。虽属小报性质，却也有不少名家撰稿。1937年北平沦陷后，管翼贤落水附逆，《实报》也逐渐走向衰落，但要了解沦陷时期的北京，《实报》仍是可以参考的重要资料。首图所藏《实报》也是比较全的，弥足珍贵。

1985年，我调至出版社工作，与前时相比，那种悠闲浏览报刊的时间少了，但是与首图地方文献部的接触却多了起来。地方文献部是首图的一个强项部门，除了藏有北京的府、州、县志、舆图、资料、照片、拓片等约四万件册外，还蒐集了大量有关北京史地的图书和新出版的研究著作，成为研究北京史的资料中心。大约是1986年，结识了当时在地方文献部的韩朴先生，自此之后，韩朴兄给了我许多帮助，同时也提供了许多使用北京地方文献的便利。记得好像是90年代初，韩朴兄已经开始使用电脑，为北京史志资料的整理、分类、检索达到更好的利用效果，做了许多工作。某日下午，韩朴兄极其兴奋地向我介绍电脑对地方文献整理工作的便利和使用价值，对我这样一个“科盲”来说，真像是坠入五里雾中，不知他所云如何。后来他一发不可收拾，同时也为北京许多部门和企事业单位系统整理了大量资料，功德无量。我也曾介绍大觉寺管理处等单位到他那里做了资料文献的整理工作。

首都图书馆自80年代中期以来，除了向社会开放之外，还做了许许多多极富社会效益的研究整理工作，编著了多种馆藏目录、索引，如《馆藏中国小说书目》《老舍研究资料目录》《北京地方文献联合目录》等，对馆藏未经刊印的鼓词、杂曲整理出版，如《清蒙古车王府子弟书》等，蜚声海内外。此外，也将一些珍贵的佛典和版画等陆续出版。

据我所知，首图所藏戏曲资料也颇可观，仅戏曲唱片就有两万张之多。首图曾编过一本《馆藏中国戏曲书刊目录》，可惜只收录了书刊部分，其实诸如唱片、图画、照片、戏单等也可同时纳入，编一本《馆藏戏曲资料总目》。地方文献部藏有一部戏单，有数百帧，起于清光绪末年，止于太平洋战争爆发，对研究北京戏曲演出史极有参考价值。韩朴兄曾全部让我看过，大饱眼福。尤其是富连成科班学生在广和戏院的戏单，相对来说最为完整，历时二十年，几乎囊括了“喜”“连”“富”“盛”“世”“元”各科的学生。除了营业演出的戏单，也有义务戏和堂会的戏单。除京剧外，还有梆子、评剧、话剧的戏单，而涉及的剧场、戏院也十分全面。可惜至今未能付梓面世。1990年，为纪念徽班进京二百周年，我负责编辑了《京剧史照》一书，是一部大型画册，出版之后，图册中使用的一千一百四十幅照片，由北京社科规划办公室出面，我们全部捐给了首都图书馆，应该说是丰富了馆藏戏曲文献中的照片资料。

我与首图接触的二十多年中，感触最深的并不是首图所藏的图书文献，就首图馆藏而言，在全国图书馆中尚不能称琳琅汗栋，而首图却能以所藏善本古籍、地方文献、史志资料做出许多学术成果，服务社会，嘉惠学人，确实有赖于馆中一批有事业心、有敬业精神的同仁，我想这应该是首图最值得骄傲的财富。在首图建馆九十周年之际，韩朴兄希望我有点表示，盛情难却，献丑写了一副对联送去："百万卷藏书精诚所至，九十年育人金石为开。"以表心意。

从1913年京师通俗图书馆算起，首图已经走过九十年的风雨历程，2004年，又从成贤街国子监迁入气势恢弘的新馆，今后的事业一定会有更大的发展。说到这里，忽然想起一件十几年前的往事，1987年，我参与编辑大型图谱《中国邮票全集》，其中涉及1913年中华民国发行的第一套普通邮票(此套邮票虽然编号为民普6，但在此之前的五套邮票都是在"大清国邮政"邮票上加盖"中华民国"字样的邮票)，共使用了三种图案，即帆船、农获和牌坊。这枚牌坊图案的邮票一直被误称为"宫门"，而作为中国珍邮的牌坊倒印错票，也一直被误称为"宫门倒"，以讹传讹，流布海内外。其实，这枚牌坊图案正是取自国子监的"圜桥教泽"坊，而不是什么"宫门"。为了纠正这一谬误，我特地去了国子监"圜桥教泽"坊实地核对。记得那天是旧历除夕前一日的下午，大雪初霁，彝伦堂和辟雍四周均为大雪覆盖，整个国子监寂静无声，只有东西廊庑灯火通明，我踏着积雪绕辟雍一周，灯火折射在雪地上，呈现出一种温暖，加上廊庑里散发的书香，于寂静中有一种说不出的特殊感受，至今挥之不去。

走马灯

上元旧俗繁盛，最令我怀念的是那些千姿百态的走马灯。

正月十五上元节燃灯之俗，自汉代以来两千余年不衰，比新正元旦更为繁华热闹，在整个春节活动中最具社会性。由于社会的变迁，时下春节的过程缩短了许多，尤其是正月初五过后，似乎已是年意阑珊，曲终人散。但在旧时，正月初五过后，却是一个新的高潮又将次而至。自上一年的腊月二十三至除夕，应该说是春节的准备阶段，而元旦至初五则是以家庭为核心的过年团聚，旧时代初五之前妇女一般不出门，这一阶段的拜年活动主要是官场中的男人们拜帖投刺，往来应酬。初五以后妇女们开始活动，民间亲友相互道贺，王公命妇冠帔往来，更兼初五以后是出嫁妇女的归宁之期，市肆诸商亦渐次开市，于是自初五以后春节活动走出家庭，走向社会，至上元节达到高潮。旧时官署开印之期，一般选在正月十九、二十、二十一日之内，具体哪天，由钦天监择吉日吉时，也就是说最早也在正月十九日。十六日散灯，假期基本结束，春节活动才算真正告一段落。

30年代北京前门外上元灯市

上元节是一个五光十色的节日，这里的“光”是灯与焰火交织的光，这里的“色”是在各种光照映衬之下的多元之色。自唐宋以来， 无数社会生活笔记与诗词将上元节的五光十色描绘得淋漓尽致，不胜枚举。火树银花，鱼龙之舞，景象万千，色中有声。

上元节的准备活动应该说是从正月初八开始，京城旧俗正月初八黄昏后，普通百姓以纸蘸油，燃灯焚香而祀，有钱人家燃灯可达一百零八盏，谓之“顺星”。十三日开始试灯，十六日散灯，自十三至十六日四天是上元灯的全过程。清嘉道以前，京城内外城各设灯棚（类似今天的灯会），宝马香车，极尽承平岁华之丽。市肆中有大小不同的灯市，以供应居民所用的各种花灯。嘉道以后，国运日衰，尤其是咸丰以后，列强两度劫掠，五城灯棚盛景不复旧日繁华，通衢火树银花已成昨日旧梦。但民间灯市尚存，上元放灯俗例依然，大户人家由堂奥至大门宫灯齐照，闾巷百姓也会买几盏纸灯点缀蓬门，上元节还是很热闹的。灯是一种静的光，焰火是一种动的光，正月十五伴着灯的是焰火，从宫中到市井，上元节都要放焰火，宫中谓之放和合，民间谓之焰火合子，大者可耸高架而悬，小者可坐地而燃，花样精致新颖，斗艳争奇，正所谓“五色云车驾六龙”是也。

翻了很多叙述中国工艺美术的书籍，说到中国花灯艺术的却凤毛麟角，这是因为花灯实物得以保存而成为文物的很少，除了少数琉璃灯、瓷宫灯、金属镶嵌宝石灯之外，大多数花灯采用纸、纱、绢、绸一类原料，很难保存下来。另外，上元灯节所用花灯一经燃放，散灯后基本不再保留。次年新灯上市，旧灯早已灰飞烟灭。我印象最深的倒是50年代《人民画报》有一篇讲述“灯彩”的文章，图文并茂，介绍了彩灯工艺和这方面的工艺美术艺人，至今依稀记得。近年来偶有灯会举办，大多是新工艺和高科技的作品，灯体硕大，声光并具，已不是传统工艺了。80年代北海举办过自贡灯会，已开新灯之先河。2004年密云灯会发生事故，城郊灯会趋于停办。2006年涿州举办灯会，声势颇大，京城居民争相往观，京石高速公路上宝马香车拥塞，可见上元举灯还是有号召力的。

花灯品种繁多，有南派北派之分，各地风格也不尽相同，高档宫灯多以木料或金属铅丝为骨架，敷以纱、绢，色彩绚丽，更有彩画山水人物、翎毛花卉者，形状从大到小，造型各异。普通低档的花灯多以竹劈儿、秫秸为骨架，外敷皮纸或油纸，也有一些有较为粗糙的绘画或吉祥文字。这种普通纸灯有广大的消费市场，因为花灯是一次性消费商品，所以即使是有钱人家也愿意买纸灯。至于那些“春荫斋”“积善堂”中悬挂的成对大红宫灯，用料考究，制作精良，大多长期悬于室内或用后存于库房，就不在此例了。在所有的花灯中，我最钟情的，当属走马灯了。

走马灯也有高低贵贱之分，高档的走马灯也有以木料金属为骨架的，形如殿宇庙堂，飞檐斗拱，栏柱相围，外敷纱绢，富丽堂皇。这种走马灯毕竟是少数，且多在商家中陈设，可远观而不可亵玩，可以说与我幼时无缘，我玩的多是一些中低档的走马灯。

走马灯是热能力学原理的产物。无论大小走马灯，上部总有一个很轻的纸轮，轮下有杆，普通的多为秫秸秆儿，上下两头的接触一般用针，为的是减少接触摩擦，易于转动。下部可以插蜡烛，点

旧时灯市的各色花灯

燃蜡烛后，热气上腾，驱杆转动，走马灯就转起来了。秫秸秆儿的四周粘上纸人纸马，但必须是剪下的平面纸绘图形，立体的纸人纸马是转不动的。走马灯至少有内外两层，内层为体柱，体柱有彩绘或净素两种，外层多为殿宇屋舍状，有镂空门窗，人马之形即在这两层之间。每过门窗，人马之形象显现，栩栩如生，缓缓掠过，此隐彼现，动态周至，加上烛光闪动，更如同舞台上人马攒动，目不暇接。一般走马灯至少有四个人物或图案，也有多至六个或八个的，这要视灯体大小而定了。

走马灯的历史十分悠久，在唐代就有“影灯”之称。宋代诗人范成大描绘的走马灯最为形象，“映光鱼隐见，转影骑纵横” 并自注“走马灯”（《石湖集》二十三“上元记吴中节物俳谐三十二韵”）。此外，元人郝经、邓稚、谢宗可等皆有走马灯诗。苏州是南派灯彩的发祥地之一，可惜许多工艺几近失传，殊为可惜。南派走马灯做工更为精致，多用纱绢为原料，人马形象也更为生动。早年我家中有一南派走马灯，连人马都是在绢上绘制，再以纸为背。所谓“人马”也不一定是刀马人物，如“福禄寿三星”“合和二仙”“富贵寿考”等形象也用在走马灯上，或有用梅兰竹菊图案次第呈现的走马灯。对这一类走马灯我不太喜欢，最爱那种有故事情节的刀马人物。

直至1950年代末，每逢上元将至，在“东四、西单、鼓楼前”都有许多卖花灯的，大多为纸制花灯，是京东一带乡下人挑着担子进城来卖的，也有城内冥衣铺的工匠业余做的，但绝对不会在冥衣铺门口售卖，多是转手批给小贩去卖。“棚铺”伙计也有扎灯的手艺，一般是只扎大型灯，不做小灯。东四、隆福寺一带的灯市给我的印象最深，说是灯市，不如说是商贩挑担贩卖，这些花灯中，有用纸穗子糊的猪狗牛羊兔子等形象的动物灯，有能折叠的彩灯，有蜡纸糊的八棱红灯，也有最实用、最简易，用竹劈儿做的提灯。这种提灯以薄竹皮儿编成骨架，上有提梁，外糊白纸，里面可以点蜡烛，一般风力是吹不灭的。侯宝林先生有个相声段子叫《夜行记》，讽刺一个不守交通规则的骑车人，最后为了糊弄交警，花五分钱买了个白纸灯笼当车灯敷衍了事，结果灯着了，连半个袖子也烧着了，说的就是这种白纸提灯。只是到了春节时期，那种形象的纸灯也改用了红纸，即便是同样花五分钱买个灯笼照亮儿，也显着那么喜庆，除了以上说的各种普通灯笼，也有较高级的绢制宫灯和走马灯。

每到上元之前，我总喜欢在街上看走马灯，驻足在各个摊子前，不忍离去。尤其是东四北大街路西有个高台阶的香蜡铺，平时售卖藏香、蚊香、蜡烛、锡箔等物，进入腊月，生意是最红火的时候，而上元前夕更是兴旺，几层高台阶上坐满卖灯的，香蜡铺之所以欢迎卖灯的栖息在门前，是希望借此多卖出些蜡烛，因此卖灯的不卖蜡，要点燃各种花灯，就要在铺子里买若干个小红蜡烛，生意也就来了。那个香蜡铺门前的摊子上灯的品种最多，其中就有不少走马灯。再就是要走到隆福寺的山门两侧，卖灯的也会聚集于斯。走马灯大的有两三尺高，小的也有一两尺高，圆形、长方形、八角形、六角形无不具备，工艺有粗有细，价格也高低不等。每到上元节前，总要让大人为我买一两个走马灯，纸质的每年都买新的，有一两个绢质的倒是玩儿了两三年，每至上元节将至，取出点燃，节后用报纸包起放入库房。

某次有人送来一个四美图的走马灯，大约是什么西施、嫦娥之类，被我通通撕下，然后自己动手画了关羽、张飞、赵云之流，着色剪下，粘在了四美的位置，蜡烛点燃，居然转动如常，于是欣喜万分。有一年上元节我得到的走马灯最多，原因是那年我七岁，患上了麻疹，过年的一切乐趣与我无缘了，好饭不能吃，烟花不能放，高热卧床，只能看着天花板兴叹。为了安慰我，家人和亲友在上元将至时送了我许多走马灯，至少有六七个，这给病中的我增添了极难得的愉悦。上元之夜，我将所有的走马灯点燃，在蜡烛热气的蒸腾之下，每个灯的轴都在转动。室内关上电灯，只有闪动的烛光和时隐时现的人物在不停地转动。屋子里没有人，窗户外有远处传来的鞭炮声，烛光映在门墙上，那些走马灯中的人物影子也在墙上转来转去，于是幻觉出现了，高烧之中的我一忽儿在虎牢关三英战吕布的喧嚣战场，一忽儿又在白玉堂大闹冲霄楼的铜网阵之中。后来烛光依次熄灭，走马灯不转了，在睡梦中度过了上元之夜。

走马灯的制作其实并不困难，工艺也很简单，那些最粗糙的大都是京郊农民在冬日农闲时的副业，至于精工细作的就属于工艺品了。我家有一邻居是旗人，闲暇时一是唱唱子弟书，再就以扎灯为乐，兄弟两个都会扎，还有不少工具。他们扎的走马灯不同凡响。其中有一灯扎如戏台状，仅一面外露（通常走马灯四面镂空），上面有翼角檐椽，连望板、雀替都不含糊，下有重台钩栏，两边有抱柱楹联，好像是什么“金榜题名虚欢乐，洞房花烛假姻缘”之类的。整个灯体形如古建筑，但内部结构却是走马灯，中间也有轴心，也是以燃蜡为动力。纸人是两人一组的戏出，做得很精致，仿佛是在舞台上闪现不同的剧目。这架走马灯真可以说是制作得登峰造极，美轮美奂，兄弟两人大概用了两个多月的时间才完成，是迄今为止我看到的最好的走马灯。但仅看到过点燃一次，以后再也没有点燃过，只是放在那里当一件艺术品，后来毁于丙午之劫。邻人兄弟扎灯并不出售，只为休闲娱乐。他们同时做过一些简易的走马灯，水平也远远高于街头商贩水平，曾送给我一个，也是我的走马灯中的精品了。

现代电力转轴的大型走马灯与烛光热动的走马灯完全不是一回事儿，这种高科技的硕大灯具固然可以供大众观赏，而那种传统手工艺的纸、绢走马灯，借烛光腾影，其乐趣和味道却是无法取代的。

我家对面的楼房有一户人家，每到春节在封闭的阳台上挂起一对红纱宫灯，虽然我相信宫灯里面一定是电灯泡，但同样给人们带来了些许年意。举办大型灯会不免劳民伤财，又于安全有碍，何不提倡每当上元之日，家家在阳台上点缀几盏形态各异的花灯？惠而不费，如此美丽的上元夜景将会把北京变成一座何等美丽的城市。

民间的走马灯已经消逝许多年了。1990年的上元前夕，我去徐州公务，信步徐州街头，居然看到几个摊子上卖走马灯，工艺虽然粗糙，人马又不伦不类，说不出什么名堂，但毕竟是旧时遗制，竟惹得我久久流连不去，可惜旅中不便，否则真想带回一个来。

久违了，走马灯。

耍傀儡子

旧时北京有一种街头卖艺的形式，叫作“耍苟利子”，也有人称之为“耍猴儿利子”。时隔五十年，这种走街串巷的卖艺早已消失，因此对“耍苟利子”一词也就产生了误解。不少人认为“耍苟利子”就是耍猴儿的，其实两者完全不同。直到今天，我们仍可以看到偶有耍猴儿的表演，也就是经过训练的猴子模仿人穿衣戴帽，舞弄一番，表演后观众随意给些钱散去。而“耍苟利子”则是“耍傀儡子”的变称，是一种形式最简单的木偶戏。

傀儡的出现要早于傀儡戏，是一种用土木制成的偶像。据说早在周穆王时巧匠偃师就模拟人形制作偶人，宋代高承的《事物纪原》中还说在楚汉之争时，高祖刘邦用陈平计，将木头刻成美人，立于城头之上，用以诈冒顿阏氏。不论这个故事的真伪，汉代确实出现了傀儡，用于丧乐及嘉会。用傀儡作戏，大约始于公元5世纪，除中国外，在印度、希腊和西欧都有关于傀儡戏的文字记载。据《封氏闻见记》记载，唐大历年间，即有人“刻木为尉迟鄂公突厥斗将之戏，机关动作，不异于生”。可见在唐代，傀儡戏的表演艺术已臻化境。

傀儡也称傀儡子，魁礧子、窟礧子、苛利子。黄庭坚认为：“傀儡戏，木偶人也。或曰当书魁礨，盖像古之魁礨之士，仿佛其言行也。”（见《涪翁杂记》）黄庭坚的考证未必正确，傀儡的起源即是偶人，偶人在上古时与祭祀崇拜有密切关系。《史记·殷本纪》：“帝武乙无道，为偶人，谓之天神。”偶者对也，以土木为人，对象于人形。另有一种说法，即偶、寓古字相近，偶人即寓人、像人的意思。傀儡戏即耍傀儡子，北京人称“耍苛利子”似为吴音的衍化。关于这个问题，我在四十年前请教过编纂《辞源》的吴泽炎先生，吴先生是常熟人，多年乡音不改。他是父亲的挚友，经常往来，所以他的语言我是能听得懂的，但对一般北方人来说，很难听明白。唯独“耍傀儡子”一词，到了他嘴里就是“耍苛利子”，我问他为什么这个词讲得那么北方化，他说在常熟就是叫做“耍苛利子”（即耍傀儡子），我想北京人说的“耍猴儿利子”大约也就是“耍苛利子”的儿化音。

“窟礧子”一名见于《旧唐书·音乐志二》：“窟礧子，亦云魁礧子，作偶人以戏。善歌舞，本丧家乐也。汉末始用之于嘉会。齐后主高纬尤所好。”这与傀儡始于汉代的说法一致。

据说傀儡戏的表演形式要早于人演的舞台剧，具有表演性先于文学性的特点。三国时马钧制作的木头偶人能表现击鼓、吹箫、掷剑等动作，使人想起《三国演义》中描写诸葛亮制作的木牛流马，很可能是以马钧制作的可操纵偶人为素材。用傀儡表演有情节的故事，大约始于隋代，那时已有《吕望钓磻溪》《刘备马跃檀溪》《巨灵开川》《周处斩蛟》等许多剧目，从这些剧目的内容上分析，大多表现一些真人在舞台上难以表演的内容。例如《马跃檀溪》，演员在舞台上只能程序化地完成策马越溪的动作，而傀儡演来就更加形象和逼真；《周处斩蛟》则人与蛟龙都可用傀儡表现；《巨灵开川》还能使用傀儡布景，想来应该是很好看的。隋代傀儡已有“七十二势”，也就是七十二个剧目可以展演，可谓盛极一时。

傀儡戏一词近代已被木偶戏代替，似乎“傀儡”二字成了贬义词后，这种由人操纵的表演艺术也就改称木偶。从后晋石敬瑭、伪齐刘豫直至溥仪都叫作“傀儡政权”，没有称之为“木偶政权”的。木偶仅是模仿真人，并不受人操纵。偶人的范围很广泛，从古代的陶俑、木俑到泥人、绢人，皆可称之为偶人。山西平遥有一种纱阁戏人，收藏于平遥县城的清虚观中，是清代光绪三十二年（1906）纸扎店艺人的作品，原来三十六阁，现有二十八阁，每阁一剧。戏人用秫秸和宣纸制成，极其精巧，人物栩栩如生，实为梨园演出的缩影，反映了当年山西中路梆子的演出盛况。这种戏人极似木偶，但比木偶更为精致，只是无法任人操纵而已。清代周亮工在给何次德的书信中曾描述当时傀儡戏的样子：“弟幼时见傀儡戏，二尺许，长线索，累累任人捉弄。”周亮工这里描述的即是提线木偶，而二尺许的提线木偶应该是此类木偶中中等大小的。山西济源出土的宋三彩枕，极为生动地反映了傀儡戏演出情况，枕上三人，一人耍弄提线木偶，一人吹笛，一人敲锣，真实地再现了在宋代演出傀儡戏已有伴唱、伴奏，是一种成熟的综合表演形式。

仗头木偶也是傀儡戏中一种较大的傀儡，又称之为托棍木偶，也有人叫作托戏，行中人称之为“肘偶”。这种仗头木偶是依靠几根操纵杆儿托举偶人表演的，动作的幅度可较大，但不够逼真，演出时托棍外露，不够美观。而提线木偶就复杂多了，偶人的各个关节部位都缀以丝线，从头颅至躯干四肢，少则七八条线，多可达三十余条，演员以拉动丝线来操纵动作，线越多的动作越逼真，但操纵的难度也就越大。提线木偶也称丝木偶，行中人称“线偶”。福建泉州是中国的木偶之乡，其仗头木偶尤为出名。

北京街头"耍苟利子"

至于"耍苟利子"，则仅指布袋木偶，又称掌中木偶，也叫掌中戏或布袋戏，是木偶中最简单、表演最容易的一种。北京旧时走街串巷"耍苟利子"的就是布袋木偶。布袋木偶较前两种木偶都要小些，常在八寸到一尺二左右。脑壳中空，一般以食指串入脑袋中，大拇指和中指分别插入两臂，于是头和上肢就在掌握之中了。布袋木偶在北方还有个名称叫作扁担木偶，这是因为整个演出的傀儡、道具以及"舞台"全部用一副扁担挑起来就走。五十年前北京常常有这种"耍苟利子"的出现，每走至孩子聚集玩耍的地方，就在墙根儿放下扁担，支起"舞台"。那"舞台"大约有两米高，三面用蓝布围起，最上面有个屋檐式的棚子，前后有四根立柱，后面有块彩绘的木板，木板左右有"出将""入相"似的两个上下场门，门上挂着布帘。耍傀儡的敲过一通锣后就钻进蓝布帷幔之中，开始敲起锣鼓，口中念念有词。这些"耍苟利子"的艺人大多是河北人，口音很重，到底说唱些什么就很难听懂了。

五十年前的孩子们娱乐远远比不上今天，尤其是学龄前的儿童，大多从来没有进过剧场和电影院，那布幔围成的“舞台”一支起来，立时会让孩子们产生极为强烈的好奇心。锣鼓敲起，只闻其声，不见其人，棚子后面那块木板绘着花花绿绿的花纹，还有两个小门，更会吸引越来越多的孩子驻足观看。“耍苟利子”的与耍猴儿的收钱方式不一样，耍猴儿的是随演随要钱，一圈儿观众看得高兴了，自然会往场子里扔钱。“耍苟利子”的就不然了。如果等演出完了才收钱，孩子们会一哄而散，所以必须在演出前打钱，并声明要凑足了两毛钱才能开演。那时的孩子们最多才有几分钱，凑上两毛钱并非容易的事情。每当这时，“耍苟利子”的会蹲在墙根儿旁吸上一袋旱烟，笑嘻嘻地看着孩子们凑足演出费。孩子们却是着急的，生怕“耍苟利子”的因凑不够数目而罢演。有时实在是差个三分五分，“耍苟利

傀儡戏演出《二进宫》

子”的也不愿轻易放走这档生意，是会勉强开演的。如果差得太多，他会收拾起担子爽约。孩子们此时的失望真是难以形容，小些的孩子会哭起来，眼看着即将开演的一场傀儡戏泡了汤，只得目送那作扁担戏的挑子远去。

“耍苟利子”的演出剧目极为简单，大约反反复复就那么七八个节目，像《猪八戒背媳妇》《铁扇公主》《王小儿砍柴》等等。我印象最深的就是《王小儿砍柴》，故事情节很简单，好像是王小儿上山砍柴被老虎吃了。但是在被老虎吃掉之前，有一段王小儿用扁担与老虎的打斗，那根道具扁担打在老虎脑门子上会梆梆作响，孩子们看得十分开心。接下来是王小儿的母亲哭儿子感动了老虎，老虎又从嘴里将王小儿吐了出来，母子又得团圆。至于那些猪八戒、孙悟空的剧目，根本没有任何情节，只是几个傀儡乱打一通而已。就是这些，也足以使小孩儿看得津津有味。耍傀儡的汉子是躲在蓝布帐幔里的，说唱和耍弄傀儡都是一个人完成。那顶蓝布帐幔的舞台有一面永远是贴着墙根儿，小孩儿们很难窥见里面的秘密，有些顽皮的大孩子胆子大些，试图掀开帐幔看看里面的西洋景儿，总是遭到那汉子的呵斥。小孩儿们每当看到王小儿被老虎吃了的时候，会急得哭起来。那傀儡王小儿头上有一根朝天撅的小辫儿，被老虎吃进口中，那小辫儿还留在老虎嘴外面，演得越逼真，小孩儿就越加伤心。这是所有“耍苟利子”的都会表演的一个最传统的剧目，所以五十多年过去了，至今仍能清楚记得。

这种扁担傀儡戏的箱笼一头是木箱，箱子里大约有十几个傀儡，每场演出的时间也就半个多小时。除了在街头表演，也可以到人家院子里演出，这种“专场”则要事先讲好价钱才行。我五六岁时，恰巧有一“耍苟利子”的从门口走过，我的老祖母一时高兴，叫进院中为我一个人表演，可能价钱给得高，超出了那耍傀儡戏汉子的期望，所以他格外巴结，兴奋得很。我记得那是暮春时节的一个上午，堂屋门前两株白色的太平花开得正茂盛，老祖母让人搬了两三把椅子，坐在太平花前面，等着看傀儡戏。那“耍苟利子”的身上还穿着件旧棉袄，天气热起来，等收拾完箱笼、支好幔帐，棉袄就穿不住了，于是他脱去棉袄，又讨了碗水喝，就要敲锣表演。老祖母马上制止他，说是在自家院里，又不招揽观众，敲什么锣？那汉子立时收了铜锣，钻到幔帐里演了起来。那个上午演了些什么，早已记不清了，大约总有《王小儿砍柴》罢，我眼前只有那顶破旧灰蓝布幔帐和“耍苟利子”的那件破棉袄，耳边是那嘶哑而听不出名堂的说唱，一切都是灰蒙蒙的，只有王小儿被老虎吃了以后留在嘴边的那根发辫在我眼前晃动。周围没有和我一起凑钱看戏的小伙伴儿，也没了大呼小叫的那种兴奋情绪，那是我看得最黯淡的一次傀儡戏。

相对“耍苟利子”而言，木偶戏的演出就要文明多了，规模也大得多。中国在隋代即能用木偶演出完整的剧目，同时也影响着整个亚洲地区，日本早就有傀儡戏的表演，而且日语中“窟礧”的发音与“傀儡”也极为近似。日本傀儡戏古称“人形净琉璃”，19世纪开始有大型的剧团，称之为“文乐”，此后，在日本“文乐”就成了对傀儡戏的统称。印度和东南亚各国也有特色独具的傀儡戏，演出许多与佛教有关的故事。我记得很多年前曾读过常任侠先生一篇关于亚洲傀儡戏的考证文章，叙述甚详，可惜这篇文章找不到了。欧洲在中世纪时也有很多具有相当规模的傀儡戏剧团，德国傀儡戏还演出过《浮士德》的故事。捷克被誉为木偶之国，傀儡戏在世界各国中最为出名，我在欧洲的博物馆中也看到过几百年前的玩偶傀儡，制作得十分精美，傀儡的服装造型等酷似真人。欧洲和亚洲各国的傀儡最精致的同样是提线傀儡，最简单的也是布袋傀儡，除了人物形象不同，在结构和技巧上没有太大的差距。直到今天，我家饭厅中仍然挂着一个近两尺高的泰国提线木偶，是朋友从泰国带来送给我的。俄国的木偶戏很繁荣，演出技巧和人物造型都很优秀。我国在50年代成立了中国木偶剧团，受到俄国很大的影响，在那段时间排演了许多俄国木偶剧剧目和中国神话剧目。

50年代中看过几场中国木偶剧团移植彼得格勒木偶剧院的剧目，其中印象最深的就是《高大的伊万》和《聪明的伊万》。《高大的伊万》是真人与木偶同台演出。那时的木偶已经有八十厘米高，但相对真人扮演的伊万来说，仍然显得很矮小，这样，伊万就显得高大了。伊万好像是沙俄时代的农奴，以“卑贱者最聪明”的理论，伊万就成了剧中最高大的正面人物。那两次演出是父亲带我去看的，这是我印象中有限的几次和父亲一起看演出，地点好像是隆福寺后面的东四剧场。这种真正的木偶戏让我兴奋了好几天，比起“耍苟利子”的，真不知好看多少倍了。五十年前的旧事，已犹如隔世了。

当时的中国木偶剧院在东四四条胡同中一个路北的大红门里，我和几个同学跑到里面去偷偷观看过他们排练。那里真是一个奇妙的世界，只能有缘在舞台上相见的木偶被一排排挂在墙上，那种感觉像是见到了众多卸了妆的著名演员。那些崇拜的偶像就在眼前，真可以说是一种“零距离接触”。看排练让我们了解了许多木偶的秘密和其中的机关，于是也萌生了自己演木偶戏的念头。

那时只有在北京百货大楼和王府井儿童用品商店能买到木偶，而且也只有布袋木偶卖。这种商店大多是卖给幼儿园的，很少有个人去购买。木偶的品种约有二十多种，无非是狐狸、狼、兔子、猫、狗、山羊、猴子等等，也有卖整出剧目的，例如《东郭先生和狼》，大约有三个形象。我曾在这两家商店买过十几个布袋木偶。那时我家的院子里有个贮藏花盆、扫除工具和杂物的小棚子，进出口处没有安门，这样，挂个布帘子就成了舞台。我与两个小伙伴排演了《东郭先生》，还根据可以利用的动物木偶编了些童话故事，大约有两三个剧目。精心准备之后，是制作演出的门票，我们用硬纸板剪成若干个“门票”，发给院中其他孩子及胡同里和我们要好的孩子，真事儿似地请大家来看演出，临演出前，还真有人来向我们要票，这让我们得意非凡。我们两三个人在幕后操纵木偶，而且学出各种不同声音，还用木棍子打击铁桶和花盆，做出不同的效果，无论从哪方面讲，都比“耍苟利子”的棒多了。

如今，已近耳顺之年的我，对木偶仍有一种极大的兴趣。据宋人笔记记载，宋代已有水傀儡和药发傀儡，药发傀儡似为装有火药、能燃发作响的傀儡戏，比起隋代即能演出《巨灵开川》一类的剧目，也不算太先进了。只是这种药发傀儡早已绝迹，今天实在无法想象是什么样子和怎样演出。至于水傀儡，倒是还能看到。

2004年在越南看过一次真正的水傀儡演出。这种水傀儡已然成为活化石。越南虽偶有演出，观看的人也很少，因此赶上一次水傀儡的表演也很不容易，尤其像我这样年过半百的人执着地去看木偶戏，对很多人来说真是匪夷所思。况且那天傍晚下起大雨，我事先买好票，雇了一辆“摩的”（越南最普遍的载人摩托，就像我们的出租汽车），跑了好远的路去满足了好奇心。

观看水傀儡的观众席椅子很矮，视线和舞台几乎在同一水平上。所谓舞台实际上就是一个很大的水池，演出之前显得很平静。演出开始，鼓声和音乐响起，灯光照亮整个水面，倏忽之间水里冒出许多木偶，载歌载舞，以序幕形式表达对观众的欢迎。以后演出了四五个短剧，从戏剧文化上看，与中国戏剧相近之处颇多，剧目有《水牛作田》《龙舟竞渡》《太子降龙》等等，其共同特点是每个剧目都与水相关，所有的木偶都有厚厚的漆，衣饰都是漆的，整个木偶都可以浸入水中。演出时间大约一个小时，演出结束后，众多男女木偶演员跑出来谢幕，都穿着齐胸的连身橡胶套裤，但上半身好像是不浸在水中的，至今想不通他们是如何操纵水傀儡的。

傀儡戏最早是一种成人的娱乐，后来演变成以世界上亿万儿童为演出对象的表演形式，它是原始而朴实的，在声光化电充斥舞台的今天，木偶戏还有多久的生命？

想起元代姚燧的散曲：“荣枯枕上三更，傀儡场头四并，人生幻化如泡影，那（哪）个临危自省？”

八音盒

安徒生有一篇著名的童话——《夜莺》，说的是很久以前在中国皇帝的宫廷里有一只夜莺，它的歌声倾倒了所有的人。后来日本皇帝派人送来了一只镶满钻石、红宝石和碧玉的人造夜莺，而且只要上好发条，这只夜莺也会唱起歌来。于是皇帝想让两只夜莺一起唱，“不过这个办法却行不通，因为那只真正的夜莺是按照自己的方式随意唱的，而这只人造的鸟儿却只能唱华尔兹舞曲的那个老调”。安徒生没有到过中国和日本，这个故事当然是杜撰出来的，虽然那只人造夜莺只会唱一支华尔兹，但这个故事却时时让童年时代的我充满了好奇和幻想，是怎样的构造会让那只鸟像真的夜莺一样唱起歌来呢？

后来知道那只需要上发条的人造夜莺，原来是一只做工精巧的八音盒。至今我手里保存的旧本《安徒生童话集》中还有一张原文本的插图，画上那只小小巧巧的夜莺站在一只镂空的盒子上面，而下面那个盒子就是八音盒了。

八音盒的历史大约和钟表的历史差不多，所不同的是，八音盒早已失去了它的实用价值，而钟表却还伴随着人们的生活，记录着岁月时光的进程。

八音盒源于欧洲，传入中国的时间应该是在明代，随着传教士一同到来的，从那时算起也有四百多年了。“八音盒”是中国人的叫法，中国人将音乐归纳为“八音”，即金、石、土、革、丝、木、匏、竹八种不同材质发出的不同声音，八音协畅，也就是音乐了。八音盒正是这种能奏出音乐的奇妙盒子。

今天的市场上还能看到一些制作精巧的小型首饰盒，打开后会发出叮叮咚咚的声音，正是利用八音盒的原理制作的，但都不是真正意义上的八音盒。真正的八音盒是没有其他功能的，纯粹是一个为娱乐而用的音乐盒子，后来有了蜡筒、留声机、收音机和CD音响，这种只能奏出固定乐曲的盒子也就成了文物。

八音盒大多是方形或长形的，虽然制作材质多样，但最为标准的还是桃花芯木的，这种制作工艺传入中国以后，在外形上也更为中国化，有用紫檀、花梨木制作的，或者嵌有螺钿。中外八音盒从外观上可以表现出多种风格，令人眩目，但是内部的机械制作原理却是一致的。每个八音盒内都装有发条，上弦后就会发出不同声音。我完全不了解机械原理，至今弄不懂为什么不同的八音盒会发出不同的声音，有的八音盒还会发出几套不同声音来。

故宫藏有不少八音盒，大多是西洋进贡的。在钟表馆里也有不少集钟表和八音盒于一身，既能报时，又能奏出清脆悦耳的乐曲。我的外祖父王泽民（毓霖）先生是位钟表收藏家，除了很多形式各异的西洋钟表之外，也有几个做工精致的八音盒，会奏出好听的乐曲。我小时候不常去外公家，许多记忆淡忘了，但那些奇妙的八音盒却留下了很深的印象。

从很小的时候开始，我就希望得到一个属于自己的八音盒。

从很小的时候起，老祖母就许诺过我一个八音盒。

20世纪50年代初，老祖母常常带我去台基厂的懋隆洋行，那地方好像就在今天台基厂松鹤楼菜馆的位置。半个多世纪过去了，许多旧日的商店都渐渐地消失在脑子里，唯有这家懋隆洋行的影子至今挥之不去。懋隆是座两层的洋楼，楼下是大玻璃窗，透过玻璃可以看到里面琳琅满目的商品，如果说是陈列，真不如说是堆放，到处是中外古董，仅为顾客留下很小的活动空间。

懋隆的主人是金世煜先生，也就是著名国画家金默如先生的尊人，如果在世，大概今已经超过九十岁了。他是满族贵胄，后改姓金。懋隆开业于何时已记不清了，我随祖母常去懋隆则在1954—1956年，金世煜先生相貌堂堂，且极重仪表，待人彬彬有礼，由于家世的缘故，旧学根底不错，同时又通晓英文。本来懋隆就以接待洋人为主，又开在东交民巷附近，所以是一家标准的“走洋庄”商店。商店全部在楼下，显得很幽暗，我记得有不少红木家具、瓷器和石刻造像及竹木牙角的文玩，其中许多是外国人喜欢的三彩和法华彩，这与琉璃厂古玩店的风格就已经有些不同了，更为突出的是店中洋古董几乎占了一半，如西洋瓷器、挂毯、磨料工艺品、铜雕、石雕、银器、烧蓝饰品等等，我想有些应该是英国威茨伍德地方和德国巴伐利亚时代的作品。懋隆洋行在50年代的北京可以说是个极特殊的商店，与当时的政治气氛和社会生活是极不协调的。后来懋隆的名字成为专营对外出口中国工艺品的企业，沿用至今，其实与金先生经营的懋隆洋行是没有关系的。懋隆的楼上是金世煜先生的寓所，面积与楼下差不多，只不过分成若干房间。楼上客厅铺着俄国地毯，颇为讲究，有些陈设好像也属于商品一类。那时他的长子金默如有自己的房间，他比我大许多，总看见他背对着房门，安安静静地伏在桌上画画儿，后来默如先生终成正果，成为当代著名的花鸟画家。与我年龄相仿的是金世煜先生的次子，小名叫大宝，每去懋隆，必是大宝同我在楼上玩耍。

老祖母总说要在懋隆为我买个八音盒。

金世煜先生在“三反”“五反”中受到很大的精神刺激，那时精神时好时坏，总不太正常，还出现过抱着小女儿乘车去颐和园（那时交通不便，从城里往返一趟颐和园并非易事），到东宫门口看了一眼铜狮子就回来的事情。因此每当老祖母让他为我挑个八音盒的时候，他总说：“不忙！不忙！”懋隆楼下有不少西洋的八音盒，其中或许有中国仿造的也未可知。他也曾带我们去楼下店堂里转转，为我找出两三个大小不同的盒子，用抹布拭去上面的尘土，轻轻地上两下弦，那盒子就发出响声，然后他又教我自己动手去上弦。其中也不乏坏掉的，金先生说那是发条断了。

八音盒的体积大小相差悬殊，我在凡尔赛宫和枫丹白露看到过个头儿很大的八音盒，像是口大箱子，大概是欧洲皇宫里特制的，非民间百姓享用。最小的精致八音盒大约有一个火柴盒那么大，照样可以发出悦耳的声音。老祖母带我几次去懋隆，最终还是选了一个，什么样子早已记不清了，金先生说，过两天亲自送到家里来。后来他始终没有送来，时间长了，祖母也早已忘了对我的许诺。

光阴荏苒，人类想出了多少好玩儿的事代替了八音盒，留声机、收音机、半导体、录音机……记得小时候在收音机里听连阔如的《三国演义》，听话剧录音剪辑，那时我就想，要是在这个小匣子里能显出小人儿该多好！以后十年的工夫，电视就实现了这个愿望。科技的进步给人类带来了多少物质享受！物换星移，老掉牙的八音盒早已淡出了生活，甚至淡出了人们的记忆。

70年代末，一个深秋的下午，我骑自行车经过西单大木仓胡同，看见胡同里围着一群人，还有一辆平板车，几个人在往车上搬东西。

问问，说是处理“文革”抄家物资。交易双方几个回合，总算说妥了价钱，几件硬木家具被捆上平板儿，地上遗弃了两个方盒子，一个几乎散了，一个尚完好。卖的让买的拉走，买的说不要了。那盒子很脏，尚好的一个用抹布擦擦，外观依然很好。人们议论着是什么东西，又打开盒盖子，看上去像是个机械。我知道那是两个八音盒。那个坏的是不可救药了，好的尚可维修，想试试声音，卖主儿说没了上弦的钥匙。我问是不是他本人的东西，他说是转收别人家发还的抄家物资，早已不知本主儿是什么人家。他希望以五元钱的价格卖给我，我犹豫后终没有买，并不是因为那盒子没有了钥匙，实在是不愿意得之于他人之所失罢了。

巴黎的卢浮宫古董艺廊（PALAIS ROYAL MUSÉE DU LOUVRE）是塞纳河右岸最令人陶醉的地方，这里集中了二百多家专售艺术珍品、银器、瓷器、雕塑、18—20世纪初家具、水晶制品、珠宝、油画作品的商店，美轮美奂，如同一个艺术博物馆。但与博物馆不同的是，这里的艺术品都可以用金钱交易。在这里你会很自然地想起雨果、巴尔扎克，或者莫泊桑与左拉，想起他们的书中对法国不同时期生活场景的描述。艺廊的购物环境极为豪华，逛累了还有可供休息的咖啡厅，也有可以兑换各种硬通货的金融机构，管理和各种设施也十分现代。如果每间店铺都浏览一下，大致可走上三天。这里十分清静，许多店铺可能一天也不会走进一个顾客，恐怕也如同中国的古董店“三年不开张，开张吃三年”。大部分店铺的老板都会恪尽职守地呆在店里，他们大多在四十岁以上，穿着十分讲究，西服的料子和样式以及领带、领结的质地和颜色显得高雅而深沉，实在是赏心悦目，与整个环境融为一体。这种气质和如此一身的行头在巴黎街上是很少看到的。

我曾两次去过艺廊，每次都会花去半天的时间，这里最为精彩的是法国路易十三至波旁王朝时期的艺术品，还有一些印度支那地区的东西，也是在世界其他国家难得一见的，当然，价格也极其昂贵。最便宜的东西也只是20世纪的一些小工艺品和捷克水晶之类的东西，这些大概算不上是古董了。我在一家卖古董杂项的店里发现了两个非常漂亮的八音盒，都是桃花芯木雕花的，一个深浮雕，一个浅浮雕；一个柚木色，一个几近黑色。那老板是位六十开外的老者，一身驼色的西服，淡蓝条子衬衫配上玫瑰红与黑色相间的领带，温文尔雅。他十分客气地走过来与我搭讪，当发现我对两个八音盒有兴趣，马上告诉我可以随意搬出来看。我轻轻地掀起盒盖，马上发出铿锵作响的音乐清脆之声，有如银铃，看来这八音盒的发条是上满了的，所以一掀盖子马上会响起来，或是一种商业效果吧。他说这两个八音盒一个是路易十四时代的，一个是20世纪初的，虽然都很漂亮，但年代相差许多，所以价格也相差悬殊，那个路易十四时代的要八千欧元，而那个20世纪初的仅要六百欧元，还说如果我真的会要，他还可以让些价钱。这两个八音盒的确是我看到过的八音盒中最漂亮的，那个浅浮雕的盒子上雕出古代狩猎的景象，正是路易十四时代的杰作，那深浮雕的百合花盒子则是20世纪初的精品。

那位老板的英文并不好，有几句解释总是讲法语，我完全听不懂，但他还是反复地絮叨，表现出很着急的样子。恰巧邻店一位亚裔小姐走进来，她用不太好的中文告诉我，老板说，保证机器和发条都是原装的，绝对没有后配的零件，多少年来只是擦过油泥，声音才会这样好。流连许久，自然还是弃之而去，那老板很客气地说，让我再考虑考虑是不是留下。

与朋友说起八音盒，朋友说："你那么喜欢八音盒，待到过生日时我送给你一个。”这个好意被我谢绝了，原因是我想永远把它留在记忆里。

五十年前老祖母没有实现她的许诺，五十年来我从来没有得到过一个属于自己的八音盒。八音盒这种东西已经很少有人知道，逐渐地被遗忘了，但那单调而清脆的打簧声，却依然常常回响于耳际。

从瑞蚨祥门面广告说起

不久前，宣武档案馆为整理大栅栏地区商业资料，将原瑞蚨祥鸿记大门两侧的广告文字拿给我看，并让我逐字逐句地给他们作一说明。后来这篇小文发在了《中国档案报》上，这段广告词其实很容易懂，只是文中用了几个生僻的异体字，再有就是广告词中提到的许多物品名称今人已不熟悉，成为历史名词，所以才有说明的必要。

原文是这样的：

本號向在中外安莊，
定機採辦頭等加重，
綢緞紗羅麤細布疋，
哈喇囬絨西服絲呢，
顧繡妝品時式新衣，
厷置各種細毛皮貨，
海龍水獺大氅領袖，
選擇精良價值克己。

“本號向在中外安莊”。“瑞蚨祥鸿记”及“瑞蚨祥”本号虽在京津及济南、青岛、烟台等地设有分店，由孟氏宗族子弟经营，但并未在海外设分号，故此句有不实夸大成分。据说瑞蚨祥确有意在香港、东南亚设立分号，但因资本所限和时局动荡的原因而未果。另有一说，确实筹备在星（新）加坡设庄，后因家族内部矛盾而未能开业。

“定機採辦頭等加重”。“定机”二字指定制织布机器。清末以前，我国织布机多为木制，大多由手工业作坊完成其工序，谓之土布。至19世纪中叶，铁制织布机较为广泛使用。用铁制织布机织出的布匹经纬均匀，较为细致，故时称铁机布。“铁机布”一词流行至民国初年。瑞蚨祥以定制铁机为号召，是标榜其出品质量的可靠。“头等加重”多指丝织品，丝的好坏、质量与所用蚕丝重量有关，“加重”真丝为上品，如今天所称“重磅真丝”。故“头等加重”也是强调所用原料货色上乘。

“綢緞紗羅麤細布疋”。这是泛言其经营品种。“绸缎纱罗”是四类不同的纺织品，如“纺绸”“软缎”“栲纱”“云罗”等等。“麤”是“粗”的异体，两者音同。“粗细布疋（匹）”包容了一切粗细棉布。

“哈喇囬絨西服絲呢”。“哈喇”音gala，是对粗呢的一种称谓，此语流行于清代，民国以后沿用至30年代之前，此后逐渐鲜为人知，如同四十年前流行的“派力司”“凡尔丁”“法兰绒”，今天二十几岁的青年已经不熟悉一样。“哈喇呢”多为黑色（青色、玄色）粗呢，清代多用此料做便服袍褂，清末小说《二十年目睹之怪现状》《官场现形记》都曾提到。“回绒”即一种平绒，为穆斯林喜爱。至今宁夏、甘肃回族地区仍很流行。“西服丝呢”是制作西服所用的材料，如“板丝呢”等。此句概括了其经营面料品种。

“顧繡妝品時式新衣”。我国刺绣制品可分四大类别，即“苏绣”

“湘绣”“蜀绣”“粤绣”。“顾绣”是指明末顾名世一家的刺绣作品。顾名世是明末嘉靖进士，居于上海九亩地“露香园”，其儿媳、孙媳皆善绣，曾手绣宋元名画十二幅，堪称精品，“顾绣”之名也不胫而走。后顾氏家道中落，专以授徒和售卖绣品为生。顾绣的特点是专门模仿绘画作品或刺绣翎毛走兽、山水花卉，用以陈设居室，清代及民国初年以为时尚。旧时女孩出嫁，多以顾绣为陪嫁妆奁，称之为“顾绣妆品”，“妆品”即指妆奁用品。此外，瑞蚨祥还经营成衣，其样式多领风气之先，追求时尚，故称“时式新衣”。

“竝置各種細毛皮貨”。“竝”即“并（竝）”的异体字，或称“竝”字的讹写。旧时广告中常用异体字，也是一种商业宣传手段，用以招徕过往驻足阅读，加深印象。“细毛皮货”，旧时皮货有粗细之分，如羊皮、狗皮、兔皮、狐皮等均为粗毛皮货，而银狐、灰鼠、灰背、海狸等皆是细毛皮货。

“海龍水獭大氅领袖”。“海龍”即“海龙”，“海龍”之“龍”是“龙”的异体字，魏碑字多喜书“龍”，估计原广告是魏碑体撰写。中国之“龙”字有数十种写法，如同“寿”字有百余种写法一样，“龍”也是“龙”字的多种写法之一。海龙水獭是精细皮毛，多用于大衣之衣领或袖口。“大氅”即指中西式大衣、外衣。“氅”通“氅”，旧时多通用。另有一说，商家讳用“敞”，是为了财源不外流之故。

“選擇精良價值克己”。“选择精良”指进货选择标准高，质量可靠，顾客买东西尽可放心。“价值克己”，是标榜在价格方面做到了“克己宜人”，也就是说在价格上尽量惠益于顾客，宁可自己少赚些钱。此句是表明商号的诚信。

以上八句广告词中间六句均为宣传其经营品种。由此可见当时瑞蚨祥鸿记除了经营绸缎布匹之外，还兼营皮货、成衣，以及妆品绣货等等。据说还有被面、靠垫、桌围、椅披等，经营范围之广泛，可见一斑。民国以后，在大栅栏里还专门设立了瑞蚨祥皮货号。

瑞蚨祥是山东章丘孟洛川在1893年开办的，前身即是山东济南的瑞蚨祥。关于瑞蚨祥的历史，今人王永斌先生所述甚详，因此不再赘叙。瑞蚨祥鸿记则是在瑞蚨祥买卖兴隆的基础上于民国初年继而开办的分号，地点也在大栅栏西口内，上面的广告是分嵌在大门两侧的八字墙上，上面是英文，下面是中文，这在民国初年的大栅栏是极少见的中英对照巨幅广告。

百年沧桑，穿着细事也在上一个世纪发生着很大的变化。当代人研究古人服饰衣着的著作不少,却往往忽略了近百年的衣着变化。百年来留下的影像资料虽记录了不同时代的服饰特点和大体式样，但于细微之处，尤其是衣料质地就被忽略和淡忘了，很多衣料的名称也都弄不清了。有一次我在商店听到一位顾客问售货员有没有“海军呢”，那位售货员十分愕然，不知是什么东西，甚至笑话那位顾客“太土”。也有人问过我什么是“毛葛”，什么是“阴丹士林”，我想再过五十年，大概知道“的确良”的也不会太多了。至于皮货，由于全球变暖和动物保护意识的加强，大多只能成为一种装饰和炫耀商品在皮草商店出售，远远失去了它的使用价值。于是“狐肷”“灰背”“海龙”“貂爪”也成为历史名词。前两年常看到宁夏人在街上售卖罗卜丝滩羊皮，问津者极少，所以这两年也就基本上看不到了。

由于生活方式和生活节奏的变化，类似瑞蚨祥那样的生意已经几近消失。眼下许多大商厦中，衣料柜台的面积逐年缩小，甚至取消，从服装到家居床上用品等，一概以成品代替制品，所以就没有去选择料子的必要了。由此带来服装定制加工业的萧条，北京现今虽有“红都”“造寸”“永正”“观奇”等几家国有或外资民营制衣业，但对绝大多数人来说，多购买成衣服装。

仅仅半个世纪以前，成衣的经营范围还很小，对一般的劳动阶级来说，大多是家中自己剪裁缝制衣服，一般家庭妇女没有不会给家人做衣服的。先是手工，后来用缝纫机加工，而缝纫机传入中国也还不到一百年时间。前些时候报载一台“圣佳”牌缝纫机拍卖了很高的价钱，成了文物。对于生活相对宽裕的家庭来说，则是去成衣铺量体裁衣，一年四季的皮棉夹单都可以在成衣铺定做。旧时成衣铺也有不同档次之分，一般成衣铺或为夫妻店，或最多雇用两三个伙计，只能加工一般的棉夹服装，说不上式样的新颖和做工的考究。较有名气的如前门外的广利成衣铺、东四的双顺成衣铺等。此外，又有做西服的东单北大街的华茂西服店、王府井的新记西服店等。

一些有名的成衣铺大多不指望门面的生意，大宗生意是靠裁缝串宅门揽来的。许多较大的成衣铺虽然门面里冷冷清清，一年却不少赚钱，靠的就是串宅门揽活儿。当时有身份的人是不会去成衣铺里量体裁衣的，一年四季的衣服都是在家中定做。在我的记忆中，我家常来的有三位裁缝，印象十分深刻。一位是韩裁缝（好像是双顺的），一位是曹裁缝，还有一位不知道姓什么，因为他年纪大，大家就称他为“老裁缝”。三位裁缝分工各不相同，韩裁缝是专做新式服装的，技术最高，可能价钱也贵些，一些高档衣料大多由他加工。曹裁缝来的不多，中式传统服装和西式服装都做。他长的什么样子记不清了，直至时隔四十多年后又见到，才回忆起当年的情景。我印象最深的是那位“老裁缝”，高个子，光头，略有些驼背，留着花白的八字胡，一口河北话，“老裁缝”是专做中式衣服的，不会做新式服装，但人很谦和，有耐心，好脾气，总是穿着长衫，除了一张包袱皮和一把尺子，没有任何工具，他来总是不打招呼，遇到主人不在家或有事不能分身，就会在门房里坐等，总说："不忙！不忙！我候着。"

"老裁缝"好像没有店面，就靠走门串巷揽些活儿回去加工。那个包袱皮里卷了一把木尺，夹在腋下，我从来没有看他在纸上写尺寸单，都是靠脑子记下顾客的衣服尺寸大小，真不能不说是本事，与旧时馆子的堂倌记菜名和算账有异曲同工之妙。那时给宅门儿里的女眷做衣服也很不容易，一件衣服如果不让你改上两回不算完，总能挑出这儿那儿的不合适。老裁缝每遇这种情况从不顶嘴辩解，能够毫无怨言地主动提出回去改了再送来，"老裁缝"不像韩裁缝那样会给顾客出主意，您说什么是什么，只要不让他做西式衣服，他都能胜任愉快。

"老裁缝"的生意不多，有时祖母为了照顾他，也总找出几块不当紧的衣料让他去做，尤其是冬天的棉衣，韩裁缝不大愿意做，于是就由"老裁缝"去完成。"老裁缝"来的日子总在换季之前的一个月左右，他揣摩顾客在换季时要添新衣，再就是年节之前也要来揽活儿。即便如此，他来两三次，也就有一次请他做。只要有了活儿，他那个包袱皮就派上了用场，量好的衣料整齐地叠起来，用包袱皮一包，两头系个大扣儿，留出很松的空间，然后往肩上一背，高高兴兴地走了。

韩裁缝架子就大多了，事先约好日子，大家要准备好衣料，有时是家中上上下下和亲友都来等他，而他不是姗姗来迟就是爽约不至。韩裁缝每次来总要提个袋子，里面零七八碎的工具多了，还有大大小小的各种别针，远不像"老裁缝"那样单枪匹马走天下的样子。韩裁缝会出新样子，善改良，那时北京的服装式样虽比不了上海，但他也算得是标新立异了。每次量衣自然是韩裁缝自己来，但是送成衣时则往往是派徒弟来，这样就免去顾客絮絮叨叨让他改动成衣的麻烦。除非是十分不合适，要等到他下次来时让他去改，一般小毛病也就算了。

至于曹裁缝，我已经没有了他早年的印象，但知道有个曹裁缝其人。1997年我要做两件杭罗的中式小褂，买好了料子没有人做，后经萨本介兄介绍，让我去干面胡同找一位做中式衣服的手工裁缝，具体门牌也不清楚。那天在干面胡同里转了半天，才在西口路北找到一家裁缝店，我说是经朋友介绍来的，要做中式小褂儿，条件是要全手工的，五个扣子，“算盘疙瘩”要盘得小。接活儿的是裁缝的老伴和他的女儿，说没有问题。后来那位裁缝从里屋走出来，和我聊了起来，他说现今北京找他这样传统手艺的不多了，他刚刚给故宫博物院的徐邦达先生做了几件衣服送去。他很得意地对我历数了早年北京多少宅门儿曾找他做衣服，其中就有我家。我十分惊讶他的记忆力，也十分相信他的叙述，于是问他贵姓，他说姓曹。我恍然大悟，他就是四十多年前那个很年轻的曹裁缝。那时他不过三十七八岁，而我才不过五六岁，可如今他已经年届八旬了。五十年一瞬，让我想起许多往事。曹裁缝的生活好像没有太多变化，临街的小房子，屋里有个剪裁衣料的大案子，当然，也有缝纫机。我知道他现在主要是指导女儿干活儿。八十岁的人眼睛早已不行了，可至今还有那么多名人主顾找他，活儿也忙不过来，可见这门手艺还没消逝。

又是十年过去了，干面胡同拆了，小裁缝铺也早已无迹可寻，曹裁缝如果健在，也近九十岁了。如今，北京居民区里的裁缝铺或成衣摊不时还能见到，有些则被移到商场的衣料柜台旁边。不过裁缝多已换成是到京城谋生的浙东和苏北人，虽然是量体裁衣，招牌上的“来料加工”，总让人找不到那种旧时的感觉。

老式裁缝店里没有服装模特的模型，我第一次看到服装模特的模型是50年代初在崇文门内的华盛西服店，华盛西服店的开办人是台基厂懋隆洋行经理金世煜先生的内亲。华盛开在同仁医院对门，是个灰色的西式小楼，建筑形式和门面装潢都具欧洲风格。楼下是店面，楼上住家。因为和金世煜的关系，我小时候去过华盛。华盛店面不大，专做西服，店里有两三个与真人相仿的石膏模特，令我觉得十分新奇。那模特整整齐齐穿着衣服，煞有介事地站在那里，我们几个孩子就在模特之间穿来跑去，最后结果是撞倒了模特，那假人儿的脑袋摔得粉碎。

一则瑞蚨祥的广告，让我想起许多旧时的衣着细事。生活中许多小事总能反映出一个时代的生活方式和社会观念，尽管淡忘了，毕竟存在过。

三百年来淡巴菰

烟草称之为淡巴菰是从西班牙语译来的，在哥伦布发现美洲大陆之前，烟草是印第安人的专利，中南美洲是烟草的最初产地，尤其是西印度群岛（今加勒比岛屿），是盛产淡巴菰的地方。

中国文字中最早提到淡巴菰的当推明末方以智的《物理小识》和清初王士祯的《香祖笔记》，他们都说淡巴菰是在万历时传入中国的，种植在福建泉州、漳州一带。

与淡巴菰差不多同时间传入中国的还有鼻烟，传说是利玛窦带来的，但那与淡巴菰完全是两回事。鼻烟是多种草药和香料掺和后制成的，能闻不能吸。满族入关后，对鼻烟情有独钟，旗人养成了闻鼻烟的习惯，伴随着有清三百年的运祚。鼻烟对人无害，只是闻吸时形象不雅，辛亥以后，随着旗人的没落渐渐淡出了社会生活。清代上自王公贵胄，下至贩夫走卒，都有这个嗜好，乾隆时宗室文人永忠曾有《鼻烟赞》："是烟非烟，有味无味。鼻烟清香，爽神开气。"鼻烟以艾蒳为主要原料，杂之干姜、肉桂等许多辅料，然后再用香料调成，所谓"葡萄酒细调，蔷薇露同捣"，说的就是鼻烟制造的复杂工艺过程。

中国人活得精致，闻鼻烟竟能分出“文武之道”，据说“文吸”是将鼻烟在手掌中调匀，以中指蘸少许轻轻敷于鼻孔之下，轻轻闻吸；而“武吸”则是将鼻烟调匀后，以拇指用力捻几下，逆向使劲儿对准鼻孔旋转，深吸有声。无论哪种闻法，都会连连打上若干大喷嚏，达到神爽窍开的目的。另一种精致则是由此产生了装鼻烟的特殊用具——鼻烟壶，成为多种艺术形式的载体。

北京最有名的一家鼻烟店是天蕙斋，原在大栅栏东口路北，一间高台阶门脸儿，随着道路拓宽和店铺改建，今已不存。最近我发现这块牌子居然还在，只是移到了大栅栏购物中心对面路南的烟草专卖店中，不知道还有没有鼻烟卖了。我在60年代中，为了好奇和好玩儿，还在天蕙斋买过一小包鼻烟，闻了一次，连打许多大喷嚏，鼻孔也弄得脏乎乎的，于是随手扔掉，再也没有闻过。50年代我还见到有人闻鼻烟，大多是一些蹬三轮和做体力劳动的人，当时梨园界少数演员也还有这个习惯。

鼻烟虽然是舶来品，但后来中国也能制造，品种不同，香味儿各异，价钱也是三六九等，以适应不同人群的需要。最好的鼻烟还是从英国进口的，天蕙斋就出售这种进口的鼻烟，我只知道英国人有闻嗅盐的习惯，却不知道有没有闻鼻烟的嗜好？

淡巴菰就不同了。如果说鼻烟刺激的仅是上呼吸道，那么淡巴菰就要深入到人体的肺脏。

清初吸食烟草已经十分流行，那时除了淡巴菰之外，烟草又被称为金丝醺，吸时分为旱烟与水烟两种方式，但都需用火将烟草点燃后吸入。旱烟是将烟丝放入烟袋锅中，透过长长的烟杆吸入；水烟则要在水烟袋的水中过滤一下，流程稍稍复杂，但对脏器的损伤却小些。清人吟咏淡巴菰的诗文甚多，沈德潜、方孝标、钱大昕、查慎行、厉鹗、赵翼、李调元等无不对烟草有所描述和吟咏，其中以陈元龙的一首五言律诗最为形象：

神农不及见，博物几曾闻。
似吐仙翁火，初疑异草熏。
充肠无滓浊，出口有烟缊。
妙趣偏相忆，萦喉一朵云。

有了吸烟的嗜好，烟具上也大有文章可做。水烟用具空间大些，于是有了白铜、紫铜和景泰蓝等多种材质。旱烟袋空间小些，就在烟嘴儿上下功夫，最普通的是岫玉的，讲究的可用到象牙、羊脂玉，甚至翡翠。而今在城市中已经看不到吸旱烟和水烟的人，但我在西北黄土高原的农村曾看到不少吸旱烟的老汉，在西南少数民族地区和东南亚，也看到很多吸水烟的，但那种水烟用具迥异于内地，体积要大得多。“文革”中，我在郑振铎主办的《小说月报》上读到过一篇30年代初某位作家的短篇小说《蔡老普的烟袋》，写一位学校的老校工与一支白铜旱烟袋相伴一生的故事，非常生动感人。那蔡老普十分憨厚纯朴，吸了一辈子旱烟。时隔多年，作者记不得了，但故事情节和那旱烟袋却没有忘。

纸烟传入中国大抵是在清末，当然也是舶来品，装潢讲究，吸食方便。那时将吸烟叫作“吃烟”，我小时候常听祖母她们说“吃烟”，而不说吸烟或抽烟，至今南方的许多方言仍叫作“吃烟”，我想“吃烟”二字似乎更加形象与贴切，吞云吐雾，有种更为饕餮的感受。而烟卷或纸烟更商品化的名字则叫作“香烟”了。

香烟不但装潢吸引人，更有在香烟盒中装有小画片的，名为“烟画儿”，后来“洋画儿”这种儿童玩物就是起源于“烟画儿”的。我至今收藏着两套民国初年南洋兄弟烟草公司的“烟画儿”，一套是《红楼梦》，一套是《三国演义》，还有一些零散的《西游记》。这种“烟画儿”今天看来颇为粗糙，在当时就算是很精美了，采用了彩色套印的方法，背面还有说明文字或图赞。由于每个烟盒中只有一张，集齐一套烟画儿就很不容易了，这也是一种商业运作，以达到促销的目的。集烟画儿和集烟标（即香烟盒）不同，前者是时代的产物，或已成为故物，没有了流通和再生的途径，而烟标却一直不断地产生新牌子。我知道目前中国国家博物馆藏有一大套旧烟画儿，是京剧演员王少楼捐献的藏品，我曾看过其中一部分，可以说题材丰富，印刷精良。

自从有了纸烟，人群的区分除了男人和女人之外，就有了吸烟的和不吸烟的分类。“吃烟”的普遍性远远超过了旱烟和水烟时代，这种东西不需任何附加工具，只要有个火，那烟就能“吃”到口中，香烟也就成了社会生活和交往中不可或缺的一种特殊的消费品，于是所有国家的政府都垄断烟的专卖。而吸烟和反吸烟的对立与斗争也就贯穿于整个香烟的历史和现实，成为人类社会进程中一支无关主旋律的插曲。

中国的文化人中不少是吃烟的，鲁迅、徐志摩、林语堂、朱自清、闻一多、老舍、梁实秋无一不是吸烟的，他们与淡巴菰之间结下了十分浪漫有趣的缘分，而他们的思绪和睿智也是与烟草分不开的。

较早进入中国的洋烟有炮台、加利克、三五，抗战胜利以后有了美国的红光、骆驼，“文革”时期还出现过“天涯若比邻”的“友邦”阿尔巴尼亚生产的“钻石”牌香烟，那气味实在不敢恭维。80年代以来正途与水货的进口香烟万宝路、登喜路以及日本的七星更是充斥市场。旧时香烟大致分为两大系统，一是英国烟系统，中国制造的烤烟型香烟大抵也是属于这个系统的；二是土耳其烟系统，美国烟就属于土耳其系统。但是近三四十年来这两大系统有点乱，很难分出彼此，或者说你中有我，我中有你，于是就以烤烟型和混合型区分了。

我学会吸烟是在60年代末至70年代初。那是个不许思想的年代，一群年轻人在内蒙古乌兰布和的大沙漠中，几个学会吸烟的孩子带着我们这些不会吸的，很快就学会了。那中间有个身怀绝技的，能将一口烟吸在嘴里，然后鼓起腮帮子，再用左手的中指轻轻地敲打鼓起来的腮帮子，于是一串小小的烟圈儿就从撅起的小嘴中鱼贯而出，周围的人为他数着数儿，最多时竟能吐出三四十个次第升腾的小烟圈。大家都争相模仿，可谁也达不到他的水平。从学吸烟、抽蹭烟到自己买烟，前后不过两三个月时间，完全是因为生活无聊的缘故。每到春末的中午时分，十来个小子爬上沙丘的顶，那沙子烤得热热的，一躺下去，沙子就自然依托了全身每个部位，比沙发还要舒服。环顾四周，是一望无垠的沙海，仰观天际，碧蓝如洗，没有云，也没有一丝微风，吐出来的烟都是直的，然后缓慢地散去，变得很淡很淡。随着缥缈的烟，幻觉油然而生，那传出朗朗读书声的课堂，那犹如云燕穿梭的滑冰场，还有全聚德的烤鸭子，学校旁边小铺里热气腾腾的炒饼……都会在幻觉中时隐时现。

小时候只是看大人们吸烟，觉得香烟盒子很好玩，也记下了在当时有名的牌子。那时除了“中华”之外，还有墨绿色盒子的“上海”，蓝色盒子的“牡丹”（后来有了红盒子的，就称之为“红牡丹”）设计得都很漂亮。当时的许多新名词、新事物都能成为香烟的牌子，像“官厅水库”“大生产”之类。苏联载狗宇宙飞船上了天，于是就有了“莱卡”牌子。我在内蒙古沙漠中学会吸烟时抽的牌子叫做“钢琴伴唱《红灯记》”，两毛九分钱一盒，这“钢琴伴唱”也就从此引发了我吸烟的历史，一直抽了三十多年。家人和朋友、医生开始劝我戒烟，后来渐渐宽容地说：“每天少抽几支罢！”

1960年前后的物质匮乏也波及香烟，不同级别的干部会享受到不同牌子和数量的香烟，如果一家人中男女都是干部，而其中女干部又不会吸烟，那男干部就占些便宜，勉强可以维持一个月的需求；要是家中没有女干部，而男干部吸烟又凶的话，那可就惨了。关于那个时代吸烟的故事我看过很多，都十分真实。我家在那两年自制过烟丝，为的是以烟斗替代纸烟或是补充纸烟的不足。烟叶是从走门串户的农民手中买来的，从农村来的人会从背包里像做贼的一样掏出一叠烟叶，卖给城里的烟民。烟叶买来先要晾干，再用剪刀剪成细细的丝，和以甘油、香精和白兰地酒，后来发现用兰姆酒更好。然后用手使劲儿地揉来揉去，为的是让烟草与配料充分融为一体。为了使烟丝不干，还要掺和些苹果皮，那味道闻起来真是很香啊！

烟斗是淡巴菰最佳的吸入工具，大概也是最原始的，但至今风靡全世界。欧洲的烟斗最有名，英国、荷兰、德国、丹麦都是烟斗制作国，享有盛誉。早年间英国“三B”烟斗最佳，现在各种牌子都有，已经不是“三B”独领风骚了。我现在用的烟斗大多是英国与荷兰的，长枪短炮与纸烟同吸，真有变本加厉之势，只是烟斗比纸烟麻烦许多，附加工具更是占地方，所以出门时多不用烟斗。

吸烟越来越不招人待见，甚至会受到申斥。美国的室内是绝对不允许吸烟的，这也是我不愿意去美国的原因。但是法国却是吸烟者的天堂，法国的男女老幼几乎有一半人吸烟，而且是堂而皇之地吸，在公共场合，甚至餐厅、地铁车站上都有人吸烟，大街小巷遍地烟头儿，街头的咖啡馆中更是可以随便吸烟，这也是我喜欢法国的理由。可以吸烟，但不能够抽烟斗。我在圣马力诺山坡上的咖啡馆中抽烟斗就曾被制止过，十分尴尬。维特（waiter）说那味道太浓郁，其实，一杯卡布其诺再配上一斗烟，才是真正的享受。巴黎只有一个地区的咖啡馆是可以抽烟斗的，那就是塞纳河左岸的拉丁区，那里的咖啡馆都可以尽情地抽烟斗，我甚至看到过抽烟斗的法国姑娘，拉丁区的自由精神与浪漫情怀大概正在于此吧。

雪茄烟过去叫作吕宋烟，吕宋就是菲律宾，其实真正最好的雪茄是淡巴菰的故乡——古巴。好的哈瓦那雪茄是用木头匣子装的，而且那匣子也十分地讲究。雪茄是用整张烟叶卷成的，工艺过程极为繁复，最上等的当然是手工制作。我有位叔外公讳毓颖，因为排行十六，所以自号石麓（与十六谐音），与我的外祖父毓霖先生为同胞昆仲，我称之为“十六外公”。外祖家祖籍江苏淮阴，这位“十六外公”的淮阴口音却不很重，在50—60年代，与我家往还颇多。“十六外公”善言谈，且吸烟频频，每当吸烟时常常回忆往昔的炮台、加利克，似乎手中的牡丹、大前门霎时变成了老英国香烟。他津津乐道的一件事是某次从上海到天津，在船舷甲板上燃起一支英皇加冕的雪茄烟，立时香气四溢，惹得甲板上旅客驻足顾盼，艳羡不已，而且香味儿飘向船头船尾，惹得船长走过来与他攀谈。此事我至少听他讲过五六次之多，每次从头至尾，叙述详尽，可见实为亲历，绝非妄言。但“英皇加冕”不知是乔治六世，还是伊丽莎白二世？

雪茄的烟是不吸入肺中的，只是在嘴里停留片刻便吐了出来，于是雪茄成了“摆谱儿”的道具，像许多女士吸烟一样，多是吸给人看的。旧时代银行大亨，如《日出》里的潘月亭之流都要在食指和中指之间夹根雪茄，成了一种身份的标志。现而今要“摆谱儿”，比我“十六外公”那可是阔多了，许多大饭店和俱乐部中都有雪茄房，可以调温调湿，保持最佳的温度与湿度为顾客存放雪茄，有玫瑰花与之相伴，只要每月付费就可以了。雪茄房里吸烟的人大概身份和身价都差不多，彼此彼此，也是一种社交的场合。

我是从来不吸雪茄的。

淡巴菰是印第安人对世界最杰出的贡献，淡淡的青烟如梦如幻，若隐若现，人为什么要吸烟？这是一个至今仍未能找到满意答案的问题。

吸烟有害健康！

字纸篓儿

字纸篓儿不是垃圾桶，严格说应该是一种文房用品。它的用途仅仅是容纳书斋里一些废弃的文稿、败笔的翰墨或是绝无必要留存的书札，除了字纸，别无他物，于是就有了字纸篓儿的名字。

中国人、日本人、韩国人大约早先同文的缘故，所以在书房中都有安置字纸篓儿的习惯，古时使用的“纸”多为丝、棉、麻、竹之类制成，既薄且轻，团起一丢，掷入篓内，待篓将满，却没有多大的分量。

字纸篓儿大多是竹柳藤条编成的，高约尺许，上宽下窄，置于书桌之下或书桌之侧，随手可将废弃字纸丢入其中。我也见过日本、韩国书斋中的字纸篓，有用纸制并彩绘于篓外的，十分别致。

时下对垃圾有严格的分类，大抵能分成可回收再生利用的和不可回收利用的，二者泾渭分明，一方面充分体现了现代人的思维理念和价值观，另一方面却是字纸大量减少了。文稿可在电脑上打印，信息能在网上传播，至于翰墨法书，更是鲜见于废物之中。而今的办公室中多有字纸粉碎机，无论是公文密档，还是华翰辞章，一入机中便会丝丝如缕，早已是魂断香销了。

旧时篓内字纸的去处大多是送给了捡烂纸的，我在50年代中期还见过不少走街串巷捡烂纸的老人，完全不同于今天外地农村到都市来谋生的拾荒者，麻袋中装的是可口可乐的马蹄铁罐子，平板车安上嘟嘟作响的发动机，完全是一副机械化部队的样子。那时捡烂纸的老人多是在身后背上一个很大的箩筐，手中的竹木棍上有一截很锐利的铅丝，能够不用弯腰就把字纸从地上扦起，随手掷入背后的筐内。他们不要任何垃圾，只是收集废纸。最有意思的是总在筐外贴个字条，上书“敬惜字纸”四字，一望而知是收废纸的来了。巷陌人家，轻车熟路，每至门首，自会有人将字纸篓倾入他们的筐内。

小时候最好奇的是“敬惜字纸”四字，那是劝诫世人“敬惜字纸”呢，还是表示捡烂纸的人对字纸的珍惜？其实不过是一种职业宣示的招幌，一个以捡烂纸为生的拾荒者，不吆喝不声张，背后筐上的“敬惜字纸”随着蹒跚步履穿行于街头巷尾，何其太雅，何其堂皇而有古风。于是捡烂纸的就有了个“敬惜字纸”的雅号。小时候家中的字纸篓满了，我的老祖母就会说：“去倒给‘敬惜字纸’的罢！”

其实“敬惜字纸”的大抵是不识字的，干这个营生的也多是些五十岁以上翁妪，或是城市的贫民，或是城厢附近的农人。旧时字纸的最终归宿我不得而知，但家中字纸却送给了他们。那时也有以烂纸换取灯儿（即火柴或洋火）的，老舍先生和许地山先生都有过描写他们的文字。我没有换过取灯儿和其他的什么东西，只是往他们的筐里一倒就算完成任务了。

五十年前大约是一个端午节的前后，我在街门口看见常来收废纸的一个老人，那天还带着个四五岁的男孩。初夏近午已是骄阳似火，祖孙坐在门洞里歇脚，那老者摘下草帽替孙子遮着太阳，另一只手擦着光头上的汗珠。那手是古铜色的，手上的皮包着骨头，显得十分干瘪粗糙。歇了一会儿，那老人从筐里捧出一堆纸团儿，在地上一一展平。我非常好奇，看着他干这活儿。可能是那天运气好，老人收了两摞旧报纸和一摞旧杂志，放在筐旁边。孩子无聊，先是蹲在门洞里看蚂蚁打架，后来看累了就坐在旧书报上。当老人整理完他的字纸回过头来，蓦然瞅见孩子坐在旧书报上，突然掴了他一巴掌，那孩子大哭起来。老人嘴里喝道："让你往字纸上坐！"

"为什么那儿不能坐？"我好奇地问。

"那上面有字！"老人说。

"有字为什么不能坐？"我又问。

"字是仓颉造的！"老人气哼哼地说。

"仓颉是谁？"我从来没有听说过这个名字，老师也没告诉过我这样的知识。

"仓颉是老祖宗！"老人说。

"那为什么不能坐？"我不解这与仓颉造字有什么关系。

"那上面是文章。"老人怀着崇敬说道。

"文章为什么不能坐？"我又不解了。

"文章是孔夫子写的。"老人告诉我。

"孔夫子是谁？"这也是二年级老师没有给我们讲过的。

"孔夫子是圣人！"老人又说。

"你识字吗？"我没有再深入问他那些高深的问题，他这样有学问，一定是认识许多字的。

"我不认字，认字就不捡字纸了！"

老人不再理我，他赶紧将孩子坐过的那摞旧书报捧起，举过头顶，并恭敬地在光头上顶了顶，像是替他的孙子向仓颉和孔夫子谢罪。

自此以后，我会经常把字纸篓儿里的废纸压得紧紧的，总是等那背着“敬惜字纸”筐子的老人来，然后一股脑儿倒入他的筐中。

又过了一些年，有了收废品的，都是些壮年男女，隶属于废品收购站。他们也是走街串巷，用秤将旧书报、废字纸称了收购去，不论是“仓颉造的字”，还是“孔圣人写的文章”，都通通塞进麻袋，为了使那麻袋多装些，那收购站的工人会踩上去，让废纸之间尽可能减少些空隙。

垃圾的正确读音应为lese（勒色），而不是像现在读成垃圾，几十年前的垃圾远没有今天那样丰富多彩，大约只是渣土和果皮烂菜什么的。但凡是可以当废品换钱的，如废纸书报、废铜烂铁以及麻绳玻璃之类，都不会混入垃圾的行列。

据说旧时有沙里淘金的有心人，专门从捡烂纸的手中淘出些名人书画和尺牍信札，大都是扔在字纸篓儿中当废物倒掉的，当然是姑妄言之，姑妄听之。

在“史无前例”的年代，人们除了用旧书报去废品收购站换钱，字纸确实很少见了。“祸从文字出”，但凡是手书墨迹、往来信函，大都以火攻水淹的办法处理掉，免得招来莫须有的麻烦，字纸篓儿中空空如也，字纸篓儿也几乎失去了原有的作用。

我的书桌下有一只竹编的字纸篓儿，用了近二十年，因为完好无损，总是舍不得扔掉。在工艺品的商店中见到过很多编制讲究的字纸篓儿，真是十分漂亮，我想不同风格的书房中配上一只既实用又美观的字纸篓儿是别有一番情趣的。前些时候我在意大利佛罗伦萨的小店中买了一只很精致的字纸篓儿，送给国内的朋友。那纸篓是方形的，像是用来量米的斗，可以折叠起来，用料也颇为讲究，是仿羊皮压花烫金的。不知道意大利人有没有“敬惜字纸”的传统？

我的锡兵

孩提时代有过许多玩具，直到今天仍然念念不忘的，要算是锡兵了。

安徒生写过一篇童话，叫作《坚定的锡兵》：

> 从前有二十五个锡做的兵士。他们都是兄弟，因为他们都是从一个旧的锡汤匙铸出来的。他们肩上扛着毛瑟枪，眼睛直直地向前看着。他们的制服一半是红的，一半是蓝的，但是非常美丽。他们待在一个匣子里面。匣子盖一揭开，他们在这世界上所听到的第一句话是："锡兵！"这句话是一个孩子喊出来的，他拍着双手。今天是他的生日，这些锡兵就是他得到的一件礼物。他现在把这些锡兵摆到了桌子上。

我想，我就是安徒生说的那个孩子。

当我过五岁生日的时候，我得到了属于我的第一批锡兵。那是父亲小时候玩过的，大约是1930年前后在天津租界的洋行里买来的，而这些锡兵的生产年代则是1919年，也就是第一次世界大战结束的第二年，是英国制造的。我的老祖母总喜欢把第一次世界大战称之为“欧洲战事”，因此我在小时候只知道有“欧洲战事”，而不知道有第一次世界大战。那些锡兵装在一个木匣子里，并不是二十五个兄弟，而是三十七个。据匣子外面的文字，不但写着出品年代，还标明装有四十个，其中三个是在父亲小时候弄丢了。

这三十七个锡兵也蔚为壮观，是真正锡铸的，高约六七厘米，每个都有四十克左右，分为三种姿态：一是站立持枪的，一是半跪姿射击的，一是匍匐姿态射击的。通身深橄榄色，造型十分生动，军装的折皱，佩戴的子弹盒，甚至马裤下部的扣子都十分清楚。立姿的锡兵身后都有背囊，肩上扛着毛瑟枪，那枪杆很长，上面还有刺刀，由于伸出部分过长，就容易损坏，当这套锡兵到我手里时，有三四个立姿士兵扛的枪已经没有枪管儿和刺刀。我历来有个“光复旧物”的习惯，若干年后，终于找了个焊洋铁壶的到家里来，比照一个完好无损的锡兵复制了枪管儿和刺刀，那工匠手很巧，居然做得天衣无缝。

与这套锡兵同时的还有一门克虏伯大炮，那炮与锡兵并非是配套的，是用铁皮制造，外面有迷彩漆，远比不上锡兵那样厚重。炮也是父亲小时候玩过的，同样是在“欧洲战事”以后出品的，但是德国制造，大约也是从天津洋行中买来的。那炮闩可以拉出来，炮膛里装有火石，一按炮闩，炮口就能打出火来。又过了许多年，我的儿子也玩儿上了这门大炮，一件玩具经历了祖孙三代，大概也是不多见的。

自从有了这套锡兵，一发不可收拾，总有“扩军”的念头。当时的玩具店有卖小铅兵的，质量很差，大多为铅制，模子里倒出，整个是扁的，毫无立体感，只有两厘米，放在手里轻飘飘的，形象也模糊不清。50年代有不少私营小店，尤其是在东安市场和隆福寺后边，还存在一些“老虎摊儿”，卖些旧洋货。某次随母亲逛隆福寺，终于发现一套制作精良的锡制骑兵。这套锡骑兵大约有二十多个，大小和分量与英国锡兵差不多，全部骑在马上，威风凛凛。穿着拿破仑时代的制服，上身是白色双排扣的短衣，下身是红色镶有金线的马裤，头戴高筒式帽子，腰间跨有长剑，枪斜挎在背后，与那套锡兵虽不是一个时代，但很是配套，只是一为彩色，一为橄榄色。摊主索价二十元（当时一幅齐白石的画也仅值二十元），我们让他放在柜台上，然后一个个摆出来，简直漂亮极了，虽也是二三十年代的出品，但锡兵的外观很少磨损。母亲与摊主讨价还价，那人低于二十元不卖，我摆弄许久，只得随母亲悻悻而去。

二年级升入三年级的期末考试我很用心，语文、算术都考了好成绩。拿回成绩单的那天，母亲很高兴，从她的房间拿出一个装巧克力糖的纸盒子，我以为她奖励我一盒巧克力，打开时，我惊呆了，竟是那套我梦寐以求的锡制骑兵！那种兴奋的心情，至今难忘。

步兵和骑兵都有了，又开始企盼军中辎重。后来又陆续买到了两三种国外出品的炮和当时国内制作的坦克车。那些火炮中有16世纪欧洲长管炮，这种炮的炮管较长，口径较小，是发射霰弹用的。也有17世纪以后的榴弹炮，这种榴弹炮大约在全世界使用了近二百年，开始炮管较短，口径较粗，19世纪以后变为炮身长、口径小，但射程却很远，射角也远远大于早期的榴弹炮。同时我也有早期的加农炮和拿破仑时代的山炮、野炮，各种各样大约有十几门，时间跨度达四五个世纪。其中许多炮是家中的朋友送的，他们知道我喜欢玩儿这类东西，于是变着法搜罗来送给我，其中有一两门简直就是真炮的小模型，超过了玩具商店的商品。

后来东四信托商行的老茹送给了我一套可以衔接铁轨的小火车，是他们商店在门市上收购来的，也像是三四十年代国外出品，大约有十段铁轨，可接成一个圆弧形，有火车头、车厢和货车等四节，将车头的发条上紧，火车头就可以带着车厢跑起来。此外还有扳道房、车站、山洞和信号灯什么的。我最早看见这种东西是在外祖父住宅弘通观院子的南头费家，也就是后来的社会慈善活动家费璐璐女士的父亲家。我那时四五岁，每到费家，总会舍不得走，因为他家总有个玩具展览，最令我好奇的就是一整套电动小火车了。当然比后来老茹送给我的还要壮观，占地面积可达七八个平方米，火车和车厢既大也长。费家好像也有不少锡兵，只是当时没有太注意罢了。

老茹的一组铁路运输玩具使我的军阵整体化有了新的延伸，锡兵从此派上了更大的用场，玩法也有了不少翻新的花样。

我首先将母亲的精装洋文书从书桌上搬下，搭成城堡或峡谷，铁道和火车置于峡谷和城堡的一侧，站台和扳道房、信号灯下都布置些站立的锡兵，而将那些跪射和卧射的锡兵置于峡谷之上，做伏击状，骑兵则从峡谷驰出，形成一支浩荡的马队。然后再随意布置变换，口中念念有词，这样可以玩上整整一天。

那时玩儿这套东西需有较宽敞的地方。开始选择在饭厅，可到了开饭的时候，这些费尽心机布置的战阵就必须撤去，偃旗息鼓，另作图谋，让我十分恼火。后来我挪到父亲的书房去玩，那时父亲工作很忙，在家的时候不多，倒也无人打扰。

以后的几年中，我又在东安市场等处买到些小套或零星的各种锡兵，从其军服看，有十字军东征时期的，有英法百年战争时期的，有美国独立战争时期的，有拿破仑战争时期的，也有普法战争和“一战”时期的，但其大小和品质都差不多，均为锡制。凡此五花八门，大约有锡兵近二百众。

50年代，东安市场的工艺品摊上出售一种泥质骑马小人，多以三国人物为主，如曹、孙、刘和关、张、赵、马、黄等，以及周瑜、典韦、许褚、张辽、黄盖等等，可以有四五十个品种。全是泥塑彩绘，袍服铠甲辉煌，骑在马上，那马腿是四根铅丝制成的，立得很稳，大小与铅兵差不多，当时价格是一角五分至二角（今天仍可以在工艺品商店买到，稍大于50年代的，做工粗糙，已经卖到每个二三十元）。我当时布阵正愁有兵无将，那些锡兵都是一样的军服，看不出官兵之分，这种骑马武将正可将兵。后来我几乎买全市场上能见到的骑马人，于是完全以三国故事为原型布阵，从而改变了战争格局。

天下三分，自然有了三支队伍，骑马人是以魏、蜀、吴归类，绝不含糊，但所率的锡兵都是外国人。那些锡兵脚下都有个锡托儿，立得很稳。随于鞍前马后者，皆为英、法、德、美不同时期的士兵。我那时把战阵扑腾得也最大，地方不够，就从桌上搬到地上，依然以洋装书为主要筑“城”原料，还自己做了十余面旌旗，上书魏蜀吴和关张赵马黄等人的姓氏，立于“城”端。至于哪里对阵，哪里设伏，哪里阻击，哪里屯兵，都安排得井井有条，一间屋子可以全部摆满，场面十分宏大。如果赶上收音机里播出连阔如的评书《三国演义》，随之变换格局，更是有了创作的源泉。每当此时，似在建安黄初之际，身于万马军中，那种快乐难以言表。

那时家中的卫生间在父亲书房的南侧，要从祖母的正房去卫生间就要穿过父亲的书房。每当我在父亲书房中“布阵”，祖母和来客总是叫苦不迭，要蹑手蹑脚穿过我的战阵，实非易事，后来干脆大家从院中绕过西厢房，不愿在那里步营蹈阵了。

也有些来客愿意看我玩耍，驻足观望或指指点点，问这问那，如遇我正玩得高兴，也愿意与他们说说我的“军事战术”。更有好事者，指指两摞书中间问道：“这是干什么？”我说是子午谷，山头设伏，可以夹击入谷来军。那客人就说：“不好！你的谷前谷后都是开阔地，虽遇伏击，仍然可进可退，你当在前有阻击、后有追兵的情况下才能达到居高临下伏击敌兵的目的。”然后一定要看着我在洋装书的两侧摆上一将和若干锡兵，才算罢手。也有来客说炮射弧线，只能摆在平地；屯兵不要在山上，如敌断其水源，则大势去矣。凡此自以为是的客人皆为男性，家中来的女客对我这些勾当是不屑一顾的。

我将这支跨越时空的杂牌部队玩了四五年之久，乐此不疲。就是在睡梦中，也会梦到我的锡兵走动了起来，按照我给它们排列的位置，忠实地恪尽职守。至于“铁马冰河入梦来”，那是常有的事儿。

我的锡兵和那些小骑马人都早已不在了，尤其是那些锡兵，应该颇具些文物价值了，不知道今天它们在哪里？安徒生写的那个一条腿的锡兵最后被丢进火里，溶成了一个锡球，这是我小时候读《坚定的锡兵》时最伤心的情节。

我的锡兵情结延续至今。一位年轻朋友前几年去法国，曾在卢浮宫附近给我买回两个骑马的锡兵，从外观看是四五十年代的旧货，形象很生动，但做工远不如我小时候那一组拿破仑时代的锡骑兵，掂在手头的分量也轻得多。后来我去法国时才知道，就是在巴黎搜寻这样两个锡兵也不大容易。现在法国店里卖的，大多是树脂做成的，很粗糙，颜色也很恶俗。好的锡兵却做得体积很大，成为一种装饰性工艺品，而且价钱卖得很贵。

2005年我在法国卢瓦尔河谷的香堡（Chambord）内看到了一组波尔多公爵孩提时代的大炮和锡兵，那大炮和辎重做得却十分精致，体积也比我小时候玩的大许多。除了炮之外，还有岗亭、弹药车、枪械车等等，锡兵是彩绘的，个子也大，完全是贵族气派，但我并不十分喜欢，总觉得还是小时候我那些英法20年代的锡兵做得好。

无论是在巴黎的街头，还是在布鲁塞尔的小巷，每逢有玩具店或工艺品小店，我都会进去看看有没有小时候玩儿的那种锡兵，在这些地方流连忘返，以至于耽搁了不少时间。我发现偶有武装小兵，基本上也是树脂做的，而且几乎都是中国制造的。后来在巴黎歌剧院附近的杜特大街（Drouot）发现了一家锡兵专营店，里面的锡兵做得不错，但形象都是中世纪的武士，身穿铠甲，手持刀斧和盾牌，问问价钱，每个都要三四十欧元，我相信那些锡兵出品的时间绝对不会超过十年。杜特大街上还有两家锡兵店，橱窗摆得很漂亮，有成队的锡兵和军乐队方阵，军装很华丽，制作也很精致，就连马靴上的马刺都能看清楚，然而这种军队是不能作战的。进店去看看，老板很热情，他说这些锡兵都是西班牙做的，要成套卖。我没有打听价格，相信一定是非常昂贵的。

我在法国仅仅买回一门大炮，那是在巴黎荣军院（即拿破仑墓）买的。这种炮的炮身在哪里都能见到，当然是从前膛装炮弹的那种，但是大多没有炮架，因当时的炮架或为木质，或为铁铸；木制的早已朽烂，铁质的也移作他用，在荣军院的走廊里竖立着许多这样的炮身，而完整的大炮却仅在四角各置一门。我买的那门炮大约有一公斤重，是有着庞大炮身和车轮的那种，炮身上铸有“N”的标志，显示出拿破仑时代的特征。我想那应该是滑铁卢大战时代的兵器。

巴黎荣军院内有法国最大的军事博物馆，展示了从古代到“二战”时的各种铠甲、军服和兵器，最令我驻足不前的就是那些身着甲胄的模型。也有从路易十三到拿破仑三世各个时期的军装，都穿在真人大小的模型身上，这就是我那些锡兵的原型，可见那些玩具锡兵都是仿照不同时期军装服饰铸造的。展览中也有我没在锡兵中见过的，例如法国大革命（1789—1793）时期的军中女酒保，正是像雨果的《九三年》中描写的那样。再有就是出现在第一次世界大战时最早的装甲兵和防化兵，在我的锡兵中都是不曾有过的。我仿佛又置身在锡兵的世界，在我的眼中，它们是放大了的锡兵队伍。

最后我终于找到了与小时候玩儿过的那种一模一样的锡兵，那是在法国东北部诺曼底小城圣马洛（Saint-Malo）见到的。

圣马洛历来有“海盗城”之称，面对英吉利海峡，是中世纪海盗盘踞的地方，城的一侧筑在海水中，另一侧与大陆相接，是一座固若金汤的小城。可惜古时的圣马洛毁于“二战”炮火，今天能见到的只是重新修复、以供游览的圣马洛了。这里虽是旅游胜地，却有着非常浓厚的生活气息，小城中有万余人口，有石板铺就的街道，屋舍俨然，商肆栉比，我们到圣马洛恰逢星期天，上午人们大都在教堂做礼拜，街上很少有店铺营业，咖啡馆的伙计方才懒洋洋地摆出阳伞和桌椅。高低不平的小街两侧，留给人们观瞻的只有五光十色的橱窗。圣马洛与英国只有一水之隔，深受英国文化的影响，店里有漂亮的英国瓷器，不乏威茨伍德的出品；有各种花边和十字绣，也有各色各样的小工艺品。走过每家小店，都可以停留下来欣赏橱窗里的陈列。猛然发现一组锡兵，与我小时候那套英国锡兵完全一样，我相信他们是孪生兄弟，从那些锡兵身上斑驳的痕迹，也能看出是20世纪初的出品。我站在橱窗前久久不肯离去， 无奈地望着玻璃门上挂着“星期天休息”的纸牌子，最终带着遗憾离去。

也许是遗传的缘故，儿子小时候也喜欢摆兵布阵，除了那门克虏伯大炮之外，他没有玩儿过真正的锡兵，只有很多塑料的小兵，百十个小兵放在一个盒子里，也没有多少分量。但他的军队却是现代化的，除了二十余辆汽车、救护车、坦克、装甲车外，还有十余架飞机。他的玩法与我大致相同，能在他爷爷楼上的书房中玩儿一天，没有任何声响。寒暑假中他把自己关在屋里，趴在地上摆弄千军万马，有好几次爷爷奶奶忘了叫他吃饭。我曾给他做过一个很精致的城堡，是用硬纸壳糊的，最精心做的是吊桥，那吊桥用一块纸板刷上胶水，又将树枝剪成同样长短的小棍儿，一根根像枕木一样粘在有胶的纸板上，桥头安有绳索，可以慢慢拉起。我如果能把父亲小时候玩儿过的锡兵留给他，那该是多有意思的事。

安徒生关于锡兵的童话结尾，是那个少了一条腿的锡兵经过了种种周折和旅行，最后回到了它原来待过的地方，看到了以前那个小孩，以前那些宫殿和玩具，还有他心爱的舞蹈家。五十年时间，我一直没有忘却我那些可爱的锡兵，梦想着他们有一天又能回到我的身边。

五十年前，家里来了一个小女孩儿，她是随她的妈妈来做客的。当她独自踱到我的锡兵军阵前，好奇地睁大了眼睛，她从来没有看到过那样壮观的锡兵队伍，于是她向我问这问那。我有些不耐烦，忽然间突发奇想，告诉她小兵会自己走路，请她出去一会儿，奇迹马上就会发生。她将信将疑地转身出去，不一会儿回来后，发现桌上的锡兵们果然已经改换了位置。但她无论如何也不相信那几个锡兵是自己走开的，这成了五十年来我们之间的一段公案。

这个小女孩儿多少年来一直忘不了这件事情，她就是我的妻子。

欧美同学会与文化餐厅

坐落在北京南河沿南口、菖蒲河畔的欧美同学会至今已有近九十年的历史，就今天所在的会址来说，也有近八十年的时间了。

我国清末始派留学生出国，学习欧美先进国家的科学技术知识，这些留学生在其留学所在国成立不少留学生会和留学生会馆，促进了海外留学生之间的交流与联谊。嗣后学成归国，也继续保持着这种友情，分别在北京和天津成立留美、留英、留法比德等同学会。1913年，在当时著名留学生领袖人物颜惠庆、周贻春、顾维钧、詹天佑、王正廷、叶景莘等先生的发起和赞襄之下，将京、津两地的同学会合并，成立了欧美同学会。最初租赁了西交民巷一座小四合院为临时会址，后于1915年在南河沿街口以银元贰仟圆购得一所破旧喇嘛庙，拆除原建筑，在其址兴建会所。这座密宗庙宇很少有人知道，最近偶尔翻阅陈莼衷（宗藩）先生《燕都丛考》，在旧京内六区街市中发现这座喇嘛庙原名“十达子庙”，建于何时已不可考。据余戟门（棨昌）《故都变迁记略》，称“十达子庙”为“石达子庙”。此庙在皇城之内，南湾子迤南，对面即是满洲祭祀旧俗的

欧美同学会原址“十达子庙”。此为拆建前奠基典礼时的照片，内有顾维钧、王正廷、唐在复、王景春等，摄于1915年

堂子（本设在东三座门外，光绪庚子被毁，改建于此，即今贵宾楼饭店所在）。无论是“十达子庙”，还是“石达子庙”，皆是俗称，此庙能建在皇城如此重要的位置，估计与蒙古八旗的信仰与祭祀活动有关。

喇嘛庙被拆除后，欧美同学会先后于1918年、1922年两次兴建，但规模都不是很大。随着会员人数的增加，会务活动的扩大，初建屋舍已不敷使用，于是1925年由颜惠庆先生发起，在海内外留学生中募捐，由美国留学生、建筑学家，同时也是欧美同学会会员的贝寿同先生设计，耗资四万余圆，建成今天的规模。这位贝寿同先生字季美，江苏吴县人，是一位综合中西美学风格的建筑师，也擅长绘画，因此欧美同学会的整体建筑风格融合了东西方文化的特点。欧美同学会的建筑包括了大会议厅、大小餐厅、图书室、游艺室、办公室。同时还设有招待所和浴室。建筑外观大体上是中国传统式的，但门窗和内部建筑都是新式的，是民国时期最典型的建筑格式。

欧美同学会成立以来，以修学、游艺、敦谊、励行为宗旨，联络了一大批不同时期的欧美各国留学生，为西学东渐起到了重大作用。在不同时期主持会务的理事也各有其显著特点，如在成立初期的理事与会员，后来跻身政坛者为多，如颜惠庆、梁敦彦、王正廷、陆徵祥、顾维钧、陶镕、周贻春等先生，当然也有像詹天佑、丁文江等科学家。第二期则是稍晚一辈的留学生，如章士钊、胡适、张奚若等先生。日伪时期，欧美同学会被日军强占，一部分会员在马寅初等先生倡导下，在重庆坚持了会员活动。第三期是1949年之后至“文革”前，主持会务的以自然科学家为主，如严济慈、李宗恩、陈岱孙、竺可桢、茅以升等先生。第四期是在历经“文革”劫后，1982

欧美同学会内礼堂正门

年恢复活动。除一批老会员外，又吸纳了留学苏俄、东欧和其他国家的留学生，所谓欧美同学会，已在内容实质上发生了不小的变化。届时，不少老一辈欧美留学生尚健在，如茅以升、严济慈、周培源、赵忠尧、钱三强等先生，先岳父吴京先生（字震声，美国宾西法尼亚大学采矿专业硕士）也是该会理事。

欧美同学会的餐厅旧时是不对外的，仅为会员联谊、游憩之余就餐，幼时随家里人在那里吃过两次饭，记得是在两侧厢房之中，印象已不深刻，而欧美同学会正门北侧的文化餐厅却至今记忆犹新。文化餐厅也属欧美同学会的一部分，内部相通，却对社会营业，是北京一家颇有名气的西餐厅，大约开业于50年代中期，歇业于1963年，1963年以后一度广东馆子恩成居搬入，经营一年多即停业，从此以后临街大门堵死，仅从其南边正门出入了。

文化餐厅临街（南河沿大街）有一大门，进入后是一个狭长的院落，约有五六十米长。南北两侧的墙上爬满长青藤，颇为幽静。餐厅地势较高，需踏上五六层台阶。室内门窗都漆成乳白色，显得十分洁净、明亮。我最喜欢餐厅中的地板，50年代的北京中、西餐厅，除新建的莫斯科餐厅等少数之外，很少有铺设地板的。地板是深褐色，与乳白的门窗形成较大的反差，给人一种很舒服的感觉。餐厅也是长方形的，西端是酒台，西北部有门通向厨房，餐厅中都是方桌，铺着白色台布，简洁朴素。这种方桌可以四面坐人，如果同时来的人多，两三张方桌可以立即拼成一个长方形的长餐台，也很方便。

餐厅平时顾客不多，但每逢星期六、日，都能达到满座儿，原因是清华、北大不少教授放假进城来这里就餐。在餐厅入口南北两侧各有一室，一间是办公室，一间是休息室，我幼时对这两间小屋总有一种神秘感，希望到里面看看，后来去得多了，每逢人满，必在休息室等候，室内有沙发和衣帽架，也有些书报杂志可供等候时浏览，让人感到很温馨。

文化餐厅的西餐算不上最佳，就当时的水平来说，略高于东安市场的吉士林，而稍逊于和平餐厅。我太太总是提起小时候她父亲带她去吃饭，有一道菜是带汁的“大王肉饼”，个头很大的长圆形肉饼配上一些土豆，炸焦了的皮子裹着汁，吃起来香腴适口，现在想起来，根本就是中式西餐的味道，却让人大快朵颐，后来到哪里也没有再吃到过。我更喜欢那里的环境，朴素而安静，绝没有一般餐厅的喧哗。这个餐厅从来没有音乐，但也几乎听不到人们说话的声音，更没有看到过杯盘狼藉的大吃大喝。会员可以在里院就餐，但不少学术界、文化界人士都宁愿在文化餐厅吃饭。我在文化餐厅就多次看到梁思成、茅以升、严济慈、袁翰青诸位先生。那时罗隆基先生住在迺兹府西口路北，他也常来这里吃饭，而且常常是一个人。

1959年“大跃进”时，文化餐厅也干过一件大煞风景的事，我至今还能清楚记得。“大跃进”时要求到处搞技术革新，许多商店在柜台上方与收款处之间拴起粗铅丝，上面用个木板钉上铁夹子，夹子上再弄个环儿。顾客购物后，营业员开好票，将顾客的钱与小票一并夹在夹子上，用力一推，推到收款处，然后再将盖好章的小票、发票和找零儿推回来。大些的商店也有用电动滑轮来回传送的，名为“技术革新”，其实都是些画蛇添足的瞎胡闹。文化餐厅倒是没有这套装置，却干了件更可笑的事，那就是将好好的地板开了膛，中间铺一道“铁轨”，置办了两台四轮小推车，轮子卡在铁轨上，送菜时推来推去。本来餐厅不过五六十米长，用托盘送菜绝不是什么费劲儿的事，这样一搞，餐厅内轰隆轰隆乱响，而且还是要服务员将菜从车上端到桌子上，搞这种“技术革新”，真是匪夷所思。好在不到半年，就将铁轨和推车取消了。被开膛的地板用木头条子再填上，补上油漆，那噪音是没有了，地板上却永远留下两道丑陋的轨迹。

1963年，文化餐厅不知何故停业了，但这个对外餐厅还存在，只不过换上了“恩成居”的名字。恩成居是一家当时为数不多的广东老字号，其烧乳猪、黄焖鱼翅、鸡茸玉米等都很出名，但自从搬到文化餐厅后，却一蹶不振，而常来文化餐厅吃西餐的顾客大多转到东安市场、莫斯科餐厅和新侨饭店，旧日的那种特有的文化气氛再也没有出现。“文革”前夕，恩成居关张，临街那扇木门永远地关闭了，再也看不到狭长院落两侧的长青藤了。70年代中，我在隆福寺的小吃店偶然遇到一位文化餐厅的服务员，姓展，我多次去文化餐厅吃饭，因此很熟悉。他那身整洁的白制服不见了，取而代之的是一件肮脏的工作服，头上戴了顶白帽子，在那里卖豆腐脑呢！

欧美同学会里面的房子建得很精致，每间房都有护墙板，门窗也是乳白色的，四周的房子都可以串通。院内花木扶疏，会议厅大约可容纳一两百人，也可以在会议厅举行学术报告会和宴会，有时举办舞会，可在会议厅和院中同时跳舞。1947年，先君与先慈的婚礼就是在欧美同学会举行的，幸有一些当时的照片，尚可看到欧美同学会当年的样子。1990年秋天，为纪念徽班进京二百周年，出版社将《京剧史照》一书编辑出版，为此我在欧美同学会安排了一个座谈会。那日请了张君秋先生参加，他见到我第一句话就说：“这里是你父母结婚的地方，那会儿我还来这儿道贺，一晃儿有四十多年了。”我说：“您记性真好，我都有四十二了，那是四十三年前的事了。”

近年，欧美同学会又经几次翻修，我已很多年没有去过，不知道里面改成了什么样子。九十年的会史，八十年的建筑，尤其是那

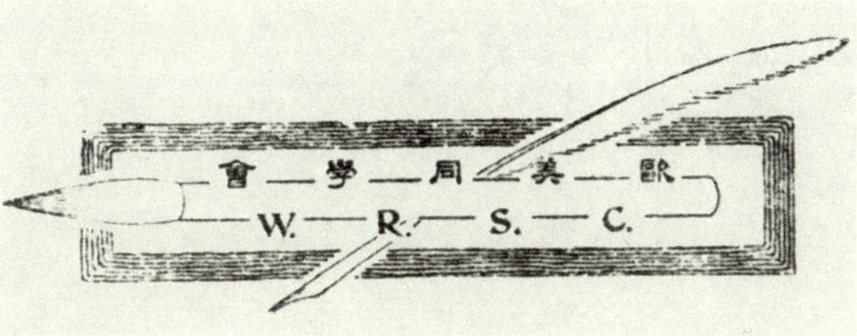

欧美同学会会徽

种民国初期中西合璧的风格，正代表了一种西学东渐下的中西文化交流。尤其是欧美同学会最初使用的会徽，是一个长方形的图案，图中是一支中国毛笔和一支西洋鹅毛笔的交叉，下方是W.R.S.C.四个英文缩写字母，简明的图案充分表达了中西两种不同文化的融合与交汇。风风雨雨九十年，几代留学生之间的友情和对祖国的挚爱，永远留在了那里。

也说左图右史

古人对“天下”的理解，大致没有跳出“溥天之下，莫非王土”的圈子。天下有多大？除了身体所至，目力所及，其大体概念还是需要得之于舆图。这样一来，五岳四渎，茫茫九州，“天下”即可了了，因此古人向来重视舆图的作用。史可察古鉴今，纵向地推延数千年兴亡，而图则可划定不同时期的地域空间环境，以不变而言，是山川地貌；以变者而言，是疆界政区。以此为依托，可以整体或局部地用于军事、政治、经济，乃至行程胜迹、民族迁徙、文化衍变等等。

中国地图的历史可远溯至商、周之时，这里还仅仅说的是真正意义上的地图，至于某些局部的地理性标识，大概可以推至远古时期。《周礼》记录大司徒的职务就有掌管地图一项：“掌建邦之土地之图……以天下土地之图，周知九州之地域广轮之数，辨其山林、川泽、丘陵、坟衍、原隰之名物。”后代地图的掌管归属于兵部职方司，作为军事文档的一个重要的部分。晋代裴秀曾绘制《禹贡地域图》十八篇，唐代李吉甫的《元和郡县图志》四十七镇，每镇卷首皆有地图，可惜今已佚不存。据说现存最早的地图是出土于马王堆的汉墓帛绘地图。而以文字表述的地理书或专著更是不胜枚举，如《括地志》《一统志》《大唐西域记》《太平寰宇记》《元丰九域志》《舆地广记》《通鉴地理通释》《河源记》《徐霞客游记》，直至清人的《读史方舆纪要》等等，这些著作虽为文字性叙述，同时又无不体现了图的概念。

不久前，北大唐晓峰教授寄来一本他的新作《人文地理随笔》，读后颇感亲切。随笔深入浅出，与其说是人文地理随笔，我看更是一本地理学的人文笔记。他是专家，能够将地理学讲得如此“人味儿”十足，是非常难得的，尤其对我这样不懂什么是地理学的人来说，更有启发性。用唐晓峰自己的话说，“是受了洋人的启发，西方人文地理学，想得很多，管得很宽，‘人味儿’十足，明确划在人文社会科学一边。”我想，人头脑中的地理，不仅仅是一张图，而是一个立体的形象空间，然而这个形象空间却又离不开图的提示和匡正，这也就是舆图的魅力所在了。

“左图右史”，历来形容典籍图史收藏的丰足。《新唐书·杨绾传》称杨绾“性沉静，独处一室，左图右史，凝尘满席，澹如也”。我想“左图右史”还应该有一层意思，那就是图与史是不能分离的，图与史分列左右，可以互相参补印证。治史者若没有地理知识，缺乏历史空间的方位感，几乎是不可想象的。史地并称，正是这个道理。

治史者如此，就是文学创作和文学研究，舆图之学也是极为重要的，“即从巴峡穿巫峡，便下襄阳向洛阳”，如果没有地理常识，也就无从体会杜甫那种愉悦亢奋心情之下，为自己设计的“即从”“便下”水陆两路的行程。

读《三国演义》和《水浒》，也必须参考舆图。《水浒》的活动空间虽仅在今天的山东、河北、河南一带，远比不上《三国演义》那

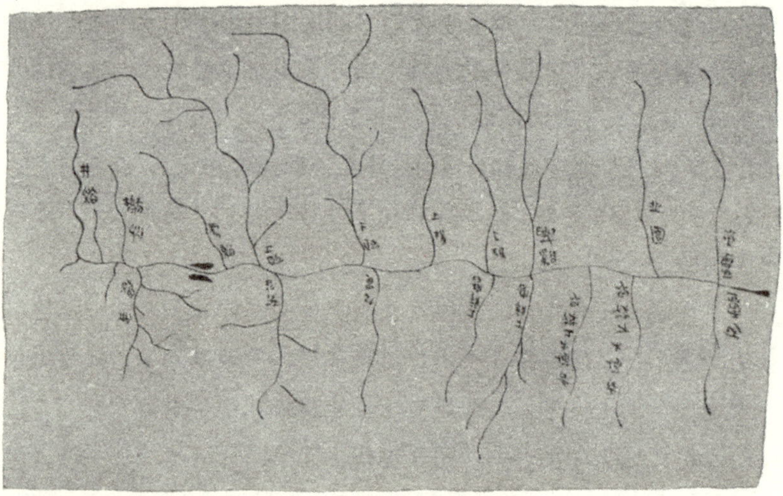

甘肃放马滩出土的木版地图(线绘)，为目前所见中国最早的地图

样广阔，但书中所涉及的州府县治，皆有所本，之间的距离和地貌也与内容有着密切的联系。无论是《忠义水浒全传》一百二十回的郁郁堂本,还是李卓吾评的一百回芥子园本和年代最早的郭勋刻本，虽有内容上的增减，但都有关于山东、河北一带地理方位上的内容，显见作者对地理的熟悉。金圣叹批注之贯华堂七十回本，虽然经过他的删改，毕竟是近百年来最流行的版本。

说到金圣叹，想到一件与地理水文也有关系的事情。2001年夏，某日下午我去琉璃厂荣宝斋，买完东西后顺便到楼上我的老同学萨本介的办公室闲坐，本介兄与我小学同窗，高我一班，后来在荣宝斋工作，是齐白石先生的孙婿，每到琉璃厂，走累了总要到他那里歇歇脚。那日闲坐之时，本介兄忽然说："我让你看件东西，但不许看下款，你猜猜是谁的手迹。"说完拿出一手卷，打开后不见引首，只是个纸本长卷，内容很生，仔细辨认，是关于山东一带水文的勘记，故不甚明白。字写得尚工整，在行楷之间，绝对说不上好，且字体颇拙，非书家作品。我问本介兄为何人墨迹，他笑而不答，一定让我猜猜。我告诉他根本猜不出来，他才展尽长卷，露出下款“金人瑞”三字。我很吃惊，金圣叹墨迹我见过不多，无从判断，回来后急忙找出他在顺治戊子所书“消磨傲骨惟长揖，洗发雄心在半酣”墨迹书影，似无相似之处，那关于山东水文长卷中的字更显得朴拙，全无潇洒之气。唯款识中“金人瑞”三字与那副对子的“金圣叹”三字，确是相像得很。

金圣叹一生不仕进，文学批评和诗文却留下不少，但其生平事迹多不可考，只是哭文庙上揭帖一案导致身首异处的事情尽人皆知。而其考察山东水文地质的事迹，似乎从来没有人提到过，估计是他壮年流寓山东时所为。这一手卷是荣宝斋在门市收购的，出自何人之手，就不得而知了。

另一位与《水浒》有着密切联系的人就是俞万春了。金圣叹腰斩《水浒》后，又在七十回后半部加写了卢俊义惊噩梦，俞万春写《荡寇志》完全是凭借着这个基础拼造出来的。且不说俞万春的写作目的与政治观点，只说《荡寇志》与《水浒》的衍生关系，有两大特点，一是善于钻《水浒》的空子，二是极为熟悉《水浒》活动空间的地理环境。俞氏生活在嘉道年间，当时通行于世的《水浒》版本主要是金批的贯华堂本，俞氏从此入手，对于前七十回中的每一微小伏笔，都变为可乘之机而大大加以渲染、发挥。而对前七十回中没有明确交代下落的人物，如被高俅逐走的延安府教头王进、祝家庄的拳棒教师栾廷玉、扈三娘的弟弟扈成、失守大名府的败将李成、闻达等等，使之再度登场，参加讨伐梁山的行列。其他如《水浒》中人物之间的矛盾乃至这些人上山的前因后果，利用得都十分巧妙，没有牵强、生硬的痕迹，可算《荡寇志》的第一大特点。而第二大特点就是文中对于水浒活动空间的地理了如指掌，北至沧州，南至徐淮。东及沿海，西界豫皖，州府县治的距离、地貌水文、城垣沟壑叙述甚为清楚。我在少年时代读《荡寇志》时，手头总放着一部历史地图集，随时翻阅查找，惊奇地发现《荡寇志》涉及的山东、河北、河南、江苏、安徽五省的大小地名，皆能在地图上检索，从某地至某地所用时日，也都因其距离上的差异算得十分清楚合理。可以说比《水浒》更为详细。唯一遗憾是州府县治有以明清建置代替宋代建置的错误。俞万春是浙江山阴（今绍兴）人，科举功名仅是诸生，青年时代曾随父在广东任所，对山东、河北未必十分熟悉。此书草创于道光六年（1826），成书于道光二十七年（1847），前后凡二十二年，虽为小说，在写作上确实是下了功夫的。如果说俞氏没有长期在山东、河北生活的经历，那么起码在写作时是离不开舆图的，而且利用的也不仅仅是一种舆图，否则不会有如此详尽的描述。由此想到时下某些武侠小说，书中人物今日峨眉，明日天山，既无交通工具，又不知山川路途之远近，车船行旅之艰辛，写来不需任何舆图参考，倒也省去不少气力。

治文史者而无舆地之学，无法形成历史时空的整体概念，历史就不会是立体的了。清人顾祖禹所撰《读史方舆纪要》是最典型的史地结合的著作。顾氏积三十年之力，取材于二十一史及百余种地方志，纠正了前人许多重大错误，尤其对于山川险要和用兵攻取方面具有浓厚的军事地理色彩，是结合史书阅读的重要文献。《读史方舆纪要》略于景物名胜方面，但在附录中有《舆图要览》四卷，是全书精华所在。中国舆图文献虽有悠久的历史，但留下的实物并不很多，西安碑林博物馆所藏《禹迹》《华夷》两图是刻在石头上的，所以得以保留，可惜记注太简单，篇幅又小，参考价值不大。

中国舆图流于海外的很多，包括历史地图及山川形胜、水文地貌、古迹园林和疆域沿革的重要舆图文献。国外汉学家十分重视舆图的收藏和研究，美国国会图书馆所藏中国舆图是世界各国图书馆中最丰富的，大约有近万种之多。今年文物出版社出版了北大李孝聪教授编著的《美国国会图书馆藏中文古地图叙录》一书，收录了从明清时期刻本、绘本传统地图到20世纪百年来中国不同历史阶段的实测地图多种，其中弥足珍贵的有《大明舆地志》《热河行宫全图》《台湾舆图》《万里海疆图说》等等。我们今天所能看到的正规的平面实测历史地图，大多是百余年来历史学家编绘的，而其主要依据是史书的文字记载而非古人留下的地图。由此想到在欧洲的许多博物馆中看到不少中世纪以来保存的地图，有的是绘制在羊皮纸上，有的为铜板印刷，极其精致准确，这一点是超过我们的。1953年以后，《中国历史地图集》的编绘工作开始进行，经过二十年时间的修订和充实，终于完成了这一多卷本史地巨著。当我们今天读史不能须臾离开此书之时，对于史地学前辈的敬仰油然而生，尤其是谭季龙（其骧）先生半生致力于此项工作，泽及后学，更是令我崇敬。

地理知识是一种常识性的知识。我这里讲的不是地理学，地理学是专门学者的事，而地理知识则是一般人应该了解和知道的东西。古人常讲“读万卷书，行万里路”，读万卷书较之行万里路，前者似乎是容易些的，不是每个人都有“行万里路”的机会和条件，那么许多地理上的常识就要从图上去得到，这比读地理方志更为直观。

我对地图发生兴趣，是在上小学之前，有件事至今记忆犹新。

五岁时，老祖母有位当小学校长的朋友，叫骆淑华，终生未嫁，彼时已经年届六旬。那位骆校长个子很高，脸很大，脸上还有几粒不太明显的麻子，说话声音嘶哑，从来不苟言笑，永远穿着一件颜色暗淡的长衫，很少女性的特征。我小时候很害怕她，只要她来家里，我总躲出去，尽可能不和她接触。也就是这位骆校长，某次送给我一盘中国地理拼图。这盘地理拼图大约有一本八开书那么大，只有2厘米厚，是木板制成的，表面贴着一整幅彩色中国分省地图，而每个行省都可以分离，现在想来可能是先将图贴在木板上，再由细木匠用旧式的弓子锼出来的。每个行省为一整块儿，大小形状不同，但拼起来就是一整幅中国政区图。中国的疆界有个槽，每块行省拼接后可以严丝合缝地放入槽中，成为一个平面。每省中的大小城市也均有标注，而全国的河流山脉在全图中也画得清清楚楚。这盘中国地理拼图大约制作于三四十年代，当时行省之中还有外蒙古、西康和绥远、热河、察哈尔诸省。记得后来我的儿子小时候也有这样一盒中国地理拼图，只不过那是用塑料简单压成的，材质粗糙，虽然五颜六色、花花绿绿，块与块之间也可以拼接，上面却什么都没有，比起我玩儿过的就简陋多了。

我对骆校长的礼物爱不释手，从那个时候开始，这盘拼图成了最喜欢的玩具，直至上了小学，仍然经常拿出来抚弄一番，因此对全国每个行省的形状及与邻省的衔接达到极为熟悉的程度，甚至闭着眼睛，用手可以摸出是哪个省份，然后再拼接起来。后来有了地理课，我这一门的成绩永远是满分。一直影响到以后几十年，我的地理方位概念和地理形象思维确是超过一般人的。一盘小小的地理拼图影响了我的一生，从这一点来说，我是永远怀念那位严肃而冷漠的骆校长。

“文革”之中，在家赋闲点读《汉书》，读到汉武帝时与匈奴的关系，涉及武帝开边的内容很多，常常遇到的地名如龙城（今蒙古乌兰巴托西）、马邑（今山西朔县）、上谷（今北京延庆西南）、渔阳（今北京密云西南）、高阙（今内蒙古潮格旗东南）、朔方（今内蒙古乌拉特前旗南）、右北平（今内蒙古宁城西南）、定襄（今内蒙古和林格尔北）以及什么阗颜山（今蒙古杭爱山南段）、狼居胥山（今蒙古克鲁伦河北的都图龙山）、焉支山（今甘肃山丹东南）等等。这些名称在汉与匈奴关系史上反复出现，甚至成为后代许多诗文的典故。要了解这一地区的大致情况和方位，就必须使用《中国历史地图集》（那时十卷本还没有出齐），并参考今天的地图，相互比照，于是整体概念就形成了。《汉书》注家中应劭和颜师古是不同历史时期的人物，他们注释《汉书》在地理方面的条目也就涉及魏晋人与唐人不同的理解，这些也都要依靠随时翻阅历史地图。“文革”时可用书籍有限，手头也没有古今地图的覆盖式图册，因此只能用历史地图和当代地图作大概比较。即使如此，还是学习到不少东西，受益至今。

“文革”中家里都不敢再挂字画了，中国绘画和西洋绘画统统成了“四旧”，许多人家在原来挂字画的位置都换成了毛泽东像和语录，而我则是买了一张当时幅面最大的世界地图钉在墙上，也算是“胸怀祖国，放眼世界”罢，这是不会有人指摘的。读地图也就成了我那时的一部分生活内容，没事时可以对着墙上的地图看上半天，读来读去，久而久之，一整幅平面世界烂熟于胸。我常常与人打赌，能闭着眼指出世界上任何一个小国家的位置。那时地图上尚有“锡金”（不丹与尼泊尔之间的小国，也与中、印接壤，1975年已并入印度领土，成为一个邦），是地图上可查到的亚洲最小国家，我的本事是常常能闭着眼睛摸到锡金的位置。

中国地图能脱离《山海经图》的原始状态而绘出山川道路等地理位置，当在战国之时；而中国人知道地为球形与经纬线之地球仪，已在元初阿拉伯天文地理学输入的时候。在此之前，为地图学做出过最杰出贡献的则是晋代的裴秀和元代的朱思本，这是在中国地图学上有划时代意义的两个重量级人物，但他们所绘制的地图仅限于中国的“天下”。让中国人真正了解世界舆地之图的应该归功于利玛窦。利玛窦第一次刊绘世界地图是在明万历十二年（1584），在广东肇庆绘制，后由岭西按察副使王泮为之刊行，分赠朝野。此图虽然粗率，但仍然算是中国人最早看到的世界地图。地图之学是随着科学的进步和政治的演变而不断丰富的，就以世界地图而言，距我在“文革”中所读至今才三十多年短暂时间，世界又发生了多少变化。这其中既有山川地貌的变迁、道路江河的开凿，也有疆域讼争的界定、国土分合的划分。所以说，地图是要流动着读的，这种流动就是历史。地图为什么变了？地图本身不会告诉你，去历史中找答案吧！这也就是左图右史的意义所在。

我在一些北京史的讲座中，会在黑板上画出一个大致的北京旧城地图（仅限于内外城），并且标出北京旧时水域和主要街道的位置，说不上准确，但大体上是不会错的。有人问我为什么对内外城的地理那么熟悉？其实答案很简单，就是看的时间长了，琢磨的时间久了而已。说到这里，还有件不甚光彩的旧事与此有关。

我的小学是北京东城的培元小学，这所培元小学与育英小学同是为育英和贝满两所中学输送新生的小学校，育英中学是男校，育英小学也只招收男生，贝满中学是女校，培元也仅收女生。1954年两校打破原来的传统，男女生混招了，我也就成了培元第三届男生。那时培元的老师几乎全部是女老师，她们教惯了女生，温文尔雅，对男生的调皮还一下子不能适应。我在上小学时又经常在课堂上弄些小动作，比如说话、捣乱、在桌上乱画，诸如此类，因此常常被老师拎出去罚站。那时罚站倒是很文明，常常是在教研室或校长室站上一节课。那教研室和校长室是在操场东北部的一座两层小楼上，开始让我们这些被罚的同学面对窗子站着，后来发现这些被罚的孩子不知为耻，反以为荣，不但满不在乎，看着另一个班在操场上体育课，还不免挤眉弄眼地顺势打打招呼，颇有些临窗检阅的架势，于是老师干脆让我们转身去另一个方向面壁而站。当时教研室墙壁上贴着一张硕大的《北京城鸟瞰图》，现在回忆起来，都不记得是否看

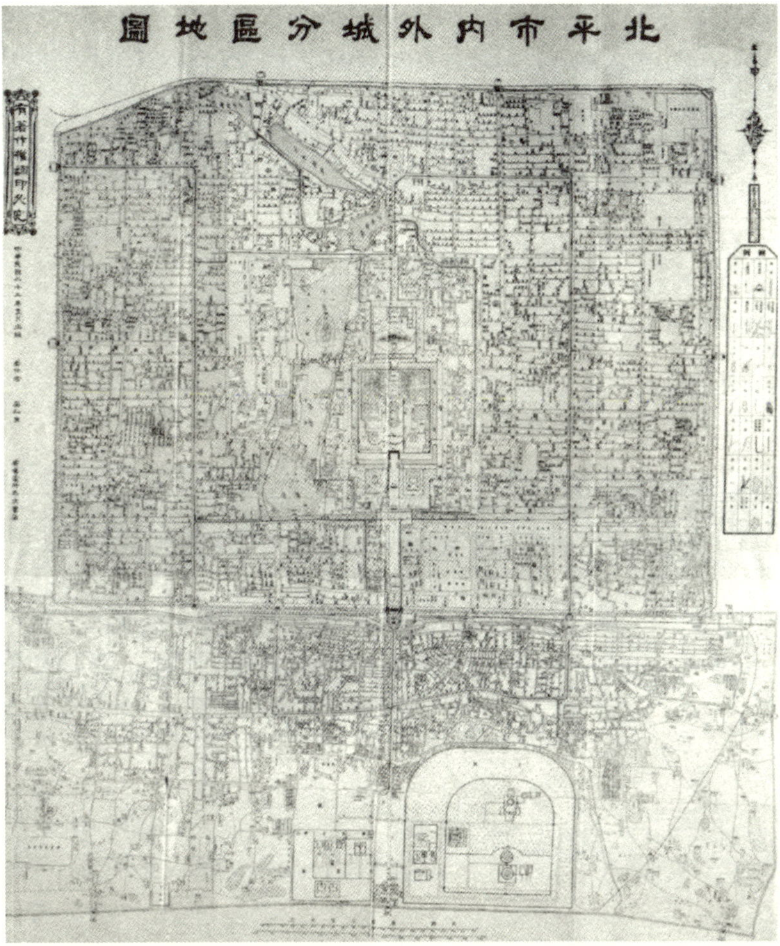

1933年绘制的《北平市内外城分区地图》

到过比这张更大更细致的北京全图了。这张图大约是50年代初期绘制的，图上的区域划分还是内×区、外×区的标识。我们这些孩子被罚面壁，目力所及也就是这张图了，何况面图只有尺五之遥，正是览图的最佳位置。四十五分钟时间，哪里有心思过，只是饱览这张鸟瞰图，北京的街衢闾巷、城垣水域、皇城禁苑、殿宇寺观皆在其中，有些是我居家上学的附近，有些则是我从未涉足的区域，尤其是紫禁城在全城的中轴线上，更是最为憧憬的地方。人在教研室里，心早飞在北京城中。被罚站的次数多了，面壁观图也就成了一件乐事，那张鸟瞰图早就了然于胸中。如果说体罚是教育的失败，那么这种面壁观图不能不说是成功的特例了。

直至今天，我心里仍然装着那张北京城鸟瞰图，那样清楚，那样真切，只是当时总有一个小小的不解：为什么北京城的西北角缺了一块呢？

匹克尼克来江边

“匹克尼克来江边”是胡适早年旧体新诗中的一句，后来成为各方面讥讽胡适的口实。这里说的各方面，既包括旧文化的卫道士，也有新文化的急先锋。两者都以各自的立场对他这种新旧杂糅、中外不分的“洋泾浜”嗤之以鼻，其实都未免太过认真了。因为这句“匹克尼克来江边”本来就带有开玩笑的性质，如此之类也还有“路易独夫帝，哥仑窃国侯”等等。胡适先生这首小诗是他在美国时写的，那时他就读于康奈尔大学和哥伦比亚大学，时间是在1910年至1917年间，这首诗后来收入了1920年出版的《尝试集》。在此之前，《新青年》还登出了他的《文学改良刍议》，以惊世骇俗之笔向中国三千年旧文化的范式发起颠覆。彼时他尚在美国，直到1917年夏天才回到北京。胡适的新诗别开生面，于是“匹克尼克来江边”也就不胫而走，甚至传到当时还住在紫禁城的溥仪那里。宫里刚刚装了电话，溥仪闲极无聊，突然想起“匹克尼克来江边”的胡适，心血来潮给胡博士挂了电话，约见了这位文坛上的新人物。

什么是匹克尼克？此词其实是英语里picnic的音译，也就是野餐的意思。西人崇尚自然，picnic是欧美人最喜欢的生活方式之一。我常常听到美国人把它挂在嘴上，成为假日休闲的一种生活方式。中国人的picnic可追溯到燕太子丹在易水河畔为荆轲送别，“风萧萧兮易水寒”，这种秋日的慷慨悲歌也只能在易水畔的picnic宴席上才能体会到。“竹林七贤”大多有过picnic的经历，他们的赋与诗有一种山野味道，充满大自然的气息。野餐每至兴浓之时，他们会登高而啸，戏衣而走，将精神和肉体完全地融入自然的怀抱之中。魏晋放荡不羁的风尚和肆意酣畅的生活态度一直影响到以后的文坛，唐代文人诗酒唱和于山水之间是不消说了，就是普通百姓也将野餐作为一种时尚，“三月三日天气新，长安水边多丽人”，唐人最重寒食、上巳。每逢斯时，踏青人携带酒食到城外野餐，沉浸在极度欢乐之中。还有更为浪漫的，驾乘牛车，携酒狎妓，“指名园曲沼，藉草裸形，去其巾帼，叫嚣喧呼，自谓之‘颠饮’”（见《开元天宝遗事》）。此外，唐人的送别之宴也多选在郊外，灞桥折柳，也是picnic的一种形式。《儒林外史》中的杜少卿是小说中为数不多的正面人物之一，风流倜傥，藐视礼俗，携妻担酒游南京清凉山，将筵席摆在山顶八角亭子上，“趁着春光融融，和气习习，凭在栏杆上，流连痛饮。”此等浪漫要比狎妓红船做苟且之事要文明得多了。

无论中外picnic都没有宴会上的繁文缛节，省去了宾主间的虚假寒暄。而把酒临风，更有回归自然的真趣。

中国绘画中有许多描写野餐的题材，辽代胡瓌作《卓歇图》，极生动地描绘了游猎卓歇时北方少数民族剽悍、豪放的个性。画卷后半段是野宴观舞的情景，背景没有环岑远岫和弱柳新篁，而是北方草原的苦寒荒寂。陕西长安县南里王村出土的唐代墓室壁画《郊野聚饮》是我看到的古代野餐情景中最生动的一幅：三榻相围，九个主要人物正在欢宴畅饮，或交头接耳，或击掌助兴，杯觥交错，情趣盎然。画中人物虽头戴幞头，但衣衫已袒，有的卸履而盘坐于榻上，姿态十分闲适随意，应该说是中古时期中国的picnic最生动的写照。

picnic并非西人的专利，摆脱宴饮礼节束缚，回归自然，是东西方文化的共同追求。

有过几次真正的picnic，终生难忘。

八岁的时候，我的老祖母带我去参加了一次真正的野餐。记得好像是在1956年的夏天，老祖母和几位外国朋友相约去游颐和园，主要内容是在颐和园最荒僻的地方野餐，地点选在十七孔桥最南端的凤凰墩。这个地方今天不知还有没有，我没有去考察过，大概许多游颐和园的人都没有去过。当时是个很小的荒岛，直径不超过百米。四面环水，不划船是去不了的。岛上树木葱茏，长满灌木和荒草。虽然凤凰墩划在昆明湖水域，好像在彼时并没有什么管理措施，也很少有人划船到那么远的地方。那天我和老祖母与两家外国朋友大大小小十三四口，租了三只小船，将事先备好的食品分装在两三个藤条编的篮子里，那里面的东西很丰富，有点像莫泊桑的小说《羊脂球》里叙述的那种藤条篮子。当日天气很好，但非常炎热，一路划船过去，要顶着烈日暴晒，船划到昆明湖心已经是大汗淋漓了。小孩子不知道热，我和两三个差不多大的外国孩子抢着划桨，那只船在几个孩子的驾驶下，在湖心乱转，好不容易终于划到凤凰墩，将两三只小船系在岸边的树干上。大人们像变戏法一样从提包中取出折叠的毯子铺在地上，毯子上铺上台布，再从藤条篮子里取出各种各样的食品，有酒、面包、香肠、酸黄瓜、西红柿、罐头和水果，最诱人的是一个俄国人带来了一瓶红鱼子酱，红亮晶莹，非常可爱。几乎是在几分钟之内，一席野餐盛宴就布置停当了。蓝天、白云、碧水，一片葱茏的绿树掩映，一席五光十色的美食，恍如仙境一般。

孩子们对食物没有太大的兴趣，匆忙挑选自己喜爱的东西吃饱了肚子，很快就脱了衣服跳到水里去游泳，那时我还不会游泳，看到几个外国孩子钻进水里，而且岸边水还很浅，于是也脱了衣服下去，果然岸边的水只有齐腰深，水的温度既不很凉，又能消除暑热的灼烤。小孩子在水里是不老实的，打打闹闹，不觉就往前进了一些。我觉得突然一脚踩空，脚下没了底儿，扑腾了几下，仍然站不起来，惊恐之中一下子就没了顶，想喊叫，自己却听不到声音，以后的事就不知道了。后来终被救了上来，却喝了不少水，这是这次野餐中最煞风景的事，后来一想到匹克尼克，总会想起那次在凤凰墩差点儿淹死的情景。

1968年，北京的中学生经过了“文革”初期那种狂热和亢奋的情绪之后，不少人逍遥于山水之间，那时很时兴到远郊去玩儿，在有点名气的郊游点中，最让中学生感到豪迈的地方，一是十三陵北面的沟崖，再有就是上方山云水洞，而当时唯一的交通工具就是自行车。

那年秋天，我和七八个同学相约去上方山云水洞，准备在山上住一夜，野炊一次。第一天早上八点钟在广安门集合，骑着自行车向房山进发。那时进入上方山的路还很不好走，我们只能把自行车放在圣水峪村，然后背着行囊步行到山下的接待庵。

上方山的名胜古迹直至民国初年还并不十分残破。20年代顾颉刚、贾兰坡等学者曾考察上方山一带名胜古迹，除有文字叙述之外，还绘有上方山云水洞的等高线图，皆为实地踏勘所绘。一大张图折叠后装在一个牛皮纸口袋中，因非正式出版物，当时印量很少，经过“文革”浩劫，居然保存下来，那天我从家中是带上这张地图进山的。进入上方山首先要步上云梯，云梯依山凿石为磴，约二百级，宽不足一米，直上云霄，故有云梯之称。云梯的尽头有云梯庵，至今尚存，到达云梯庵才算真正进入上方山。

上方山的佛教建筑始建于北朝东魏时期，隋唐时以兜率寺为中心向四周拓展，至明代达到全盛。不久前，房山文管会的同志告诉我，现存寺庵尚有十座，有遗迹可寻的是二十六座，这与清代乾隆时所说的“七十二禅院”已经去之远矣。为此，我又参看了傅沅叔（增湘）先生《藏园游记》中《游房山红螺崄记》，沅叔先生记于1932年秋，同游者有周养庵（肇祥）诸君，其书虽也记录了上方山寺院颓圮情况，但当时所存寺院和有迹可寻者要远多于1968年。

我们傍晚时才过兜率寺到十方院遗址，一路寺院倾圮，破败不堪，诸如朝阳庵、吕祖阁、大悲庵等只留下一些断壁残垣，其间杂草丛生。兜率寺虽建筑尚存，但两厢已破坏严重，门窗拆除，经书遍地，一片狼藉，像刚被洗劫过一样。

一天的劳顿过后总算歇了下来，少年时代不知累，况且一项更重要的节目——野炊即将开始，大家更进入了亢奋状态。几位颇有生活经验的同学是主力，有的垒灶，有的淘米，像我们这样笨些的，大多去拾柴。那个年代物质生活远远落后于今天，更兼“文革”之中，大家的生活都不宽裕，所带去的食品，绝对没有香肠、罐头之类，最奢侈的是有位同学带去了一小瓶炸酱，而我带了三头榨菜，此外就是一小袋大米，是为煮粥而备。令人称奇的是有人带了一小袋面粉，莫非要吃生面不成？

野炊的地点选在了离十方院遗址不远的一块空地上，四周杂草、灌木，北边还有几间没了门窗的破房，房后倒是有一泓山泉流下，蜿蜒十方院左右。那位带来生面的同学从容地将面倒入锅中，接来泉水，居然和起面来。上方山一带出石材，寺院的僧房多用青石板敷顶，僧房倾圮之后，石板随处可见，大者有尺五见方。我们见他另垒一灶，略高于煮粥的那眼灶，灶中烧柴，灶上平放青石板，又将和好的面做成薄饼，放在青石板上，竟然烙起饼来。青石板究竟不比饼铛，传热慢，一张饼反反复复要折腾十来回，最后总算把饼烙熟了。尝尝，虽无作料和油盐味儿，却有一股面香，就着大米稀粥和炸酱、榨菜，香甜至极，尤其粥和饼是大家亲手野炊，迥异于家常食品。上方山的干柴取之无尽，用之不竭，那火焰从灶中窜出，将四周照得很亮，干柴在灶中噼噼剥剥作响，实在是入夜后山林中的奇异景观。我至今保留着两张那夜在野炊时拍下的照片，那时我们的照相机都没有闪光灯，完全是仗着篝火的光拍摄的，虽然清晰度不高，但野炊的环境和气氛还是依稀可辨。

山中9月，入夜已是寒气逼人，野炊之后，两个灶中仍在不断添柴。火光熊熊，四周被映照得十分光亮，与周遭漆黑的山坳形成了极大的反差，于是引来了巡山的民兵。那时上方山没有游人，偶有北京来的学生，也大多是当天往返，很少有夜宿在山上的。山上没有居民，附近村里的民兵也很少在夜间上山。可能是我们搞得动静太大，又兼山坳之中火光冲天，这才招来了背着枪的民兵。当然，我相信那枪里是没有子弹的，只是吓唬人而已。他们十来个人从四面悄悄地合拢来，稍作盘问，就完全证实了我们的身份。其中有个年纪稍大的对领头儿的说："就这几个小子，自行车还搁在圣水峪呢！是城里的学生来这儿过瘾。"几番盘查，确信我们不是"阶级敌人"，于是领头儿的说："你们点火不许毁树。再说了，天没有入冬，树枝子也烧不着，地上的干柴附近的老百姓还要用，要点火就到兜率寺厢房去拿经书烧，那是四旧，卖烂纸还要运到山下去，要取暖就自己去兜率寺搬经书烧！"时隔三十多年，那位民兵头领的话我至今不忘。

美国人最喜欢野餐，在东部和西部的大城市的郊区甚至市内的草坪上，大多备有公共的烧烤炉，可以供游人在野外烧烤。在超市中也有很多做烧烤的工具和燃料，同时也有烧烤的半成品出售。美国三大国家公园之一的优山美地（Yosemite）有很大一片面积是供给游人露营的，可以在依山傍水处安营扎寨。每逢周末，人们开着汽车陆续到来，黄昏前后，营地中一片炊烟袅袅，烧烤的香味儿飘散得很远，数里之外都可以闻到。

2003年夏天，我在美国西海岸的天使岛（Angel Island）经历了一次规模盛大的匹克尼克。

我的连襟蔡先生有一只不太大的游艇，可以乘坐七八个人，因为住在圣何塞，那游艇的利用率并不太高，大约每年只用一两次，驾船出海，我想大概只能驶于太平洋的圣弗朗西斯科湾之内。

出海的准备工作早在一周前即开始，那游艇很长时间没有出海，事前需检修一番，三天前将游艇用汽车拉到自己家门前，先要用水冲洗，然后检查机械的各个部分，这是一件很辛苦的事，加上加州炽热的阳光，在大太阳底下干这活儿实属不易。我对机械一窍不通，更无兴趣看他穿梭于船体和车房之间。接下来一整天是去购买零部件，有些小零件临时都要更新，好在圣何塞当地都能解决，蔡先生拉着我开车在小城中乱转，去了许多家船舶商店，也算开了眼。直到今天，中国国内尚无这样的商店，但它有点像我们这里的汽车专卖商店，有成品汽车展示，也有汽车零部件和汽车装饰用品和保养用品，所不同的就是船舶而已。其中豪华游艇不少，价格也令人咋舌。最后一天是进行装配调试，蔡先生请来了巴蒂，巴蒂这家伙在中国生活了三十年，在美国生活了三十年，对机械工程有一种特殊的天分，我想如果给他图纸和材料，他也能组装导弹。这两个人在烈日下又干了半天，我躺在客厅的沙发上看电视，实在过意不去，就切几块冰西瓜给他们送到船舱里。两个人光着脊梁干得热火朝天，在巴蒂的帮助下，游艇终于调试完毕，第二天就可以出海了。

另一项准备工作则是购买各式各样的食品，美国超市中的食品虽然说不上精致，但也应有尽有，从烧烤的半成品到各种水果，乃至一次性的野餐用品，采购的东西装了半车之多，大约够二十多人吃用的。从下午即开始准备第二天的野餐食品，做了各种不同的沙拉，准备了红酒、啤酒和加利福尼亚特产的水果汽酒，冰激凌放在冰桶里，西瓜、桃子和香瓜放在保温箱中，这些东西都要先搬进越野吉普，最后再搬上游艇，游艇上有电源，冰箱可以工作。准备工作既繁琐又麻烦，成箱的食品和餐具的搬运也是一项体力劳动。生活在美国的人都不算懒，许多事情无法依赖别人，全靠自己动手，从修船到准备食品的过程，在我看起来是麻烦透了，乐不抵苦，可是大家仍然以极高的情绪把一切做得妥妥帖帖。我是旅居于此，大家对我没有任何要求，时而搭把手，但总的来说是坐享其成。

第二天是个好天，加州是海洋性气候，早晨出发时还有一丝凉意。那辆越野吉普与船体对接，船与拖车一体，有轮子可以拖着走，我们坐在后面的两三辆小车上。从圣何塞到圣弗朗西斯科海湾有一个多小时的车程，到桑斯利托（Sausallito）码头之后，先要车船分离，然后船体再与拖车分开，游艇入水，前后要四十多分钟才能完成。

乘游艇是件非常快乐的事，船帆可以根据风向调整，船速也可由驾驶者掌握，速度放慢时可以尽情欣赏大海和蓝天，而疾驶时冲浪的水花四溅，又会将衣服打湿。蔡先生自己驾驶游艇显得十分得意，他煞有介事地戴上了一顶英国船长的制帽，样子看起来很滑稽。我们几家朋友分乘三艘都是较小的游艇，每艇可坐七八个或十来个人。只有巴蒂是独行侠，他一个人乘他自己的摩托艇，那只摩托艇很小，最多前后坐两个人，但十分轻便，从码头下水远比我们迅速，开起来风驰电掣，很快经过金门大桥。我们这三十多人分别到达了天使岛，其中有三个美国人和两家法国人。巴蒂最后离开码头，却最先在天使岛登岸，在那儿迎候我们。

天使岛和它附近的死囚岛是圣弗郎西斯科湾两个很大的岛屿，仅从名称上就可以分出天堂和地狱之别，据说死囚岛是早期亚洲移民被囚禁的处所，他们在移民美国之前，要在死囚岛做一年的隔离检疫，然后才能真正踏上美国的陆地，有多少人能坚持到最后，而不在死囚岛上魂断异乡？！今天的死囚岛早已移作他用，但游艇驶过那里时，真有一种不寒而栗的感觉。天使岛地势高于死囚岛许多，岛上树木葱茏，面积也远远大于死囚岛，一大片草地上有许多烧烤炉，四周很多木桌和长凳，都是用树木枝干搭起的，十分拙朴。食品从保温箱中取出，摆满几张长桌，品种的丰盛和色彩的斑斓让人想起童话世界，野餐的氛围很快就让人兴奋起来。几家人带来的食品各有特色，法国人带来了红鱼子酱和各种奶酪，而我们带来的各色各样的沙拉也颇受欢迎。

那种公共烧烤炉非常好用，在很短的时间里，几家烧烤炉同时燃起，各种烧烤的香味儿立时融合在一起，浓香四溢，令人垂涎欲滴。主妇们在烧烤炉前忙碌着，但吃的人多，干活儿的人少，出品总是供不应求。大约一个多小时的时间，几张木桌上的食品几乎被扫荡一空，接下来是各家自己烘烤的蛋糕和水果，加州的西瓜在超市中是不用挑选的，个头儿一样大，也绝不会有生瓜，香草冰激凌浇上草莓汁或者巧克力汁，从外观上就令人赏心悦目，只是美国冰激凌的甜度太高，再浇上这两种浓汁，更是甜甚，只能浅尝辄止。野餐处备有黑色的塑胶袋子，用过的一次性餐具和纸杯等垃圾可以全部装进袋子里，草坪上不会留下杯盘狼藉。

加州6月的阳光并不灼热，但紫外线的强度却很高。野餐过后沐浴着日照，是件很舒服的事，躺在长椅上，可以很快入睡，远处的涛声阵阵袭来，更有催眠的作用。碧海蓝天，人与自然融为一体，不过就是这一小时的享受，后来让我脱了一层皮，真正领教了加州阳光的威力。

天使岛上的小山海拔不高，但登上山巅也需费些工夫，匹克尼克之后乘兴爬到巅顶，整个湾区可以尽收眼底了。

戏外说戏

对“戏剧”的理解，大致可分为狭义和广义两类，一类是由欧洲兴起并发展的舞台演出形式，远可追溯到古希腊时期的悲喜剧，英文叫做drama，中国人称之为话剧。另一类则是广义的戏剧，也包括了中国传统的戏曲、印度的古典戏剧和日本的歌舞伎。后一类戏剧的范围更大些，我对戏剧的理解也属于后者。五十年来，我与戏剧结下不解之缘，但终是一个外行，因此只能是在戏外说戏了。

从戏单子说起

二十年前我曾写过一篇小文，题为《帷幕落下后的回声》，内容是讲从戏单、戏报和节目单的收藏对舞台演出的回忆，后来引起一些朋友的兴趣，以为我是戏单的收藏家。其实我哪里是什么收藏家，只不过是把几十年看过的戏剧演出节目单随手收集起来罢了。闲来数数，居然也有数百张之多，其中没有一张是刻意去蒐集的，完全是我在剧场观戏后所存。由于有个在戏单上记录演出时间的习惯，于是这些戏单就有了几分史料价值。我认识两位真正收藏戏单子的，

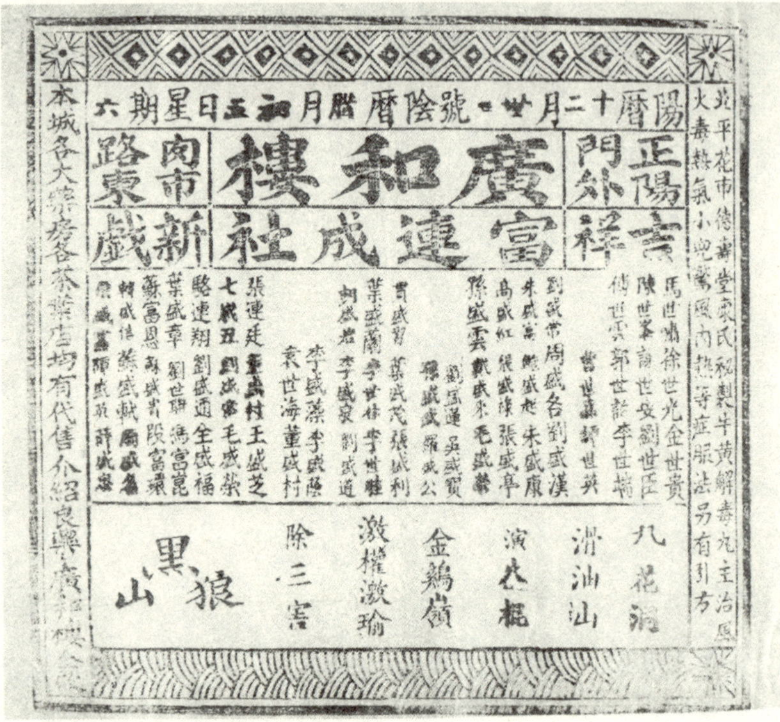

富连成科班在广和楼演出的节目单（戏报）

一位叫作娄纯敬，是个普通工人，收藏戏单甚富，多为戏曲方面的，可以说从清末直至80年代均有涉猎。可惜他中年早逝，不知这批戏单流落何所？另一位就是杜广沛了。这位老先生退休前是人艺搞舞台装置的技工，也经常在话剧里客串一回，人艺的《茶馆》《天下第一楼》《鸟人》等戏里都能看到他的身影。他收藏戏单数千张，无论看过的还是没看过的都收集。他曾抱来一大包戏单到我办公室，其中不少是民国初年到40年代的戏曲戏单，虽然品相不甚佳，但也不乏珍品。至于各种话剧演出的戏单，因为近水楼台的缘故，可谓权威。去年他终于如愿以偿在中国文联出版社出版了《旧京老戏单》一书，仅收录了他收藏的戏曲戏单子中之一部分，如果能够再出一本话剧方面的，我想也颇可观。

我收存的戏单远远比不上以上二位，而且十分芜杂，从话剧到音乐会、歌剧、芭蕾舞、舞剧、京剧、昆曲、地方戏曲等等，无所不有。这数百张戏单还仅仅是1977年以来到2000年以前的，近年来我已很少去剧场，所以也就没有什么戏单子留下来。说起来，我在“文革”前曾收集了不少戏单子，其中有些是十分珍贵的，如50年代俄国芭蕾舞大师乌兰诺娃在北京展览馆剧场的演出节目单；1957年文化部解禁1950年以来明令禁演的二十六出传统戏后，筱翠花（于连泉）与雷喜福在新侨饭店演出《马思远》的戏单子；以及那年6月初筱翠花在吉祥演出《活捉三郎》的戏单子。也就是这次短暂的解冻，成为一现昙花，从而引起了后来的轩然政治大波。此外还有“大跃进”时代人艺排演的《红大院》《女店员》一类应时戏的戏单子。如此种种，小小的节目单也充分反映出那十来年舞台之变幻、气候之冷暖，总应该是戏剧发展史和社会生活变迁的佐证罢！可惜这一批戏单全部在“文革”中遗失，殊为可惜。

现存戏单子中有些是刚刚恢复古装戏那一时期的，印象最深的是1978年初北京京剧院的《逼上梁山》，沈宝桢饰林冲，当时是根据延安平剧院的演出本复排的。1979年2月北京京剧团重新上演了《海瑞罢官》，由赵世璞主演。另一出则是那年的夏天，在中山公园音乐堂上演的《廉吏风》，由李万春和李盛藻主演。这两台戏都不是传统戏，但在当时乍暖还寒的时节，还是引起不小的反响。这几次演出的节目单我都保留着，只是《廉吏风》临时换了演员，戏单上的李盛藻改为青年演员丁立刚，名字是临时用纸贴上去的。

1980年12月，由《北京晚报》社主办，在天桥剧场连演了三天《四郎探母》，三场演出都是由戏曲学院大专班的青年演员分饰剧中主要人物，每晚有三位演员分饰四郎，两位演员饰公主，虽然都是名不见经传的青年，但也显得花团锦簇。尤其是这出被打成“投降主义”的《四郎探母》久违了二十年，用行话说是“戏保人”，于是京城为之轰动，严冬之际，居然出现彻夜排队购票的盛况。这三天的票我都是以高出票价三四倍的价钱从“黄牛”手中购得的。那戏单今天看来很简单，但在当时已算设计得不错了，封面是《北京日报》社漫画家李滨声先生的《四郎探母》人物漫画，封底是这些青年演员的剧照。二十五年过去，这批演员中一部分还活跃在舞台上，但均已过了不惑之年。这次演出之后不多几天，文艺界马上出现了批评意见，大有山雨欲来之势，“左”的鼓噪又甚嚣尘上，我想当事人总会记忆犹新。这张小小的戏单留给我们的记忆恐怕不只舞台上的表演吧！

戏单中设计最漂亮的还属西洋音乐会或芭蕾舞剧的节目单，即使是在70年代，也是用铜版纸彩色印刷的，十分讲究。例如英国爱乐交响乐团、小泽征尔、德累斯顿交响乐团、费城交响乐团访华演出的节目单，都是印制得十分精美。就是中国芭蕾舞团演出《天鹅湖》《胡桃夹子》或《睡美人》的节目单，也能设计得典雅华丽，当然节目单的价钱也高得多。近年此类演出的节目单最高可卖四五十元一份，大约是本画册了。其实，印制简单的戏单也能设计得很清雅，我保存着两张戏曲人物画家马得先生创作的戏单，一张是《朱买臣休妻》，一张是《牡丹亭》，极为雅致，人物造型简单，笔意朴拙，但十分传神，可谓丹青独具。那是1983年6月江苏昆剧院张继青来京演出时的戏单，地点是西单拆除前的长安大戏院，那几场演出极为精彩，竹石流泉，笙歌悦耳，极得苏昆之神韵，堪称薪传之美。这两张戏单于朴素之中透着书卷气，诚为不俗之作，与演出风格也达到协调一致。

戏单在戏剧史上确实应该占有一席之地，它可以最真实、最直接地反映某一时期的舞台状况及演员的活动，许多内容在戏曲史上是查不到的，因此颇有参考价值。偶尔把玩翻阅，眼前总能浮现出多少年前舞台上的情景，尤其是看到演员表上许多熟悉的名字，或逝去多年，或息影红毹，以致元音凋敝，法曲飘零，人与艺俱成故事，遂为广陵绝响。

另外，有些剧目的演出时间虽不太长，但在戏剧史上却占有重要地位。我保存着两张话剧的戏单，一是人艺的《狗儿爷涅槃》，一是中央戏剧学院八六届干修班演出的《桑树坪纪事》，都是80年代后期农村题材戏剧中卓有特色的，很能代表那段时间戏剧舞台的思维理念和美学追求。

有些纪念性演出虽然举办时间和主办方面各有不同，但在戏单的整体风格上却趋于一致，如在80年代至90年代中，纪念梅、尚、程、荀四大名旦及王瑶卿、马连良、郝寿臣、谭富英、侯喜瑞、裘盛戎、奚啸伯、周信芳演出的戏单，从开本大小、设计风格上看，都极为相似，这些演出均为其门人弟子继承流派而饰演，或多或少还不失大匠准绳，今天经过这些名师亲炙的演员恐怕不多了。这些戏单汇集起来，可以成为一份流派承传的宝贵资料。

戏单也是一种特殊的艺术品，三四十年代荣宝斋等南纸店以珂罗版形式水印过一批清末民初剧场或堂会精彩演出的戏单，做成彩笺形式，以供尺牍之用。我收藏若干此类笺纸，都是根据当时戏单实物印刷，如广和楼、吉祥戏院、第一舞台等等，用的大多是元书纸，也有用宣纸的，与实际戏单所不同的是墨色浅淡，便于书写。这种彩笺虽不是真正的戏单，与当时用宋版书影印的彩笺一样，却是一种有趣的文房用品。此外，戏单原物或已不存，而这种笺纸还能提供当时演出的依据。

“察文姬”与“怪客人”

以往时代，电影海报为了宣传往往张贴得遍地皆是，但戏剧海报却很少，远不如电影。戏剧的广告主要依靠报纸，那时想看戏就要在报上找广告。民国以来的报纸大约有近四分之一的版面是刊登演出广告的，尤其是地方性报纸，戏剧广告会显得十分醒目。可能是旧时广告费便宜，因此无论大小演出都会在报上刊出广告。五六十年代的《北京日报》，戏剧电影广告总在第三、第四版（那时报纸仅有对开四版）下方，约占半版之多。

除此之外，剧场门口的广告牌是最为直接的宣传途径，当天有什么演出，走到剧场门口一望而知。更有以戏中布景或砌末晾在戏院门口的，如《空城计》晾出城片子，《青石山》晾出山片子，《八大锤》晾出双锤，等等，稍有戏曲常识的人路过戏院就可以知道当天演什么戏。

现在北京历史最悠久的戏剧广告就是首都剧场南北两块水泥制成的广告栏了。这两个广告栏的底座是水泥的，上面有个类似镜框的装置，那中间的牌子是可以移动更换的，自从首都剧场建成就立于两侧，迄今已有五十多年了。

我的小学离首都剧场很近，中间只隔了一个天主教救世军大楼（这座深灰色的楼依然存在，尖顶部分损毁于1976年地震，现其中一部分为金帆音乐厅）。首都剧场的建造过程我是亲身经历的。当时首都剧场门前的两个巨大广告栏都会写出近期上演的话剧剧目。我在小学二年级时识字尚不多，但是却敢念白字，有的字音只念其中一部分，或望文生义，似是而非地瞎读。某次经过首都剧场门口，看见新竖起两个广告牌，北面是郭沫若的《蔡文姬》，南面是莫里哀的《悭吝人》，六个字有三个看着眼生，于是不知不觉“察文姬”和“怪客人”就脱口而出，好在周围倒是没有人注意我，只是自己默念，不知道这是两出什么戏？“察文姬”好像是个女人名，兴趣不大。那个“怪客人”却十分有悬念，引起我极大兴趣。放学回家告诉爸爸，说首都剧场要演一个新的话剧叫做“怪客人”，父亲百思不得其解，不明白是出什么戏，于是告诉我那可能是个反特话剧，“怪客人”肯定是个特务。后来父亲看报纸，偶然翻到戏剧广告，这才恍然大悟，指着报纸上的广告问我：“你说的是这个‘怪客人’吗？再好好看看，是‘怪客人’吗？不认识的字为什么不问问就胡念？”我问他“悭吝”是什么意思，父亲让我自己去查字典，我也就从那时开始学会了查字典。当《悭吝人》正式演出的时候，他带我去剧场看了这场话剧，我从此认识了莫里哀。2005年我站在巴黎黎塞留街上的莫里哀铜像前，还想起这段往事，想起他的《悭吝人》(也有译成《吝啬鬼》)，而这条街的40号，就是他与世长辞的地方。

我印象最深的广告牌还有旧日东安市场北门外的两块木板红漆的广告。那时东安市场北门在金鱼胡同西口路南，大门东西两侧总有两块吉祥戏院的广告牌悬挂，一年三百六十五天，几乎每晚有戏演出，有时还有日场。那两块木牌约长四尺，宽二尺，大红底漆，用白广告色写上去的，可以反复使用。格式是上部写演员名字，下部写戏名，一望便知是哪位演员主演什么戏，清楚明了，用不着其他宣传文字。旧时演员上演剧目叫做“贴”戏，如某某演员贴某出戏，其实就是指广告挂出的意思。50年代至60年代初，吉祥戏院的大部分夜场是由北京京剧团占据的，尤其是1956年马连良京剧团与北京京剧团(前身是谭富英、裘盛戎的太平京剧团)合并，阵容强大，除马(连良)、谭(富英)、张(君秋)、裘(盛戎)之外，还有老生陈少霖、马盛龙、马长礼、高宝贤，武生杨盛春、黄元庆，小生茹富华、闵兆华、刘雪涛，花脸周和桐、张洪祥、张韵斌，青衣李毓芳、小王玉蓉、李世济，丑角马富禄、李四广、慈少泉，老旦李多奎等人襄助，一时人才济济，上演剧目甚多。当时以马连良演出剧目最多，张君秋、裘盛戎次之。而谭富英相对较少。吉祥戏院两侧的水牌总将头牌演员用大字写成“品”字形，如马连良，“马”字在上，“连良”二字在下，俗称“坐着”，二牌演员则竖写成单行，俗称“站着”。如果演出“对儿戏”，两个演员双挂头牌，最上面就成为两个品字形，甚至三头牌写成三个品字形。

我那时常常去吉祥戏院看水牌，几乎所有北京京剧团的演员都耳熟能详，什么行当，在剧中大概扮演什么角色也都能道出，精神全集中在这上面，对一个小学三四年级的孩子，也确属“难得”了。那时马连良的戏很多，如《十老安刘》《四进士》《胭脂宝褶》《串龙珠》《审头刺汤》《火牛阵》《春秋笔》等，都是他头牌单挑的剧目。说起来很有意思，下面单行“挎刀”的演员以马姓者居多，如为他配戏的马富禄、马盛龙（皆为富连成弟子）、马崇仁（长子）、马长礼（义子）等。马连良与张君秋的“对儿戏”也很多，但我那时只喜欢老生、武生戏，所以上面提到马连良单挑的剧目几乎无一遗漏地看过。这些戏里的二牌青衣大多由李毓芳担任，而二牌老生陈少霖、马盛龙、马长礼等也都是可以唱单挑的“硬里子”。前些年我在团结湖商场遇见过李毓芳女士，她已年近八旬，因腿疾早就息影舞台了。后来她来过两次电话，我们在电话里聊起许多当年在吉祥剧院演出的旧事，兴奋不已。说到这里还想起前年陈志明先生（陈德霖之孙，陈少霖之子）来我办公室，赠送我一本《陈德霖评传》，聊起他的尊人陈少霖先生的最后一场演出，是1962年6月23日晚在北京市工人俱乐部与李毓芳合演的全本《红鬃烈马》，虽为二牌演员的合作，但是中规中矩，严丝合缝，堪称后来者的楷模。那日北京奇热，我也在台下观剧。还有一次是1957年在吉祥看陈少霖与裘盛戎的《断密涧》，也是水牌子的作用，下学时经过金鱼胡同，看到贴出第二天晚上二人合演这出戏的水牌子，这是我熟悉的隋唐故事，所以是一定要看的，于是回家撺掇厨师福建祥带我一同看戏。

80 年代的护国寺人民剧场

护国寺的人民剧场和虎坊桥的北京市工人俱乐部分别建于1955年和1956年，这两处离我家较远，去看戏的次数少一些，但大门两侧都有大型广告牌，与吉祥那种传统式的水牌不同，都是新式彩色水粉书写，有点类似首都剧场那种大广告牌。有些剧场地位不临街，于是就将演出广告悬挂于热闹地方，比如广和楼的广告挂在前门大街上，北京展览馆剧场的广告挂在西直门外的展览馆西侧路口，圆恩寺影剧院则挂在交道口大街的胡同口。

戏剧演出的剧照橱窗也是一种广告形式。五六十年代北京最精彩的剧照橱窗当推首都剧场、青艺和天桥剧场，将这种形式保留到最后的是首都剧场，可惜两年前也将中间部分拆除了。人们可以从剧照中了解戏剧内容和演员的舞台形象，萌生观看演出的念头。人艺的《龙须沟》《虎符》《骆驼祥子》《茶馆》《三块钱国币》《名优之死》《群猴》等都在橱窗里展出过。青艺在东长安街，最早是平安影剧院，改建后前面形成了一个小广场，东北两侧就有剧照橱窗，且有长廊，每逢下雨，人们可以一边在廊下避雨，一边观看剧照。我记得看到过青艺代表剧目《沙恭达罗》《万尼亚舅舅》《娜拉》和《风雪夜归人》的剧照，对于这些戏，有些是先看演出后又看到剧照的，但多是先看了剧照引起对观看演出的兴趣。天桥剧场那时多演歌剧和舞剧，《货郎与小姐》《蝴蝶夫人》和《海侠》《宝莲灯》的剧照曾在橱窗中贴了很久很久。

粉墨筝琶忆红氍

数十年嗜戏如命，记不得看过多少演出，能想得起来的，总是那些因为种种原因留下深刻印象的。

小时候以京剧看得最多，而京剧中又以生行戏最为熟悉。余生也晚，能赶上的老生演员主要有马连良、谭富英、奚啸伯、李少春、李和曾、李盛藻等人。那时杨宝森主要在天津演出，所以看得很少。此外如雷喜福、贯大元等以教学为主，偶有演出，也看过一两次。武生看过孙毓堃、高盛麟、李万春、张云溪、王金璐、黄元庆，小生如姜妙香、叶盛兰，花脸郝寿臣、侯喜瑞、裘盛戎、刘连荣、王泉奎、王玉让、娄振奎，丑角萧长华、马富禄、叶盛章、慈少泉、张春华等等，那时这些演员贴演甚多，尤其是武生、武丑的戏，小孩子更是爱看，我记得凡是叶盛章的武丑戏，李少春或张云溪、张春华新排的武戏，几乎无一遗漏。外地来京的大牌演员如麒麟童、盖叫天、厉慧良等，机会难得，也总是想办法搞到戏票去看戏。

至于旦行的戏，虽也看了不少，但能领略其风采一二的却不多，那是我对旦行戏欣赏水平太低的缘故。程砚秋在50年代初已很少演出，又兼去世太早，终没有看过，诚为遗憾。梅先生的戏在旦行中看过最多，那是因为家中都是“梅党”，故而常随大人去观剧。尚、荀的戏看了一些，更喜欢尚的《峨嵋酒家》《双阳公主》《昭君出塞》。我对武旦戏情有独钟，尤其那时李金鸿正当青年，扮相俊美，凡有李的戏必去观看。阎世善演出不多，宋德珠偶有露面，对他们也是场场不落。记得某次宋在朝阳区某中学的操场露天演出《扈家庄》，戏要等到太阳落山才能开演，夏日天长，操场又无树荫，硬是在露天晒了两三个小时才看上戏。

五六十年代也有些大型合作演出或赈济性的公益演出活动，都是义务戏，一时名角云集，盛况空前。如1956年9月北京市京剧工作者协会成立，在中山公园音乐堂合作演出的《虮蜡庙》《锁五龙》《四郎探母》，是50年代聚集名角最多、流派纷呈的一次盛会。那日演出近五个小时，散场时已是午夜，这是我赶上的最辉煌的京剧合作戏，彼时八岁，但仍能记得很清楚。五十年白云苍狗，恍如梦境。

1959年初，中国京剧院与北京京剧团通力合作，排演了《赤壁之战》，这是在传统的《群英会》《借东风》基础上改写的新戏，实际上是使两团的著名演员都能派上用场，于是增加了刘备、张昭、孙权三个角色，又增加了黄盖的戏，这出大戏就有了最强大的演出阵容：马连良饰诸葛亮、谭富英饰刘备、李少春饰鲁肃、李和曾饰张昭、叶盛兰饰周瑜、袁世海饰曹操、裘盛戎饰黄盖、孙盛武饰蒋干、娄振奎饰孙权，虽然是一出纯粹男性角色的戏，由于演员阵容之齐整豪华，也可谓盛况空前。海报及各种宣传早在一个月前张贴发布，大有万人争睹之势，对我来说真是最大的诱惑，兴奋不已。而最不巧的是演出时间正值寒假前的期末考试，在这种时候家里是绝对不允许我去看戏的，如何能通过这一关，颇要下些功夫。我事先保证期末的语文、算术都拿到九十分以上，而且每天放学后温习功课，作业成绩在一个月之中都是五分，那作业本写得极为工整，令老师大为惊讶。这一个月的成绩确实有了很大进步，期末考试已是胜券在握了。演出前三天终于拿到了票，高兴得彻夜睡不着，恨不得马上飞到剧场去看这出《赤壁之战》。谁知好事多磨，就在看戏的前一天，突然觉得嗓子疼痛，半天之后就发起了烧。那时我常患扁桃体炎，每有扁桃体炎症必然伴有发烧，夜间高烧不退，至第二天仍不见好，如在平时早就不去上学了，可那天绝口不言发烧的事，硬是挣扎着去了学校。如果不去上学，也就意味着晚上不能去看戏了，所以必须坚持着上完这一天的课。下午放学后已经是小脸儿烧得通红，我偷偷地找出家中的阿司匹林片，一下子吃了四片，两个小时后居然真的退了烧。

《赤壁之战》演了三个小时，我坐在剧场里出了一身冷汗，心慌，浑身打哆嗦，总算坚持看完全场戏，走出剧场，居然觉得全身轻松，这场感冒也就此好了。

《赤壁之战》是一出因人设戏的作品，如果没有当时那么多名角参加，这出戏也不会出台。实际上事后再也不可能组织起如此强大的阵容，故而昙花一现，除了一折《壮别》还偶有演出外，早已曲终人散，已为陈迹，不过吃下四片阿司匹林去看戏的事儿却终生难忘。

以我家和张君秋的特殊关系而言，张的戏看得就相对少多了，这完全是因为我小时候不喜看青衣戏的缘故。五六十年代张的代表剧目我仅看过《诗文会》《状元媒》和《望江亭》，但与马连良或谭富英合演的戏就看得多了，如与马的《三娘教子》《雪杯圆》，与谭的《打渔杀家》《御碑亭》等等。张君秋首演《望江亭》是在长安，事先让君杰送来戏票，请我们全家去看戏，记得是日全家出动，演出颇为精彩，关汉卿的《望江亭中秋切脍》被整理得很精练，加上何顺信的京胡、张似云的二胡，托腔也堪称珠联璧合。我当时最感兴趣的是李四广的杨衙内，把一个色厉内荏的恶少塑造得十分到位。60年代初，张君秋的女儿学敏初次登台，唱的也是《望江亭》，地点是在和平里第五工人俱乐部。那天傍晚下起瓢泼大雨，数小时不停，张君秋特地找了两部汽车来接，他自己要替女儿把场，来接的人反复动员，我的两位祖母才答应去看戏，我至今仍记得从下汽车上台阶到第五俱乐部门口，两把雨伞都让大雨砸坏，全身被雨淋湿，至于演出效果如何，现在已经完全记不清了。

对于昆曲的喜爱，后来渐渐超过京剧，只是那时昆曲的营业性演出相对较少，倒是80年代以后看了许多精彩的演出。我第一次看昆曲是在全国文联礼堂（现为商务印书馆），是昆曲研习社的《游园惊梦》，昆曲研习社是周铨庵、许宝驲、张允和她们搞起来的，最初的活动地点是老君堂的俞平伯家、北池子的袁敏宣（清末名士袁励准的女儿）家和南小街什坊院的许宝驲(许宝驯、许宝骙之姊妹，我称四姨婆）家，或拍曲，或彩唱，完全是民间曲社的传习娱乐形式。那天的《游园惊梦》是日场，大约下午二时开演，对我来说真是痛苦至极。除了“闹塾”一折尚能看得懂，到了“惊梦”“拾画”“叫画”那些卿卿我我的表演，我完全莫名其妙，三个小时下来，又累又困，因此第一次看昆曲没有给我留下什么特别美妙的印象。后来看了一次北昆的演出，使我对昆曲如醉如痴。那是在北京剧场（原真光电影院，后改为儿童剧场）看了一次昆曲折子戏，也可以说是北昆登峰造极的阵容，马祥麟的《出塞》、侯永奎的《夜奔》、侯玉山的《嫁妹》、韩世昌和白云生的《游园惊梦》，虽然都是年近五旬的老演员，却并不显得衰颓，真是达到炉火纯青的境界。可以说每折都极其精彩，余音绕梁，至今挥之不去。80年代我还见到过马祥麟、侯玉山两位老先生，已是耄耋老人，由人搀扶，当年风采安在哉？

80年代以后，我在京沪两地多次看过张继青、华文漪、岳美缇、梁谷音、王奉梅、张寄蝶、林继凡等人的昆曲，都可谓雅韵流风，师承有序，尤其是张继青的《痴梦》、王奉梅的《题曲》，袅袅余音仍在耳际。

五六十年代地方戏看得最多的当属川戏。由于种种原因，川戏进京演出的次数最多，川戏演员曾荣华、陈书舫、袁玉堃、竞华、周企何、陈全波、周裕祥、杨淑英、张巧凤、许倩云、筱艇、筱舫、李笑非、戴雪茹、左清飞等人的名字，都是十分熟悉的，昆、高、琴、弹、灯，各种剧目看过数十出之多，尤其是川戏高腔，响遏行云，声回南浦，别是一番韵致。此外，留下深刻印象的还有陈伯华的汉剧《二度梅》、马兰鱼的秦腔《游西湖》、崔兰田的豫剧《桃花庵》、丁果仙的晋剧《打金枝》以及陇剧《落枫池》、徽剧《水淹七军》等等，一时间异彩纷呈，五十年粉墨筝琶，留下多少无法磨灭的记忆。

梦华似水夜闻歌

五六十年代北京的剧场大体可分为三类。

一是传统的老式戏院。这类戏院有不少是在清末茶园基础上经民国时期改造而形成，楼下的池座改成新式的靠背椅，楼上的包厢

民国初年的中和戏院

打通，两侧廊厢也改为前向的观众席。这种戏院有如广和、中和、庆乐、华乐（清代天乐园，50年代改为大众剧场）、吉祥等等，目前只剩下广和、中和、华乐三处，早已残破不堪，或沦为仓库、游艺厅，随着前门大栅栏地区的改造，很快也会荡然无存。民国以后新建的戏院有真光（后改为真光电影院，50年代初为北京剧场，现为中国儿童艺术剧院）、民主（原名开明，后改为珠市口电影院）、西单剧场（原哈尔飞戏院）、长安、新新（后改为首都电影院）等，目前仅留下东安门大街重建的中国儿艺剧场，其余的均在90年代拆除。

二是50年代中期建成的新式剧场，如虎坊桥的北京市工人俱乐部、护国寺的人民剧场，以及改造后的中山公园音乐堂。这三个剧场建成后以演出戏曲最多，许多大型演出活动大多在这里举办。现在除中山公园音乐堂之外，另外两处虽建筑犹存，已经停止演出活动了。

三是受苏俄影响甚深的新建剧院，如天桥剧场、首都剧场、北京展览馆剧场和青年宫剧场（后改为青年艺术剧院，是在旧平安电影院基础上改建的），这四个剧院以演出歌剧、舞剧和话剧为主。现在，青年宫剧场已被东方广场的高楼大厦所取代，其他三处仍在使用。

以上这三类戏院和剧场都是我童年、少年时代流连忘返的地方，其中一部分已无遗迹可寻，一部分已非昔时面目，但这些地方留给我的那些场景，却时时在梦境中再现。关于中国古代和近代剧场沿革的著述有张次溪、徐凌霄、周贻白先生在前，考订甚详，但关于现代北京戏院剧场变迁的文字记录却不多，我看到近年出版最为翔实的两本著作是李畅先生的《清代以来的北京剧场》和侯希三先生的《北京老戏园子》，这两本书从不同角度讲述了北京戏院剧场的百年兴衰，李畅先生偏于剧场建筑结构和舞台美术效果，而侯希三先生更注重于戏院剧场的演出活动和经营管理，可以说是各有所长，互为参补，能够提供许多有价值的资料。

李畅先生是我的远亲，他是当代舞台美术专家，曾参与了首都剧场的设计工作。他告诉我首都剧场的设计装配与音响效果在中国所有剧场中是最好的，这与我亲身感受的也是一致的。我对首都剧场有一种特殊的感情，自50年代建成至今，从外观到内部设施几乎没有任何改变，在半个世纪中，历经风风雨雨，依然故我。坐在剧场之中等待开演，当灯光渐渐暗去，最后一点光亮熄灭的时候，大幕徐徐拉开，另一个世界，另一种场景将会展现在眼前……

首都剧场的舞台是镜框式的，乐池可以垫高，扩展舞台空间，并装有电动旋转舞台，这在五六十年代还很少见。人艺的整体演出风格与首都剧场形成了一种完美的结合，因此首都剧场与人艺是一个不可分割的整体，成为当代戏剧艺术中的一个经典范例。

我在首都剧场几乎观看过人艺的全部剧目，也看过许多重要的国外访华演出，印象最深的当属60年代初日本歌舞伎的访华演出，那次是由河原崎长十郎主演《劝进帐》，河原崎长十郎是日本著名歌舞伎演员，曾排演过郭沫若的《屈原》，最后一次来华演出好像是1980年，回国后不久病逝。《劝进帐》则是一出典型的日本戏剧，是河原崎长十郎在二战期间排演的一出古装剧，此外还有《忠臣藏》，成为他的代表作。我只记得那天首都剧场的舞台经过临时改装，一条从舞台延伸的甬道直达观众席。河原崎长十郎扮演的角色身着宽衣博带的和服，手持粗大的木杖缓缓从观众席走向舞台。《劝进帐》的剧情早已记不清了，只是感到日本戏剧那种悲壮苍凉的气氛，演员的脸上都敷了厚厚的粉，像是浮世绘上的人物。

80年代初，首都剧场在南侧辟出小剧场，成为一种尝试性演出的场所。小剧场仅能容纳两百余人，没有传统式的舞台，只有观众席中间的演出场地，缩短了与观众之间的距离，使观众融于整个演出气氛之中。1982年演出的高行健作品《绝对信号》和《车站》，成为先锋派戏剧的代表之作，也在戏剧界引起极大的反响。最初演出时，我就在小剧场观看了这两出戏，后来《绝对信号》作了修改，而《车站》则遭到了封杀。两剧相比，我更喜欢《车站》，在二十多年前，它留给观众更多的思索与判断。后来这个戏曾在国外公演，据说演出场地是在奥地利维也纳一个尚未投入使用的新建地铁车站，人们可以在车站另一侧欣赏对面的舞台。小剧场以后也上演过许多有争议的戏剧，有些剧目从内容到服装道具都近乎荒诞，并不是每一个戏都是成功的，但这里却走出一批戏剧创作的精英人才。被重新演绎的京剧《马前泼水》和昆曲《偶人记》也曾在小剧场演出，它已经走出了传统戏曲的窠臼，变成另一种戏剧形式出现。小剧场的演出我并不是场场都看，有些戏看过后早已淡忘，但无论如何它还是一种非常亲切的形式。社会应该是宽容的，文艺批评也应该是宽容的，应该给予未臻成熟的创作一个小小的舞台。

最使我留恋的戏院应该说是吉祥戏院了，那是因为吉祥戏院距离我家最近，从六岁开始看戏就在吉祥戏院进进出出，从八岁到十四岁是在吉祥看戏比较频繁的时期,那时吉祥的大门在东安市场内，要经过东来顺，先看看切羊肉片，再闻闻奶油炸糕的香味儿才能到达戏院门口。改建前的吉祥很小，观众席间有几根柱子，买票时要注意避开柱子的位置，否则会影响到观剧效果，对于熟悉吉祥的人来说都知道如何选择买票。吉祥的舞台虽然坐东朝西，而大门却坐北朝南，休息室并不在戏院入口处，却在侧面，是歇业的东亚楼饭庄楼下的餐厅改建的。楼上的座位成“U”字形，有人走动，楼板就会发出声响；每到夏天雨季，戏院里会弥漫着一股下水道的气味。

我在吉祥看戏的第二个高潮时期是整个80年代，那十年之中除了在京的京剧演员演出外，许多外省的京剧演员也轮流晋京演出，如南京的新艳秋、云南的关肃霜、重庆的沈福存、江苏的梁慧超、天津的厉慧良、淮阴的宋长荣、山东的方荣翔、江西的何玉蓉、湖北的杨至芳、辽宁的毕谷云、宁夏的俞鉴等等。真可谓你方演罢我登场，每天晚上都有演出，最多时每周有三四个晚上要在吉祥看戏。90年代初，李洪春的最后一场演出也选在吉祥，届时“洪爷”已是九十高龄，剧目是红净戏《刮骨疗毒》，虽然只是在台上摆个造型，几句念白，也颇见当年风采，50年代我曾在吉祥看过他许多红净戏，时隔三十年，终于在这里告别了舞台生涯。那天演出后我们去后台看望他，恰好老人刚刚揉了头，正在用绵纸抹去油彩，还是十分客气地站起来与我握手，我至今保存着一张当时拍下的照片。

吉祥戏院的最后一场演出是1993年10月4日，由天津曲艺团举办京韵大鼓专场，老中青三代鼓曲艺人同台献艺，压轴是刘春爱的《剑阁闻铃》，大轴是骆玉笙的《丑末寅初》，每个节目都不断返场，

1993年即将拆除前的吉祥戏院

演出长达三个多小时，剧场气氛十分热烈。曲终人散，观众久久不肯离去，许多人眼含热泪向吉祥送上最后的回眸，吉祥戏院经历了八十五年的历史沧桑，最终永远地落下了帷幕。不久后，这座记载和见证着中国戏曲发展历程无数辉煌的戏院随着推土机的轰鸣成为一堆瓦砾，吉祥戏院永远地消失了，但它却无法从我记忆中消失，因为那里留下多少美妙的夜晚，留下多少如醉如痴的梦。

记忆中的收藏

古人收藏书画、版本、碑帖，往往喜欢钤以鉴藏私印或闲章，其中多有“宜子孙”“子孙永保之”或“子子孙孙永保之”之类的印文。每观至此，总会慨然叹息，有无尽沧桑之感。长则数百年，短则数十年，斯物已流经多人之手，物之主人又安在哉？时过境迁，物换星移，又有哪一家能够“永保之”？即使是项元汴、梁清标这样的大家，天籁阁与秋碧堂又何处可寻？尚能见到的，仅是故物上所钤“墨林”“蕉林”印信而已。倒是张伯驹、周叔弢、张叔诚诸位先生能够审时度势，为藏品找到最终的归宿，免于散佚之痛。其实蒐集敛聚，玩摩品鉴，不过是暂时典守，皆为过眼烟云，收藏之道，大抵如此。

十年前，有位青年朋友谢宇就读于南开大学，即将毕业时撰写了一本《外国邮票收藏指南》，要我为他写一篇序言，我以一篇旧作《花花绿绿的小纸头》代序附于卷首。在那篇小文中，记叙了我少年时代集邮的一些趣事和邮集在丙午浩劫中付之一炬的情形，目的是希望喜爱集邮的青年朋友们能有个良好的心态。

集邮在收藏之中仅能谓之小道，却因所费无多而又其乐无穷受到大众的青睐。据20世纪90年代初粗略统计，中国的集邮爱好者有千万之数，诚为大观。而在如此浩浩荡荡的大军中能称为“家”的却实在不多。记得小学一年级时，适逢中国集邮公司开业，于是开始集邮。那时叫作“攒邮票”，同年一班中竟有七八位同学集邮，放学后也经常结伴去集邮公司看邮票，贵的是买不起的，只能花毛八分买几枚盖销票，如此集腋成裘，加上从信封上洗下的邮票，竟也有几百枚之多。母亲很支持我“攒邮票”，她每去王府井东安市场一带，总会到集邮公司买一两套邮票给我，只是她缺乏集邮常识，会将一整套邮票拆散，一枚一枚吊我的胃口。每逢生病住在老祖母家，母亲那边的厨师福建祥会来送些吃的东西，临走时想起母亲让他带给我的邮票，于是哆哆嗦嗦从油腻腻的钱夹子里取出一张已经稀脏的花纸头来，当时对我来说也是不小的惊喜。

从小学到中学，集邮成了我最熟悉的课外活动，后来分了专题，五六个集邮册渐渐插满，颇为可观。来家里的客人中有一位姓傅的先生，总喜欢用些“大人物”来勉励我，比如看到我买了个新乒乓球拍子就会说：“打乒乓球就要打成姜永宁、王传耀那样（姜和王都是50年代中国乒乓球冠军）。”看到我集邮就会说：“集邮就要集成邮票大王周今觉那样。”一个不到十岁的孩子，哪里知道什么姜永宁、王传耀和周今觉？只是茫然地点点头。当我知道姜永宁、王传耀之时，已经是容国团活跃在世界乒坛上了，而知道周今觉更在其后。周今觉先生也是东至周家一脉，他的祖父就是两江总督周玉山（馥），其次子周煦良先生是著名翻译家，与周一良、周绍良先生是叔伯兄弟。后来我与周今觉先生的外孙、上海收藏家唐无忌成了很要好的朋友。

称周今觉为“邮票大王”是当之无愧的，1925年，他在上海创办“中华邮票会”，出版《邮乘》，活跃邮坛凡二十余年。因此，从20年代至40年代，周今觉先生一直是中国集邮界的偶像，名字是家喻户晓的。其他著名集邮家如马任全、赵善长、张包子俊也是我在青少年时代就景仰的前辈，直至80年代后期我当选为中华全国集邮联合会理事，受聘为全国学术委员后，能与诸位前辈先进同堂会议，叨陪末座，确实是少年时代没有想到的。

也有些集邮家是不见经传的，多为集邮界所不熟悉，或为其他方面声名所掩，故不为人所知。

袁世凯次子寒云（克文）（1890—1931）就是位很有成就的集邮家。他早年专门收集“人头”邮票，后受到周今觉影响，邮识大增。每遇佳品，重值相争，后来以重金购得“红印花小字‘當壹圓’”旧票孤品，蜚声海内外。寒云性喜搜罗古玩字画，又兼财力宏富，收藏甚众。且才华过人，悟性极高，涉足集邮后在上海《晶报》上连载《说邮》，尽述个人所藏，是研究中国珍邮的重要文献。可惜转而潦倒，集藏昙花一现，仅两年时间，集邮藏品倾售外国邮商，幸喜国之瑰宝“红印花小字‘當壹圓’”后来辗转为马任全所得，1956年捐献国家。寒云忙碌半生皆成梦幻，1931年因患猩红热病逝于天津两宜里，已是四壁徒空，可谓得之易，失之易也。

“补白大王”郑逸梅先生也是一位集邮爱好者。其一生阅历极丰，交游甚广，曾为南社社员，熟知清末民国时期文坛掌故轶事，80年代以后出版文史掌故文集就有《艺林散叶》及续编《艺海一勺》《书报旧语》《逸梅杂札》等数种。郑先生也曾署名陶拙庵撰写《“皇二子”袁寒云的一生》，详述袁寒云生平事迹及著述。郑先生熟悉并了解寒云，对其与周今觉的交往也有不少叙述文字。袁寒云与周今觉家既是世交，又是姻亲，寒云称玉山公（周馥）为姻丈，比周今觉是大了一辈的。

1986年我去上海，曾两次拜访郑逸梅先生。两次拜访均在上午，先生精神很好，也十分健谈，虽有吴县口音，但尚能听得懂。我们聊起许多旧人旧事，先生都极为熟悉，如叶誉虎、周瘦鹃、苏局仙等人，后来聊到袁寒云，话题自然转到他受周今觉影响，移情于邮票的旧事。郑先生说自己也酷爱集邮，收藏邮票十分丰富，可惜部分散佚于“文革”浩劫之中。先生饶有兴致地取出若干部邮册来让我观看，其中中外邮票都有不少，有些是按类别整理的。从收集与整理而言，郑先生的集邮并不十分规范，也鲜见精品，数量却算得洋洋大观。而相对郑先生收藏的名人尺牍（郑逸梅收藏民国以来文人尺牍甚多，曾有专著出版），只能算是小巫了。他说自己集邮只是怡情之乐，并不追求什么系统完整，也不追求稀世之珍，闲时拿出来看看，作为一种休息。

郑先生生于1895年，卒于1992年，是文坛上的人瑞，曾经与几辈文化人有过频繁的交往，于是日积月累，存留下许多书札尺牍。这些书札尺牍都是他生活的见证，同时也是上一个世纪文化史的宝贵文献，并非他刻意去收集的，对此他十分珍视，却并没有将之作为奇货可居的个人收藏品。如同集邮一样，老先生一直保持着一种平和的心态，从来不以金钱去计算它们的价值。

我认识的另一位不见经传的老集邮家就是李典臣先生了。

李典臣先生是位实业家，出身于津门“八大家”之一的李家，因热心慈善事业，故在天津有“李善人”之称。后来定居在北京，曾在朝内南小街新鲜胡同居住，那个小院落和房子是李典臣先生自己设计的，房屋不多却很实用，我小的时候随祖母和父母曾去过多次。50年代李典臣先生已有六十开外，因他排行第十，京津两地的亲朋都称之为“李十爷”。这位李十爷擅长拍照，据说曾受过郎静山的指点，绝对属于专业水平，而且洗印、放大、剪裁均自己动手操作，并有一套暗房设备，在当时也是不多见的。那时他身体健康，每年要去登黄山，回京后就会洗印在黄山所摄的照片，展示给大家观赏。李十爷同时又是位集邮家，从30年代起集邮，藏品十分丰富。我小时候去李家，总是要他的邮票看，虽然不懂，看看热闹也是好的。

1979年，我还在安外医院内科临床。有一天来人请出诊，地点就在附近蒋宅口的一座简易楼中，于是带上听诊器、血压计等器械去看病人。没有想到患者竟然是李十爷家里的。自1966年以来，人人自危，许多人家之间几乎断了往来，虽同在一个城市，却音信全无，我家与李家正是这样一种情况。李十爷多年前见到我时，我还是一个小孩子，十余年后再见面，我已经三十多岁了，他哪里还会认得？但李十爷的样子我却记得。自我介绍后，老先生极为兴奋，操着一口浓重的天津话，乐得如同过年一样。

我家与李家有着多重关系，两家往来多年。李典臣先生之次女先适天津实业家雍剑秋之子雍鼎臣，后适上海陶良五，雍家与陶家都与先祖有来往。李典臣先生的夫人我们称之为李十奶奶，是江苏常州恽家，其兄是恽公孚（宝惠），其妹又是内子的叔外婆（适农学家邹秉文先生）。旧时代亲亲相因，有着错综复杂的关系，所以李十爷对我更觉亲切。从谈话中得知，“文革”初起，李家就被迫从新鲜胡同旧宅扫地出门，赁屋而居，1976年地震后迁至蒋宅口的简易楼中。当时李十爷已近九旬，却是精神矍铄，声若洪钟，一部银白的胡须飘然颔下，完全不像是经历了十年浩劫的样子。老先生虽长我两辈，却十分热情客气，令我惶惶不安。让烟后非要亲自为我点火，岂知那个打火机正开在最大限度，惶恐之下我凑得又近，那火焰竟窜出半尺高，一下子燎着了我左眼的睫毛，大约半年时间才长出来。

自此以后，每有出诊或地段保健任务后，总是去李十爷那里坐坐。老先生十分健谈，记忆力又极好，滔滔不绝，兴致盎然。简易楼是个小小的三居室，与新鲜胡同的房子和条件相比，可谓天壤之别，但老先生安贫乐素，从来没听见他有过抱怨的话。

那时我们聊得最多的还是邮票。李十爷告诉我，他自30年代集邮以来，一直在英国的吉朋斯公司（Stantey Gibbons Lta., London）按年度订购邮票。因此，他对英国及英属地邮票极为熟悉，尤其是其中不少珍贵邮票，他都曾拥有。如英国早期的黑便士、蓝便士、红便士邮票（1840年英国开始发行邮票，以维多利亚女皇头像为图案，面值一便士，故称便士邮票，第一枚为黑色，后又发行二便士蓝色和一便士红棕色，故以黑便士、蓝便士、红便士相称），以及后来的爱德华七世、乔治五世、乔治六世到伊丽莎白二世各个不同时代的英国邮票基本齐全。此外，英属地如澳洲的新南威尔士、昆士兰早期票也都有不少。他是英国吉朋斯公司的老客户，因此1935年以后的英属地邮票大多没有遗漏。我从小收集动物专题邮票，是Thematic Philateli，因此仅对各个国家发行的动物票有兴趣，我告诉老先生最为钟情的是英属福克兰群岛1933年发行的五先令企鹅邮票，他立刻告诉我，这套邮票为雕刻铜版印刷，全套十二枚，在30年代是英属地邮票中最精美的。令人惊讶的是，老人闭起眼睛，能够依次说出十二枚邮票的不同图案。试想经过“文革”,又再经十余年之后，完全靠记忆，按其不同面值顺序道出：绵羊、港口、轮船、海湾、地图、南乔治亚风光、海豚、南极考察站、纪念碑、企鹅……直至最高面值一镑的乔治五世头像，不要说年近九十的人，就是年轻人在没有任何参考资料的情况下也难以做到。我真正理解了“如数家珍”这四个字的含义。

“文革”中，李十爷的邮票全部被抄走，后来仅从杂物堆中找到两本目录，一本是1936年版英国吉朋斯（Gibbons）目录，一本是1947年美国司各特（Scott）目录，当时这两种目录还都是精装一卷本，今天已经发展为六卷本了。这两本目录已经很破旧，却是老先生劫后仅存的集邮资料，我们在交谈中常常以此为据，但多是我拿在手中翻阅，以此印证老先生所述是否准确，发现十之八九是无误的。后来他将这两本目录赠与了我。

即使是在整个50年代，李十爷也没有中断与英国吉朋斯公司的联系，只是因为某些政治原因，往来信件经常被扣，寄来的邮票也有丢失。为了使收藏完整并且补充当时“社会主义国家”邮票，李十爷也常去东华门的集邮公司，成为那里的常客。80年代末我曾与吴凤岗先生说起李典臣先生，他也有较深印象。除却集邮公司，我和李十爷还聊起50年代北京的许多个体邮商。那时北京的私人邮票店大多在东安市场的南花园一带，我小时候也常常“光顾”。去得最多的如沙琪经营的中原邮票社、季子荣经营的美丰邮票社、沙伯泉经营的志生邮票社、白旭华经营的中原邮票社、赵子泉经营的泉记邮票社等。小孩子没有多少钱， 大多在此买些外国袋票，后来也买些便宜的西属地（西班牙在非洲的殖民地，如撒哈拉、木尼河、几内亚、伊夫尼等地）邮票，最多的是门市上卖的非“社会主义国家”如印度尼西亚、柬埔寨、老挝、海地、埃及的邮票。那些邮商常将一套票中的低面值部分摆在柜台里卖，叫做“小套票”或“低面值组”，实际上是些自欺欺人的名堂。至于较大的邮票社，如施秉章的环球邮票社、韦景贤的北平邮票社，由于地处骡马市大街或者西单，只是偶尔去过一两次，没有什么印象了。李十爷去这些地方买邮票就不同了，他们视为大主顾，好东西自然会拿出来。1988年北京邮政文史中心为了编写《集邮回忆录》，曾召集当时还健在的老邮商开会，我也曾参加会议，见到其中几位，席间说起李典臣李十爷，他们都还记得这位豪爽的买家。

李十爷是位心胸十分豁达的老人，每当说起旧日的收藏，虽能历数家珍，却又像是在说别人的收藏，绝对没有痛心疾首的情绪，更不寄予合浦还珠的企盼。坐临南窗，日光和煦，桌上一杯香茶，手里一支香烟，案头空无一物，只有茶杯中的热气和烟卷冒出的青烟混合在一起，袅袅升腾，弥漫于室内，表现出“昔日之所无，今日有之不为过；昔日之所有，今日无之不为不足”的平静与达观，实在令人感佩。陡然想起奥地利作家茨威格的小说《看不见的收藏》，何其相似也。只是小说中的那位海瓦特先生是盲人，他无法看到那些已经不存在了的收藏；而李典臣先生则是在那些收藏失去之后，却随时能让它们呈现在记忆中。歌德说，“收藏家是幸福的人”，信然。

最近，嘉德国际拍卖有限公司邮品部有过两宗大的拍品，一是拍卖了天津林崧先生（天津妇科专家，林巧稚大夫之兄）的藏品邮集，一是拍卖了沈曾华先生的“稿字四方连”。这些都是两位集邮家的扛鼎压卷，有多少藏家曾为之神往。一时拍卖，不免令人有天籁阁圮、秋碧堂空的感觉。

数年前，通过新加坡朋友的帮助，我从瑞士拍卖会上购得了多年为之钟情的1933年英属福克兰群岛五先令企鹅邮票，同时还有一便士的绵羊和六便士的海豚，展玩欣赏时，常常会想起李典臣先生，想起那些与他聊天的暖和的上午。二十多年前，老先生已经作古，享年九十余，最使我怀念的，是他晚年的豁达与平静。藏品与收藏者的生命同在，恐怕已经是很大的奢望了，沧海流遗，往往不是个人可以把握。曾经拥有的或是企盼的，失去的或是怀恋的，一切都会淡去，物质于人，只有临时典守，哪里有常存永驻？快乐只是停留在那短短的瞬间而已。

牙医张辅臣

时下民办齿科医院日渐增多，其设备和技术并不逊于大医院中的口腔科，更有国外资金和技术人员的加盟，能够使用多种材质植牙，兼做口腔矫正、修复和整形，完全可以和世界先进国家的医疗水平接轨。当然，所需费用不菲，动辄万金已不鲜见，即使普通治疗与镶复，数千元也是很平常的价格。

五十年前，人们每患牙疾多去综合医院的牙科（后称口腔科）挂号诊治，后来才有了专门的口腔医院。私人开设的牙科诊所极少，而普通镶牙馆却比比皆是，这种镶牙馆的业主大多没有足够的医学常识，只是普通的镶复技工，好在使用的材质大多相同，患者也没有什么更高的要求。那时的镶牙馆多开设在繁华地带，如东安市场、西单商场及隆福寺等处，较大的如东安市场畅观楼楼上、台球厅旁边的田文卿镶牙馆等，就算是有名气的牙科镶复了。

20世纪40年代至60年代初，北京有两处颇有名气的私人牙科诊所，印象深刻。他们都是留学归国的专门牙医，能够兼做治疗和镶复，可以说当时北京的名门世家与西欧驻华使馆人员，无不去这两处就诊，于是这两位也就成为专门为一个社会特殊群体服务的牙医。他们就是朱砚农与张辅臣。

朱砚农的诊所开设在东城迺兹府胡同东口路南，朱漆大门总是敞开着，可以看见花木葱茏的庭院。与诊疗室相连是宽大的候诊客厅，客厅内有一圈罩着雪白椅套的大沙发，我的一位幼年时代的朋友至今还记得那沙发靠垫做得十分别致，是各式各样十字绣的洋娃娃。朱砚农祖籍山东，留学日本，有十分精湛的口腔科诊疗技术，当时去朱砚农大夫那里就医需要事先打电话预约，由他的助手安排时间。我的外祖母相信朱砚农，所以会经常提起朱大夫，他们家看牙也都是去朱的诊所。我仅去过那里一次，至今已有五十年，几乎记不起来当时的情况。我之所以认得朱砚农，是因为他的侄女是我们幼儿园的朱老师。这幼儿园在王府井大街的大鹁鸽市胡同，是一座有地下室的两层灰楼，建于1906年，原来也是教会办的，名叫博氏幼稚园。园内大、中、小各有两个班，我从中班上起，每天仅在那里待半天时间，朱老师就是我的班主任。

朱砚农的夫人早逝，后来的太太是他夫人娘家的侄女，差了一辈儿，岁数比他小许多，大约和朱老师相仿。我在莫斯科餐厅吃饭，多次碰到过朱砚农，每回都是他们全家前往。

我最熟悉的是张辅臣，他和他的诊所给我留下了极深的印象。可能是小时候害怕去治牙，因此对张辅臣诊所至今不忘，甚至会偶尔出现在梦中。

五十多年前，东西总部胡同住着几位大有名气的医生，这就是东总布胡同的医学博士马万森、耳鼻喉科教授徐荫祥（徐大夫曾任同仁医院院长，我的扁桃体摘除手术就是徐荫祥教授亲手做的）；西总布胡同的骨科专家孟继懋（后任积水潭医院院长）和牙科医生张辅臣。

张辅臣的诊所在西总布胡同西口路北，也是朱漆大门，但永远是紧闭着，门上有铃，进入诊所要先按门铃，等人开门。里面是一个标准的两进四合院，外院的倒座四间南房就是张辅臣的诊室与候诊客厅，倒座的西端有一间西房，与南房相通，是张辅臣做义齿的技工室。外院与里院之间有一垂花门，从候诊客厅的玻璃窗中可以望见里院的正房和东西厢房，一庭花木，三面游廊，显得十分幽静。大概是张辅臣不愿外人进入院中，所以在大门洞里南房东山墙另开了个门，直通几间倒座儿南房。这样一来，不用进外院就能立刻进入诊所，与整个生活区域隔开。

那候诊客厅比朱砚农家的略小些，但布置得却十分精致。两大间打通的南房铺着打过蜡的地板，上面是很厚的地毯。靠南墙是一组皮沙发，沙发前有一长几，放着许多中外文画报，可供候诊时翻阅。屋中除了这组沙发之外，均为中式红木家具。印象最深的是临北窗有一长长的紫檀条案，上面除有一个青花瓷瓶之外，还有两尊唐三彩，一是人骑马俑，一是仕女俑。这种陈设在今天看来是极普通的，但在50年代的中国人家尚为数不多，与唐三彩珍贵与否无关，而是在旧式人家绝无摆唐三彩的习惯。唐三彩多用为墓中陪葬之物，属冥器范围，人多以为陈之室内不祥。今天许多影视剧中将唐三彩作为历史剧中的室内陈设，实在是有悖真实社会生活的。对唐三彩及山西法华彩的偏好，是由民国以后旅居中国的外国人所开风气，从此也可以看出张辅臣候诊客厅的布置完全是一种中西合璧的形式。

当时出入张辅臣诊所的，除1949年以后尚保持着原有生活方式和经济实力的中国人之外，还有一些荷兰、比利时驻华使领馆和英国代办处的外国人。张辅臣究竟是留德还是留日的，我已记不清楚，但他能讲一口流利的英文，这也是他的诊所能接待各国患者的原因。

张辅臣大夫似乎是东北人，但他的东北口音很轻。西总布胡同的房子是他在40年代开业时买下的，自此开业行医，前后近二十年。大门西侧有一块牌子，仅书“牙医张辅臣”五字。大凡慕名来此诊所的人，也绝非因门口这块牌子的作用。

我在五岁至八岁之间，常随祖母去张辅臣诊所，多数是为我治疗牙疾，也偶有陪祖母前去镶复的时候。当时张辅臣已有五十多岁，个子不高，却是一表人材，永远身着十分合体的白大衣。显得十分严肃，只要是进行治疗，就会戴上个大口罩，所以说话总是听不太清。他与我的祖母虽然十分熟悉，但也从来不苟言笑，除了询问病情之外，没有什么多余的话。张辅臣对病人很有耐心，尤其对我这样的小孩子，也偶尔开两句玩笑。他说我的牙有洞（龋齿）是因为糖吃得太多了，牙齿里就生了小虫子，等到夜里就钻进我的牙里咬了个洞。那时补个牙要去两三次，第一次是开髓失活，第二次是做假填充，第三次采用真材实料填补。我最怕的就是第一次的开髓失活，要用牙钻开创，如果碰到神经，真是疼得死去活来。至于拔牙倒是不太怕，他的技术很好，大多不用打麻药就能轻而易举地拔下来。祖母的牙或镶或补，都是经他手诊治的，几十年间从没有再坏过。

张辅臣治疗或镶复的价格我不知道，小时候也没什么金钱的概念。后来听人说40年代末市面萧条，通货膨胀，张辅臣看牙不收“金圆券”，只收黄金，每镶一牙，要黄金一两，是否属实，姑妄言之。不过给我看牙时已不是这种情况，价格大约是要比综合医院的牙科贵几倍，但无论如何也不会像今天某些中外合资的齿科医院那样离谱儿。

朱砚农与张辅臣都是独自经营，各有一名助手，做些辅助性工作，以及备诊、消毒什么的。朱的助手是位年轻的女护士，据说后来离开朱砚农参加联合诊所，成为一名牙医。张的助手是位男性，我从来没有听他说过一句话，即使他在诊疗室内，也从来没有人注意到他的存在。

张辅臣的诊所内很少能遇到其他病人，是因为在那儿就诊是要提前预约的，我常常听到张辅臣接电话与病人约时间，有时完全是用英文讲的，然后在一个记事簿上写下约定的时间，所以来此就诊者一般就不会发生冲突。以当时的医疗条件而言，张辅臣私人诊所的设备和使用的各种机械，都要远远超过一般公有制综合性医院。此外，从诊所的整体风格、布置以及讲究程度，在当时的社会也是极为少见的。

张辅臣终未能逃过丙午浩劫。1966年，他的诊所停业，继而被扫地出门，“牙医张辅臣”的牌子被永远摘下，房子被房管所占用，至今仍保留了一部分。街门尚存，但已非昔时面目了，至今每过此地，怅然良久。

70年代初，我在和平里西街附近的稻香春买东西，忽然看见一位拄着手杖的龙钟老人，满头银发，身穿一件很旧的花呢长大衣，那分明是40年代非常时髦的风格和样式，富有英国味儿，只是时隔三十年，早已落伍过时。这位老人很面熟，仔细看看，确是张辅臣无疑。我走上前去轻声问道：“您是不是西总布胡同的张辅臣张大夫？”他狐疑半晌，不知所措，最终向我点点头。我无须作自我介绍，只是告诉他我曾是他的病人，他打量我后，很奇怪地问道：“那时您几岁？”我说大致六七岁。他显得很迟钝，说：“记不得了！我今年已经七十四岁了，什么都记不得了。”

自此以后，我再没有见到过张辅臣大夫。

春节礼俗移易

"柏酒生香樽泛碧，桃符换旧贴书红。"岁末迎新之际，总不禁感到时光荏苒。社会的变迁与生活节奏的加快，充分体现在岁时风俗的嬗变方面。时下不少回忆和描写旧时年俗的文字，多在火炽的节令民俗方面着以笔墨，如流水账般记叙了从腊月二十三至正月十五上元节的场面及市井生活。但我实在想看到一部从社会心态变化的角度来研究礼俗变迁的著作。尤其是近百年来的沧桑巨变，传统与时尚所表现出的各种撞击，无非都是一种文化的内在裂变。

礼俗之谓当有两个概念，礼是礼，俗是俗，礼俗可以并称，但遇到具体事物，就不能一概谓之礼俗。例如腊月祭灶、正月祭财神等等，都属于俗，而不是礼，也就无法统称为礼俗了。仅就旧时家庭而言，过年的祭礼也是一年中最隆重的礼仪。除夕祭祖的风尚，虽然很难准确追溯到远古的仪式，但自两汉以降，多有记载，尤其是南朝梁宗懔所著的《荆楚岁时记》，记述尤详。除夕祭祖先之后，元日起才相互拜贺，也体现了"慎终追远"的思想。

余生也晚，但祭祖的仪式尚能记得一点，印象最深刻的是奠酒和折黄表纸、叠锡箔。奠酒即是献爵之礼在民间的表现形式，应由长子奉觞叩拜，长孙执壶斟酒，先后三次将酒奠于酹池。嗣后行三跪九叩的大礼，以后是一家中长幼有序地依次行礼，燃放鞭炮，焚化金银锞和黄表纸。金银锞是锡箔折叠而成的，而黄表纸则要折叠后再剪成制钱状，连而不断，与金银锞同时焚化，年夜饭要在祭祖之后才开始。这已经是五十年前的事了，五十年在历史长河中只是瞬间，但这种家中祭祖的礼仪再也看不到了，连同专门售卖锡箔和黄表纸的香蜡铺也成了消失的行业。年礼本身在不断地变化着，大抵是在由繁变简。我还记得幼年家中的祖先牌位，最早是木制牌位，神主座用木板三面相合而成，外有神椟，神椟为楠木或檀香木制成，做工极为精细。后来就采取了一种简便化的形式，平时存放三十几个神主木座儿的铅丝圈儿，大约有一尺许高，看不出是什么物件，用时才摆出来，套上黄绫子封套，那封套上写的是各位祖先的名讳，摆供时按昭穆排列，端放一排，十分整齐。而用毕可抽下，平放一叠，也易于保存。次年除夕可以再用，如此沿用下去，不知是何人的发明。这可能已经是那种外有神椟、内为龛盒式的木制祖宗牌位之演变。

近代过年祭祖的礼仪，应该说源出于宋代的《朱子家礼》。《朱子家礼》号称是宋代大儒朱熹所撰，虽然自元代以来有不少学者怀疑此书并非出自朱文正公之手，但其对中国社会的影响却延续了八百多年。魏晋隋唐时期，世家大族自成特点的家族礼仪虽然影响民间社会，但还只能是作为私家礼仪存在。宋朝士绅社会发展，《家礼》也越来越取得支配的空间。明代将《家礼》的内容正式列入国家礼典，而涉及民间祭祀的部分，就因袭了这部《家礼》，一直影响到后来的《大清通礼》，也还是萧规曹随，所以基本的程式一直以来能够延续。

明清以来名门望族的家祭之礼，一般选择在两个地方，一是在家族墓地进行，一是在家族的祠堂中进行。墓地与居所相去遥远，除清明扫墓时节祭扫之外，大多在祠堂中进行祭祀。祠堂有设于第宅之内的，也有择地修建的，但距离居处不会太远。清末民初之际，我家几房大多住在东、北城，有的已是新式的花园洋房，而非旧式第宅，因此宗祠就设在朝阳门内大街路南（孚郡王府对面）。大约在40年代初，这处祠堂就已停用，于是各房均在家中祭祀祖先了。

随着时代的发展，我家的祭祀形式也是愈来愈简化。在我记事时，每年祭祖大约有四五次之多，那是上元（正月十五）、清明（家中不设祭，仅以扫墓形式祭祖）、端午（五月初五）、中元（七月十五）、中秋（八月十五）几次。十月初一不设祭，仅是焚化衣包而已。在这些祭祀中，每年最隆重的就是除夕了，后来又再行简化，其他节令一概全免，除夕就成了唯一的祭祖的日子。这种隆重的除夕祭祀，一直延续到60年代初，这在当时也是比较罕见的了。

祭祀的准备工作大约在除夕中午即开始。

我家自20世纪20年代以来，已经逾越了传统的生活方式，从住宅到家具，基本上是新式的，几乎没有旧式家庭中那种传统陈设和气氛，几件旧式家具只是点缀而已，因此祭祀之礼也随之改良。50年代以后，家祭形式就更为简单，准备工作我们称之为“摆供”，而“摆供”的地点则在父亲的书房中。先是腾出一张大书桌，那张书桌是西式两头沉的菲律宾木大书桌，桌面的面积比一张双人床还要大得多，上面有一层十毫米厚的大玻璃板，四个桌角有铜钉固定住（这张大书桌连同上面的玻璃板在1969年父母下干校前以七十元的价钱处理掉）。平时书桌上放的台灯、文具等暂时全部挪走，擦拭干净后摆上祖宗牌位，牌位是坐北面南的。前面摆上“五供”（即香炉、蜡台和花瓶），这些“五供”平时在我家是放在贮藏室中，只是在祭祖时才拿出一用。

明清以来，家祭之礼设供为四世，即高（祖）、曾（祖）、祖、考四代，妣位同祭。我记得我家那种改良过的黄绫子封套式牌位远不只这些，可能还有叔伯曾祖、伯祖等也未可知。父亲既尊重传统，又具有新思想且极重感情，在礼制与感情的抉择中，他一定会逾礼而做出情感的选择。我记得家中的牌位中，就有父亲的姑母与他同父异母兄长的牌位。除夕祭祖的牌位总有二十多个，分为两排，次序当然是父亲和祖母们排定的，这些工作都要在除夕下午就做妥帖了。

我家的除夕祭祖是男女同祭的，这与许多旧式家庭在祠堂中祭祀时只有男子与祭不同，反而倒与《朱子家礼》中所规定的男女同祭更为接近。我家进馔之礼也非完全遵循古礼，一般是由厨师用提盒提至屋门前，女佣帮忙一样样取出后交到我的两位祖母手中，由她们一样一样摆上供桌，似无男尊女卑和先长后幼的规制，这可能也是我家不太重礼法的缘故。

进馔的菜肴大多为过年时的大件菜品，已不是古礼中牺牲所祭。米饭则要事先盛好在一个碗中，然后反扣在上供的小饭碗里，所以表面是整齐的半圆形。现在有些饭馆给顾客上的米饭也采取这种方法，以示整洁，是以祭先人的方法对活人，实为大忌，这要在旧时代看来，就闹大笑话了。

在我的印象中，我家祭祖好像是先进馔后再奠酒。奉觞奠酒自然是父亲的任务，而执壶酌酒就是我的事儿了。小时候觉得这是祭祖中最为庄严的时刻，同时也体现了我存在的价值。那张大书桌前面放有一个长方形的青铜酹池，父亲持觞，我执壶，酒是由我所执的壶中倾入觞中，再由父亲行奉爵之礼，将酒酹入池中，如此三次，完成献爵之礼。

接下来是行三跪九叩大礼（我记得平时节令仅行一跪三叩之

礼）。我家人口很简单，叩拜行礼的人仅有四五位。父亲行献爵礼，礼成即行三跪九叩大礼，此后是祖母们，继而母亲，我是最后的，也体现我家只有长幼之序，而无男女之别。我家祭祖每在除夕傍晚七时左右，这时京城四处鞭炮响起，不绝于耳，院内佣人们也放起成挂的钢鞭，响声大振，供桌上香烟袅袅，红烛高照，一派过年的景象。

我家祭祀已然是改良了许多旧礼，在历史进程中也逐渐简化。大约一炷香焚毕，即行撤供，撤供后部分菜肴再次加热后就成了年夜饭。一些现吃现炒的热菜一般是不上供的，仅在撤供后吃年夜饭时才上桌。饭菜撤供后神主牌位并不撤掉，只是换上清茶和水果，这要一直摆到正月初一的午饭之后。我家是不守岁的，除夕午夜之后，鞭炮之声渐渐停歇，年意阑珊，阖家大小早已入梦了。至正月初一上午，仍要将香烛焚起，洗盏更酌，重新沏上新茶，至中午时分献上几盘饺子和年糕。（50年代末，诸节不再摆供，上元节的汤圆就改在大年初一中午供奉了。）午后则将牌位、五供等一并撤去，恢复平日的生活状态。

大约在1963年之后，这种大排场的祭祀改为除夕晚仅摆一个黄绫子封套的牌位，代表全体列祖列宗，供品也只有鲜花和清茶了。又过了两年，“文革”开始，除夕祭祖完全停止。

春节祭祀祖先的礼仪——这里不应称之为习俗——实际上自20世纪30年代以后就淡出了传统的社会生活。某些人家所保留的某些祭祀礼仪，也是在社会变迁中发生着这样那样的改良，其形式各有特点。说得更远一些，《红楼梦》中曹雪芹对贾府祭祀之礼的描述，也是源于当时的实际生活，就其内容看，也不尽合《朱子家礼》和《大清通礼》的规范。《朱子家礼》在明清两代都经过增补，仅神主的书写格式就有很大程度的变化，并且是以木刻版图加以形象化，便于民间祭祀参照。从我家祭祖许多不合旧礼、锐意改良的情况看，也充分说明了礼仪是随着社会发展而演变的。

春节祭祖之礼，与其说是一种形式，不如说是中国人“慎终追远”观念的体现，无论这种形式存在与否，或者发生着什么样的改良与变化，我想“慎终追远”总应该是春节中的一种思绪罢。

过年相互拜贺的礼仪随着时代的发展也在不断地变化，前些年还是电话拜年，近年来干脆在电脑上发个“伊妹儿”，连说话的工夫和唾沫都省了。其实旧时拜年的缛礼也有很多是不情愿的行为，尤其是清末民初时的官场，坐着骡车挨门而过，由跟车当差的举个大红拜帖，高呼“某某老爷到府上拜年！”门上当差的回答：“家老爷不敢当，挡驾！”然后接下帖子，一场仪注也就完毕了。如此这般，一上午能走十几个宅门儿，真是何苦来哉！清末大名士李慈铭在晚年的《郇学斋日记》中有许多在正月里坐骡车四处拜年的记录，一天能拜上五六家之多，确是够苦的。像李慈铭这样傲气凌人的名士都不能免俗，何况一般官场禄蠹呢？

一般市井百姓之间，也要相互走动，说些不痛不痒的吉祥话，扯些不咸不淡的家长里短，从初一到初五累得精疲力竭，大多也是不情愿所为。随着独生子女的增多，若干年后中国的家庭结构将发生很大的变化，叔、伯、姨、舅、姑、婶这些亲属关系会越来越少，如此发展下去，百年之后提起这些称谓或许都要经过一番考索，可以在春节拜贺的亲属也就几乎不存在了。至于官场之中下属拜长官的庸俗社交也会随着社会进步渐渐淡出人们的生活。

宗族意识、亲情意识的淡化，本身就是一种文化的裂变。以今礼代替古礼，以新俗代替旧俗，是社会发展过程中多方面因素所造成，礼和俗不是谁能立就立得起来，当然也不是谁想破就破得了的，近五十年来春节礼俗所发生的变化，正是这种文化内在裂变的体现。

再说到“俗”，“俗”在一定程度上反映了一定时期中人们的审美意识。传统与时尚的冲撞也充分反映在这一方面。过年贴春联的习俗常常被年轻人斥之为“俗”，当然这里指的是雅俗之“俗”。他们对这种红纸黑字的春联形式有一种本能的反感，因此在一些白领云集的社区公寓中过年时很少看到门上贴对联，我不敢说数十年后这种年俗形式是不是会消逝，但起码在春联的文化内涵方面是很难得到承传的。春联本身就存在一种审美意识，从内容、言辞、对仗、平仄、格式、书法方面却有雅俗之分，真不希望看到这种习俗变成“民俗”。

参加过几次春联的评审工作，要在一大堆春联中择优录取一、二、三等奖，真是难事儿。这些春联大多还是经过初选入围的，但是尚能入眼的总不到十分之一二。文辞俚俗、用典古怪不说，就其声韵而言，也完全不是春联的格式。甚至上下二联同以平声或仄声结束，成了一边倒。也有时在街上看到几幅不错的春联，可惜贴成上下联颠倒，真想替他揭下来换个位置。春联自然也要讨个吉利喜庆，但是近年反映在春联内容上逐利拜金意识甚嚣尘上，其风之恶，已是非“俗”之俗了。

春节的许多生活内容，是在礼与俗之外的，只是一些因袭下来的习惯，而正是这些丰富多彩的生活内容才使得整个春节那么温馨和情趣盎然。大陆不久前出版了台湾唐鲁孙先生的系列丛书，其中不少文章都涉及春节的习俗，有些自然是老生常谈，但也不乏近年大陆人没有写过的东西。唐先生如果在世已年近百岁，阅历总是超过今天七八十岁的人。另外一个原因则是唐先生没有经过大陆五十年来的文化大裂变，有些记忆尚没有被抹去。

近年来春节时的观赏花卉，也在传统与时尚之间发生着碰撞。情人节、母亲节、圣诞节、新年可以用品种繁多的西洋花卉如红玫瑰、康乃馨、百合、郁金香、马蹄莲来点缀和烘托节日气氛，但到春节则不一样。如果在屋内摆上腊梅、迎春、一品红、水仙、金橘，案头清供陈设香橼、佛手，一定会感到另一种温馨，那种一年一度才能享受一次的温馨。

春节的花卉旧时称为煻花或冬令莳花，腊月中旬至除夕之间最为繁盛，其实申浦与羊城的花市是远远超过北京的，数量、品种之多也为北京所不及。况且由于气候和温度、湿度的缘故，花期也比北京要长得多。近年来北京春节花卉市场确实也是购销两旺，繁花似锦，但其花卉品种已有了许多变化。以蝴蝶兰为例，在旧时春节是绝对见不到的，这是云南培植的一种新型花卉，出现在北京的春节花市上不过十年左右。再有就是较为低档的杜鹃花，春节花市也能热销一阵。旧时此花大多不用于过年装点，杜鹃泣血，视为不祥，随着时代变化，旧观念已左右不了人们的好尚，不少人家在室内也摆起杜鹃花。其实过年的花卉不一定大红大紫，有些貌似寒素的花卉却淡淡地烘托了年意，尤其是绿萼梅花、漳州水仙和岭南银柳，清雅中透着几分书卷气。

果盒也是过年时不可或缺的点缀，旧时果盒大多是福建大漆捧盒，彩绘描金，打开盒盖儿，里面分成若干小格，可以填放不同的干果。这种捧盒直径一尺左右，大者可达尺五或尺八，里面的格子多者或有十余份。果盒的装置是有一定学问的，蜜饯类干果不宜与硬壳果同放一盒，如果这样混放，硬壳果受到蜜饯潮气的影响就会失去酥脆。盛蜜饯干果的果盒一般选择金丝蜜枣、和顺橄榄或良友橄榄、白糖杨梅、大福果、蜜饯金橘等南边干果，较粗些的果盒大致是些杏脯、梨脯、醉枣、瓜条、青梅、蜜饯山楂一类的北京干果。而盛硬壳干果的果盒会选择栗子、榛子、榧子、小胡桃、杏仁、核桃仁之类的南北山货，粗些的大约是花生或五香花生米、黑白瓜子、柿饼等便宜的干果。此外还有一种更大型的凉菜攒盒，一般是过年时放在饭桌上下酒的冷菜。上海人最讲究糟制的冷荤，总有些醉白鱼、糟鹅掌、糟门枪（口条）以及酱鸭方和烤麸之类的食品。这种攒盒有像果盒那样大漆制作的，也有彩瓷烧制的，与果盒一样，都会呈现出过年时食物的丰足和多样。

除夕之夜北方人吃饺子、南边人吃汤团只是一般风俗习惯，其实，过年期间的食品远不只这些。年糕是不消说了，从东北到潮汕，几乎没有不食年糕的，只是在做法上有所不同。还有几种饮馔，也是过年必备的，今天已不多见，例如用枣泥、核桃和江米制成的核桃酪；以核桃仁、松子切碎，混合猪油为馅，熏制的黑枣泥、江米为皮，粽叶为托的枣糕；以及湘莲和龙眼熬制的莲子桂圆汤，都不是饭店里、商店里能吃到买到的食品，却是每逢过年时家中自制的甜食。这些都是很平常的东西，只是原料和制作工艺十分麻烦，因此随着生活节奏的加快，也都逐渐绝迹于春节了。

社会意识的变革深刻地影响着春节礼俗的变迁，这种变迁确实无法做出好与不好，或者说进步与落后、雅与俗等诸如此类的评判。但可以说，一个能够兼容多种选择、并存多种文化意识的时代和社会，一定会是一个进步与健康的时代和社会。春节至今仍是一个使人们憧憬美好、寄托希望的节日，我爱过春节。

文人画琐谈

中国的文人是有别于一般大概念的“知识分子”的，与外国的文人也不尽相同，就是说，除却其各有不同的专业知识和所长之外，另有多方面的文化素养，而这种文化素养的形成，既有赖于自身的文化积累，也来源于性灵和对人生的感悟。

元代是中国画发生重大变化的时期，奠定了中国文人画的基础。由于元代一度废除科举，加之民族歧视政策，使得文人难于踏进仕途，转而移情于绘事。但这只是一方面。我以为更重要的一方面是唐宋以来诗词成就所形成和造就的韵致对元代文人画风产生着重要的影响。或者可以这样说，从技法上讲，元代是承前启后的阶段，而从笔墨气韵上抒发性灵与个性、影响明清两代文人画风来说，元则是开端造衅的年代。难怪后人常讲“取法于宋，取韵于元”，大抵就是这个道理。

文人画之称谓，最早始于董其昌，而能概括文人画之精髓者，当推陈师曾：“文人画之要素，第一人品，第二学问，第三才情，第四思想，具此四者，乃能完善。”（陈衡恪《文人画之价值》）师曾此说虽精辟，但从技法所表达的外在形式而观，文人画还可用“意到笔不到”来形容。尤其自明代以来，画坛变化极大，就以形与神的关系来说，“四王”、石涛的形都已转向笔墨，不大关乎于形了。石涛所谓“似与不似似之”，其神的传达已更趋于抒情，或者说更趋于性灵的表达。

文人气质很难以遭际与境遇来评判。元初，无论是以遗民自居，隐居不仕的钱选，还是身在仕途，位极人臣的赵孟頫、高克恭，同样重视神韵，主倡清雅简率，含蓄蕴藉。至黄子久、倪云林、梅花道人、黄鹤山樵诸家，文人画逐渐形成，影响明清两代五百余年。无论是“吴门四家”“画中九友”以及松江、嘉兴、云间、武林诸派，还是清代“四王”“二溪”各家，可以说无不受到元代文人画的影响。文人画不在写真，而在写意，主张诗、书、画融为一体，主张“书画同源”，讲究气韵、笔墨，使主观意念通过笔墨表达于绘事。近百年来，艺术评论者对中国文人画多持有批评观点，但不得不承认，自元代以来，文人画一直是中国绘画的主流。

绘画的商品化，应该说盛于明中叶，无论是受“院体”或“浙派”影响的职业画家作品，还是文人画，同样具有商品市场，尤其是在经济发达的江浙地区，绘画的商品化倾向更为突出。于是文人画变异了，一种形式上的文人画产生了，清雅风貌和笔墨运用成了一种技法上的追求，职业画家与文人画家的界限逐渐模糊。其实这种分野本来就不是十分分明的。清初“金陵八家”之首龚半千的作品在风格上不能不说是文人画，但却过着“百苦不一乐，到老尚谋生”的贫苦职业画师生活，卖了大半生的画。这种文人画一旦形成风格，也就变成了一种束缚，为了保持画风的稳定，也就很难随意挥洒了。

“画中九友”的成分较为复杂，人品与画品各异，但在风格上却是注重“士气”的，以董其昌为盟主的明末松江派是吴门派形成末流后南宗的重新起步。董其昌提倡文人画的士气，追求“生”“拙”

“真”“淡”的趣味和笔意，讲究笔墨的运用，在意而不写真。他曾说：“以蹊径之怪奇论，则画不如山水；以笔墨之精妙论，则山水绝不如画。”这也正是中国画与西洋画大相径庭之处。

“画中九友”和以“画中九友”为中心的明末清初士林绘画，应该说是中国绘画史上一个极为重要的流派。研究和探讨这一流派的产生与发展，无法脱离开明末清初的社会背景与士林状况，就以董思白、李长蘅、杨龙友、程孟阳、卞润甫、王烟客、王圆照、张尔唯、邵瓜畦九人的出身、经历而言，也不尽相同。真正做过官的无非董思白、王烟客与张尔唯三人，王圆照曾出任廉州太守，不过两年罢官而归；杨龙友虽做过兵部侍郎，但是在南明将亡之际，其余四人基本没有为官。其中入清三人，均未出仕。在笔墨上，九人虽有共同之处，却也有枯润之别，吴梅村以其画品风格和在江南画坛上的影响将之归纳为“画中九友”，还是有一定道理的。

先祖父叔彦公精于收藏鉴赏，且最为推崇“画中九友”，所藏董其昌、王时敏、李流芳、卞文瑜精品颇多，30年代将藏品刊印珂罗版画册十数种，可惜抗战时期为生活所迫失之弥多。先慈擅丹青，曾以家藏真迹临写，至今留下摹王时敏、卞文瑜、李流芳诸家作品，80年代曾参加在福建举办的非职业画家美展。我也见过元白（启功）先生和季黄（朱家溍）先生一些早年的山水画，大抵也是此类风格，完全是为了学习和自娱，没有任何功利性，是与文人画一脉相承的。

杨文骢画品高逸，直追元人笔意。然而入南明后依附马、阮，为复社文人所轻，加上所遗笔墨很少，向为后来画坛所不重视。更兼孔尚任的《桃花扇》中将杨龙友（文骢）描写成说媒拉纤的帮闲，更是毁了杨文骢的形象。其实杨文骢不仅画品很高，在气节上也是不亏的，南明之后，死于抗清之役，也没有辱没斯文。我家旧藏杨文骢《枯木竹石图》一轴，是先祖得之于壬申（1932），彼时先祖父定居于北平甫二载。这轴《枯木竹石图》题识为“癸未秋日为仲文社友仿文同笔意于芝草楼杨文骢”，有石雪生傍题：“锦石倾歌玉树荒，雪儿无语恋斜阳。百年花鸟春风爱，不是钱塘是汴梁。”“癸未”当是明思宗崇祯十六年（1643），次年甲申（1644），北京陷落，明亡。杨文骢所作枯木竹石多幅，现藏南京博物院的《枯木竹石图》是崇祯十一年（1638）所绘，比我家旧藏早了五年。此幅《枯木竹石图》真是体现了文人画笔意的“生”与“拙”，且发挥了杨文骢擅长枯墨的风格。木枯石涩，孤鸟独枝，作窾然萧疏之象，非亡国之征邪？细观鸟目，怆然远望，有依稀之态，有垂泪之感。石雪生题画诗“不是钱塘是汴梁”正是对这种苍凉与悲戚的诠释。岂知南明一瞬，焉是钱塘？兴亡沧桑，笔墨一叶知秋。

关于杨文骢的评论，散见于《画旨》（董其昌）、《读画录》（周亮工）、《松壶画论》（钱杜）、《山静居画论》（方薰）、《明画录》（徐沁）、《无声诗史》（姜绍书）、《春觉斋论画》（林纾）等著作。以周亮工的《读画录》叙之最详，以董其昌的评价为最高：“有宋人之骨力去其结，有元人之风韵去其佻。余讶以为出入巨然、惠崇之间，观止矣。”董其昌这段评论写于崇祯二年（1629），董其昌时年已经七十有五，而杨文骢年仅三十四岁。“画中九友”中八人为江苏、安徽籍，仅杨文骢来自贵州，不能不说是“九友”中的特例。

杨文骢善用“干擦”之法，是最应关注的。明末清初，董其昌及“四王”皆喜干笔皴擦，“四僧”之中的渐江也善干笔，故石涛有云“笔枯则秀，笔润则俗”。其实黄子久的《富春山居图》亦以干笔为之，极少渲染，后世谓之“披麻皴”是也。所观杨文骢传世作品，多以“干擦”为之，但通篇而视，枯中有润，这大约也是文人画笔墨的魅力所在。近五十年来，中国画多重渲染而少皴擦，笔墨之韵味索然矣。

杨文骢作品传世甚少，据日本美术界研究，当不过二十幅耳。其中《雁宕八景》原为庞虚斋（近人庞元济，居上海）旧藏，曾收入《虚斋书画录》。徐邦达先生以为此画“细琐纤弱”，疑是当时替杨文骢捉刀的盛林玉（琳）代笔。《溪山访友图》已见《石渠宝笈初编》著录，与《白日掩柴扉图短卷》《仙人村坞图》《送别谭公山水卷》等皆藏于故宫博物院。《雁宕八景》及《枯木竹石图》（崇祯十一年作）藏南京博物院。另有一部分散落日本，国内民间也有所藏。

明末文人画尚未流于商品化，摹古之风也不是以标新立异去迎合世俗。文人画不仅是中国美术史上一个重要类别，同时也是中国士文化的一个极有代表性的方面。近百年来对文人画的极度否定，恰恰是美术评论和文化认同的一个重要误区。前几年读过四川林木先生的《明清文人画新潮》，对明清六百年文人画的地位给予了重新评价。其实，文人画是无法完全用今天的观点，尤其是今天的审美标准去评判的。

文人画最根本的界定，应该是“文人”二字，无论出世与入世，做官与不做官，富贵与贫穷，得意与失意，画家本人应该具有深厚的文化素养，同时要具有极高的悟性。文人画的第一特点，是无关乎市场的趣味和功利。

华亭、松江一脉的形成，有其复杂的社会背景，其中一些人不是以绘事谋生的，因此也就无须乎媚俗。董其昌之季子祖源也擅长绘画，而几乎没有作品传世。先祖旧藏董祖源册页，纸本旧裱，且残破较甚，似经丧乱。册后有许巨川诗跋。许巨川与董祖源是表兄弟，跋中明确道出此画是华亭民变中之遗珠。为此，我曾查阅明末《民抄董宦事实》一文，对当日华亭民变经过记述颇详。董其昌与子祖和、祖常、祖源同居乡里，除祖和一宅因“平日稍知敛戢，民怨未深”而“巍然独存”外，董其昌与祖常、祖源三宅“数百余间，画

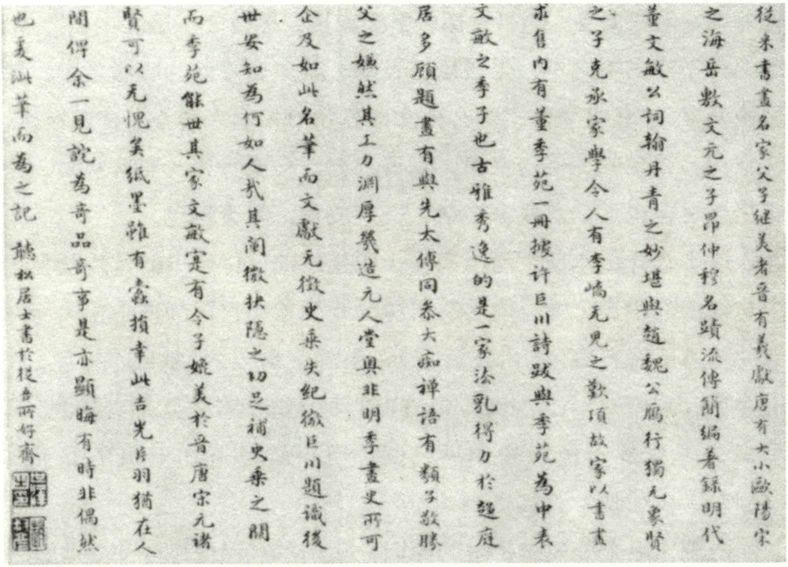
從來書畫名家父子繼美者晉有羲獻唐有大小歐陽宋
之海岳數文元之子昂仲穆名蹟流傳簡編著錄明代
董文敏公詞翰丹青之妙堪與趙魏公鴈行獨元素賢
之子克承家學令人有李嵩元兒之歎頃故家以書畫
求售內有董季苑一冊披許巨川詩跋與季苑為中表
文敏之季子也古雅秀逸的是一家法乳得力於趨庭
居多頗題畫有與先太傅同參大痴禪語有類子敬勝
父之嫌然其工力淵厚駸造元人堂奧非明季畫史所可
企及如此名筆而文獻无徵史乘失紀微巨川題識後
世安知為何如人哉其闡微抉隱之功足補史乘之闕
而季苑能世其家文敏寔有令子媲美於晉唐宋元諸
賢可以无愧矣紙墨雖有霉損幸此吉光片羽猶在人
間俾余一見詫為奇品奇事是亦顯晦有時非偶然
也爰泚筆而為之記 虢松居士書於從吾所好齋

祖父叔彦先生为《董祖源山水册页》所作题跋

董其昌季子祖源（季苑）山水册之一

栋雕梁，朱栏曲槛，园亭台榭，密室幽房，尽付之一焰之中矣”。祖源的房子在三宅之中，是最后被焚的，其屋舍华丽，收藏之丰，又远逾乃父。“其妻为徐相国玄孙女，苏州申相国之甥女，奁资极盛，造堂房二百余间，楼台堂榭，高可入云。粉垩丹青，丽若宫阙，此真仑奂之美也。乃落成未半载，一炬成灰，澌灭殆尽”。

这本八开山水册页是祖源作于民变之前，许巨川的诗跋既表达了与祖源的中表之情，同时对祖源的绘画才华也极为推崇，认为祖源的才气远在苏庭硕、米元章之上。祖源字季苑，题款或书祖源，或书季苑，从题款的位置上看，很有可能是在画成若干年后补题的。笔墨多为习作或不经意的作品，据许巨川跋语可知祖源卒于丁亥(1647)，大约晚于董其昌十一年。

祖源作品未能较多传世的原因，除因华亭民变，一部分被毁之外，主要是因为他不以绘画作谋生手段，阅古临摹仅为消遣于笔墨之间。当然，与祖源未仕，且在松江府一带名声不好也有一定关系。仅从旧藏董祖源八开册页看，他对笔墨的运用和气韵的抒发确实是直追元人，其中二幅是仿董北苑的作品，皴、擦、点、染互施，枯中有润，于不着力之中尽显古人笔意，确是不为物象所束缚，趣味高致，堪称逸品。

“四王”应属很纯粹的文人画，王时敏直接得益于董其昌，祖孙相传，影响到王原祁。王翚承继王鉴衣钵，又为娄东派之首领。四家皆应说是黄公望、倪云林的继承者。另外一个原因是“四王”大都有较为优越的生活境遇，寄乐于林泉，始终保持着一种含蓄蕴藉的恬淡情绪。正所谓“笔致之妩媚，盖其天性”，他们的笔意之中绝对没有戾气，没有剑拔弩张的宣泄，这种含蓄与温和正是真文人的韵致所在。近代以来，“四王”一直受到“复古”“拟古”的批判，实在是极不公允的。“四王”主张取法古人是事实，而且拟前人笔意之作又极多，这一点与董其昌是很相像的。但是“四王”的仿古与拟古并不是单纯临摹或复制古人作品，而是将前人之作化于胸臆，逐渐形成自己的东西。《麓台画跋》有云：“谓我似古人，我不敢信；谓我不似古人，我亦不敢信。”因此，“四王”之摹古，无一笔形似古人，而又无一笔不神似古人气韵。我在北京、南京、天津、沈阳、无锡、上海乃至台湾和美国看到无数“四王”真迹，近年来嘉德、瀚海、中贸拍品中也间有“四王”真迹。其中既有精品，亦有应酬之作，且虽构图繁简、尺幅大小有别；轩轾高下，不无径庭之分；但笔墨气韵均可谓得文人画之真髓，至于董邦达、钱惟诚等人仅得其形与技法，就自在不言中了。

近世以“八怪”的作品否定“四王”，不免失之偏颇。一方面，“八怪”画作相对一般画师而言，也当属文人画的范畴，他们的个性情思中狂放不羁的成分跃然于笔墨之中，总体来说缺乏一种含蓄蕴藉。另一方面，“八怪”大多因谋生的需要而面向市场，于是不免标新立异，过多地将情绪释放与表达出来，在笔墨上也过多刻意地发挥个性和技巧，总有着一种取悦于市场的意味。“八怪”之风上可追溯到徐渭，下至影响当代，是三百余年文人画的一个巨大旁支。如果将“四王”与“八怪”的抒情作一比较，那么“四王”的抒情是趋向内心的消融，而“八怪”则是向外的宣泄。我不赞成过多地强调传统与非传统、主流与非主流。但明清以来，文人画的确是存在很大的分野，那就是一为构图形成的性灵绘画，一为笔墨形成的气质绘画，如果用宏观效果与微观效果来比喻，也有一定道理。

王翚《清晖画跋》中曾云：“以元人笔墨，运宋人丘壑，而泽以唐人气韵，乃为大成。”此可谓“四王”终生追求和为之奋斗的最高境界。王国维将绘画中之表现形象与表现手法作了区别，他说：“绘画中之布置属于第一形式，而使笔使墨则属于第二形式，凡以笔墨见赏于吾人者，实赏其第二形式也。”他认为，“美之大部实存于第二形式”，并说：“凡吾人所加以雕刻书画之品评，曰神、曰韵、曰气、曰味，皆就第二形式言者多，而就第一形式言之者少。”确是欣赏中国文人画笔墨的中肯之谈。

“四王”一脉影响深远，尤其是“小四王”作品，深得“四王”神韵，其中以王昱（王原祁族弟）和王宸（时敏六世孙，原祁曾孙）成就最高，家学渊源，承传有序。余家旧藏王蓬心（宸）册页，共十二开。前有俞曲园（樾）引首，题“接武南宗”四字，后有缪筠心（骐）题跋，堪称精品。其中多为拟董北苑笔意，或仿沈石田（周）及元人小品。此册作于乾隆庚子（1780），蓬心时年六十有一。王宸善用枯笔，枯毫重墨，气味荒古，而此册老笔纷披仍含苍润，又无枯秃之病，干皴之中，却有润泽之趣，这是我所见过王宸作品中最

王蓬心（宸）山水册页之一

王蓬心（宸）仿黄公望山水册页之一

精妙者，也是真正按照“四王”绘画思想探求古人笔意之作。俞曲园题“接武南宗”四字是当之无愧的。

1993年11月我在台北故宫博物院参观，正值黄子久（公望）的《富春山居图》在台一段展出，有幸拜观神品之真迹，真是喜出望外，于是大半日时间未出绘画馆半步，流连其间，忘记了疲劳和饥饿。同时展出的还有沈石田、文衡山、董思白、陈眉公、李长蘅、卞润甫以及“四王”“四僧”作品多幅，可见展陈体例与美术思想之匠心。阅读半日，仿佛与古人交融与对话，于是乎恍然大悟，茅塞顿开。中国画不是纸墨，不是色彩，更不是技巧，中国画是一种韵致，一种无法用语言和文字表述的韵致，这也是中国画只有中国人能读懂，中国文人画只有中国文人能读懂的原因。有人说中国文人画已经没落了，但没落的又何止于画？文人画出自文人，如果整个社会都没有了那种具有文人气质的文人，文人画还会存在吗？

碑帖杂记

碑帖的鉴藏历来是中国文人的一大嗜好。遗憾的是虽然近年来文物交易与市场流通很活跃，陶瓷、书画、版本、杂项诸门类多为买家争相收蓄，但碑帖一道，殊为冷落，精品鲜见，问津者少，市场价格也就远远逊于其他。

碑帖之称，尽人皆知，但对碑帖的含义，许多人并不能准确道出，这也是碑帖知识不够普及的缘故。

碑是立于古代宫庙门前的竖石，作为永久性的纪念物或标志物，上古时用以识日影，引阴阳。碑也用于墓葬，起到引棺入墓的作用，最早是随葬入墓，后则立于墓道口，称为神道碑。碑上的文字称为碑文，西汉以前，碑大多无文字，至秦有石鼓，刻文字于石鼓之上，用以记录歌咏秦君游猎情况，称“猎碣”，也称之为石鼓文。汉代厚葬之风盛行，因此留下来的碑也较多，碑上刻石为文，大多是墓主身份与事迹的记录。曹操时颁布禁令，禁止一般人立碑，魏晋两代禁令未废，所以这段时间的碑石较少。但另一方面却兴起墓志的风气，墓志与碑大体相同，都是刻石为文记录和颂扬墓主的行状和功德，所不同的是，碑石竖立于墓外，而墓志埋藏在墓内。自唐代以后，五品以上的官员才有资格用墓碑，五品以下、七品以上的官员只能用碣。碑石与碣石的分别在于一是首为方形，一是首为圆形。除了墓葬之外，碑也用于封禅、纪功等大的事件，宫阙、坛庙、胜迹也多立碑铭记与之有关的文字，例如《九成宫碑》《多宝塔碑》等等。此外，颁布政令、记录事件、旌表功德，也多采用刻碑形式，传之于后世。凡此类者，碑中最多见，例如《张景碑》《乙瑛碑》《礼器碑》《张猛龙碑》《唐蕃会盟碑》等。墓志虽仅记录墓主生平行状，但也多与史实有关，可以在一定程度上弥补传记的不足，反映墓主生活时代许多政治、经济、文化方面的史料。所以说，碑石与墓志都具有重要的文献价值。自汉代至隋唐，碑石多由书法大家撰写，因此美学价值极高，书体的演变、发展，也都可以从碑刻中观其源流。此外，石经与摩崖石刻从分类上也属于碑的范畴，由此而拓印的拓片，也就成为研究经学、史学和文字学的重要文献。

自宋代以来，研究青铜铭文和碑碣石刻就成为了一门专门学问——金石学，《集古录》《金石录》等重要著作不断问世，也同时产生了如赵明诚、欧阳修、苏轼、米芾以及后来的赵孟頫、文徵明、董其昌、王昶、翁方纲这样的碑刻鉴赏家，留下了《金石萃编》《两汉金石记》《校碑随笔》这样的著作，对碑石拓本的研究做出了重大贡献。

帖是书于帛上的文字。在纸张普遍使用之前，文字大多书于帛和竹上，这就是帛书和竹简了。后来将帛书刻于石上，也称之为帖。从总体上说，碑以纪功志墓为主，帖则以书翰诗文为多。这样，帖的含义就有二种，一是前人诗文的墨迹，如传世的陆机《平复帖》、王羲之《快雪时晴帖》、王献之《中秋帖》、王珣《伯远帖》等等。二是将前人墨迹汇刻于石上，再将刻石拓下，如同碑拓，如《大观帖》

《淳化阁法帖》《停云馆帖》《三希堂法帖》等等。与碑拓合称为碑帖者，大抵是不包括法书墨迹的。

碑帖拓技据说发源于东汉，现存最早的碑拓则可追至唐代，是使用重墨擦拓的办法。宋代碑帖的发展最为繁荣，一是拓碑，二是刻帖，成为了碑帖的成熟时期，也是碑帖合称的源起之时。宋代丛帖汇刻，集书法艺术之大成，对书法的继承和发展，产生了不可估量的作用。

碑帖形成之后，收藏者众，而随着时代的延伸，碑帖的精善拓本数量渐渐减少，于是作伪之风大兴，尤其是碑帖的翻刻，自南宋以来达到以假乱真的地步。因此过去在古玩行中称碑帖为“黑老虎”，意为考订不慎或鉴别力不高即会被其咬伤。

碑帖对一般人来说，仅是学习书法的工具，摹碑临帖，可以匡正写字的间架结构，描摹古人用笔的起承转合。过去凡受过私塾或正规小学教育的，不会没有过写红模、临碑帖的经历。如今进入电脑时代，多不重视文字的书写，除刻意用功于此道的青少年，就很少有踏踏实实临写碑帖的。选择哪种书体，完全听从个人的爱好，初学者多以颜、柳、欧、赵为临写选本。旧时读书人为了应付科举，多以欧体为间架结构基础，再学赵体的气韵风采，被称之为“欧底赵面”，但凡如此，即使不能仰顾龙门，也可以在社会上混个“一笔好字”，其实也是一种必备的文化素养。

我在上小学时开始临《九成宫醴泉铭》，用的是文物出版社据故宫博物院藏本影印出版的普通宋拓本，此本为剪条装，每页四行，每行六字。而对这个拓本的了解则是几十年以后的事了。我生性愚钝，又不甚用功，临帖之时照猫画虎，间架结构完全不对，更不用说对其变化法度的理解了。况且幼时贪玩，临帖一曝十寒，只是应付差事而已。上中学以后，羡慕《兰亭序》的秀美飘逸，于是又去临写定武本的《兰亭序》，结果至今字终没有写好。

《九成宫醴泉铭》的拓本遍布海内外，即是宋拓，传世也有多种，其中真伪互见，情况殊为复杂。至清同治时，祁隽藻就曾看到几种不同的本子，如懋勤殿盖有金泥印的藏本和那文毅（彦成）家藏本等，皆为宋拓。以上提到的故宫博物院宋拓本，原为明代驸马都尉李祺家藏本，清时经高士奇、赵怀玉所藏，册页版面上为方薰题签。碑文中“雲霞蔽虧”四字中“蔽虧”二字完好无泐，证明是北宋拓本无疑。我也见另一种题为“唐拓醴泉铭宋缉熙殿藏本”的，为清代翁同龢所藏，民国时期归景朴孙（贤），此本前后有姚姬传（鼐）、梁山舟（同书）跋，跋语评价甚高，皆认为“此本纵非唐拓，其亦必出于北宋之初”。这一缉熙殿藏本中，“蔽虧”二字无损，与宋拓本对照，并无二致，“长廊四起”中的“起”字也未泐损，都可证明是宋拓无疑。但因收藏者不慎，缺少四十余字，皆为虫蠹，而非石之损也。另外，这一拓本与故宫藏本所不同的是每页四行，每行八字。

1990年10月，元白（启功）先生来我家吃饭，饭后与先君谈起这本北宋缉熙殿藏本《九成宫醴泉铭》，元白先生十分熟悉，认为此本有名，民国时期已有拓本照片。元白先生认为，此是南宋翻北宋缉熙殿本，而非如梁山舟、姚姬传所说的北宋拓本，并对其优劣叙述甚详。关于率更书《九成宫》的避讳问题，元白先生认为拓本中“乾”字写法中间有一小竖，乃因欧阳询此时为东宫臣僚（率更令），避太子承乾讳之故。可惜此本“乾”字已毁，但观其虚和圆润，骨丰肉美，也能见宋拓气象。据说清初孙承泽所藏精本为北宋早期拓本，也缺少二十余字，可见当日宋拓已难达到完好无损。

碑帖的收藏与鉴赏，近代也不乏大家。清末端午桥（方）除收藏青铜、印玺之外，对碑刻也颇有研究，著有《匋斋藏石记》，其中有不少秦汉魏晋南北朝时的零散残刻，多为其他著录所不载。叶昌炽、王国维、罗振玉更是碑帖研究耆宿。叶昌炽著有《语石》十卷，是研究历代石刻的重要著作。后蒙韩锐先生赠我他的校注本，可谓功德无量。《校碑随笔》虽为方若整理，但最初的编写工作是由王国维、罗振玉二人完成的。近世如李盛铎、袁励准、朱文钧、周肇祥、张伯英、衡亮生诸先生，碑帖收藏颇丰，都曾收藏或经眼过许多珍稀拓本。

1998年初，某日大雪初霁，闲坐家中无聊，忽然心血来潮，想起马宝山先生。马老先生是厂肆中走出的鉴定专家，十六岁人琉璃厂墨宝斋学徒，嗣后七十年未曾脱离文物经营与鉴定，直至去世前一直担任文物鉴定委员会委员。他一生经手经眼碑帖书画无数，堪称几位硕果仅存的厂肆专家之一。那日事先给他打了个电话，他说非常欢迎我去，于是带了几本旧藏碑帖，打了个出租车前往和平门他的寓所。

彼时马宝山先生已年近九旬，依然精神矍铄。他很清楚我的家世，自然首先说起在三四十年代去东总布胡同我家的情况。先祖父叔彦公一生酷爱古董收藏，但却很少去琉璃厂，厂肆之中不少商家东伙都是来家中洽谈买卖事宜，此中我较熟悉者就有耿宝昌、刘九庵、程长新、马宝山、邱震生、徐震伯、刘云甫、樊君达诸位。有些人作古较早，我后来无缘见面，彼时他们大多二十多岁，经过数十年文玩商海的磨炼与文化修养的提高，其中不少人已是蜚声海内外的专家。每当谈及与先祖交往，都显得格外亲切。

我带去的几部旧帖之中，有《停云馆晋唐小楷》，为翁覃溪（方纲）考订，朱墨批注，后作跋语，为明嘉靖时文氏停云馆所拓，曾为林少穆（则徐）所藏，马老先生认为不错。又题为《宋拓星凤楼黄庭经》集帖八种合册，内有朱拓一种，为秋碧堂所藏，钤有“蕉林”印，并有查声山（昇）、徐元度（宪）等人跋语，马老先生认为其三思古斋刻本最精，虽然集装时跋语次序有颠倒，但皆为旧拓无误。此外最令马宝山先生兴奋的则是《郙阁颂》汉碑拓本。

《郙阁颂》全称应为《武都太守李翕析里桥郙阁颂》。原石在陕西略阳县徐家坪，是摩崖刻石，距江边仅五米，因此常常受到夏秋洪水冲刷，剥蚀严重。据道光二年续修的《略阳县志》载，此石左下角已缺四十字，右上角缺五十三字，中缺四字，较为明显清楚的仅二百四十字。郙阁为汉阁，当时此地称析里，有桥跨溪，名析里桥。汉建宁五年（172）太守李翕建郙阁，以济行人，时人勒石作颂，即是《郙阁颂》。今阁早废，但摩崖刻石尚在，字迹大多漫漶不清。此摩崖刻石为汉隶，雄劲古朴，多含篆意，深受书家重视，在唐宋时已然被人称赏。欧阳修在《集古录》中对《郙阁颂》有评价，且宋时此碑已有缺损。此本《郙阁颂》后有嘉庆二年（1797）梁上佐跋语，谓欧阳修所观拓本颂后无诗，是一部未拓完整的本子。传说铭文为蔡邕所作，当然是靠不住的，据《汉中府志》载，颂文是衡官掾仇审所作，因此也有人认为是仇审所书，这些都有待于考证。

这本《郙阁颂》拓本极精，因原石年代久远，又经溪水冲刷，故拓本上斑驳痕迹与字迹相杂，但沧桑之感却不掩字迹的遒劲与浑厚，可谓汉碑中之佼佼者。

马宝山先生说曾见过清初拓本，其第九行“校致故坚”之“校致”二字尚未损，至乾隆年间则“校”字只有大半，“致”字几乎不存。观此本“校致”二字完好无损，拓时起码当在清乾隆以前，并认为此本是他所看到的《郙阁颂》中最精良者。

那日马宝山先生谈兴甚浓，与我谈起许多旧人旧事，如与罗振玉、宝熙、张伯驹、陶洙、徐宗浩、周肇祥的交往。末节小事，老先生都能记得十分清楚，实在令人佩服。关于周养庵（肇祥）晚年临终前的一些情况，多不为人所知，故记之以为信史。

周养庵生于1880年，浙江绍兴人，清末举人，肄业于京师大学堂。民国后，曾任奉天劝业道，署理盐运使，临时参政院参政，葫芦岛商埠督办等职，一度任湖南省长。清史馆成立，曾在我的曾伯祖次珊公（尔巽）手下任提调，参加《清史稿》修撰工作，30年代任北京古物陈列所所长，团城国学书院副院长，编有《古物陈列所书画目录》十三卷及书画集六卷。平生笃嗜文物，广收精选，又擅诗词古文及绘事，能作山水、花鸟。曾买下西山卧佛寺后的樱桃沟退谷，以为别墅，人称周家花园，自号“鹿岩精舍”，内置“水流云在之居”等屋舍。周养庵先生与琉璃厂渊源颇深，除搜求文玩珍拓之外，与古玩铺从业东伙极为熟悉，相处融洽。

1990年，我与海波先生合作标点整理了周肇祥先生手稿《琉璃厂杂记》之一部分（1995年北京燕山出版社出版），是他以琉璃厂为主的闻见随笔，旁及游历山水、寻访古迹等内容。内容丰富，颇具史料价值。在标点整理中，我们拟请史树青先生为之作序，后蒙史先生拨冗赐稿。史先生曾受业于周肇祥先生，因此由他来写是再合适没有了。关于周肇祥先生的介绍是很难写的，一是他平生涉猎广泛，成就著述分见于各个方面；二是他在敌伪时期曾参与过一些中日之间的文化交流活动，时议似有附逆之嫌，这也正是我们所担心的问题。

史树青先生的序言寄来后，再三拜读，我们认为十分客观公允，对其生平、业绩、著述和贡献无一遗漏，字里行间，表达出史先生对业师的崇敬与尊重，从此看出史先生不附时议、不妄臧否的道德操守。序中对周养庵所终，不及一字，也可见史先生之春秋笔法。

据我所知，周养庵先生有二子，一名周璿，早年参加共产党，后在辽宁省任较高职务；另一子不记其名，为国民党高级军官，曾在

1945年与冷欣一起参加芷江受降式，成为当时新闻人物。而对于周肇祥最终的情况，则是此次听马宝山先生所述。

马宝山先生说他与周之间有二十多年的交往，经手交易的碑帖很多，除却商业往来，切磋研讨也在师友之间。周肇祥于50年代初锒铛入狱，家产抄没。1954年初在狱中患病，始获保外就医，马宝山先生听说后，前往探望，似乎还有一些未了的债务。到达周的寓所后，已是家徒四壁，只见周养庵头缠绷带，面色蜡黄，原来的一部美髯（周养庵素有“周大胡子”之称）也荡然无存，一个人在屋中糊纸盒，屋内摆满纸盒成品与原料，凌乱不堪。马先生只得稍坐，问及头伤原委，道是在狱中不慎碰破，久不愈合，故依然缠裹绷带。本拟提及旧时一点债务（好像周从马手中买的东西，尚差一部分款项），见此光景，哪好启齿，须臾离去。两个月后，马宝山听说周已去世。不想一代闻人，晚境竟然如此凄凉。

周养庵为民国一代收藏大家，披沙淘金，辛苦搜求，最终皆成梦幻。物之于人，暂栖瞬间；人之于世，匆匆过客，此当为后来者戒也。

自此之后，我又去拜访马宝山先生两次，大多是向他请教碑帖鉴赏与辨伪的知识。先生以为较为粗浅的鉴别拓本年代方法，主要可从纸质与墨色判断：宋元拓本多用黄麻纸或白麻纸，二者均以麻为主要原料，纸张坚韧。白麻纸较白细，不显帘纹；而黄麻纸略粗，帘纹较为清楚。另有一种澄心堂纸，光洁柔软，《大观帖》与《淳化阁帖》，有用此纸拓者。明代多用皮绵纸或竹纸，以竹纸为佳。清时拓碑用纸广泛，以用白绵纸和宣纸为多。而墨色的浓淡、均匀与否，除与墨汁有关外，拓印方法也至关重要，如擦拓、扑拓及乌金、蝉翼、蜡拓等情况各异。至于墨色，宋元时用的墨烟重胶轻，故而少光泽；明清以来墨多胶重烟轻，故色泽光亮。此多为泛泛之谈，可惜马老先生不久去世，不及有更多的机会向他请教。

关于碑帖的题跋问题，马宝山先生以为是最靠不住的。尤其清代收藏碑帖之风大增，厂肆做伪也随之更盛，许多碑帖中题跋皆为真迹，多是从一本碑帖挖下，再裱入另一本稍晚的碑帖册页之中。如一本无缺字、缺笔的拓本，可以断定为宋拓，又有诸名家题跋，跋语也认定是宋拓无疑，造伪之人于是将跋语截下，补到同一碑帖的明拓本之中。那本明拓虽有缺字缺笔，但凭名人跋语“保驾”，不谙个中原委的就会当宋拓买去，而留下来的真宋拓自会有懂行人问津，于是一分为二，就会出现两个宋拓本。另外，伪造印章或真印后盖，用以证明流经多人之手、传之有序等等也不鲜见，碑帖较之书画作品更难以辨别。

拉杂说起碑帖，忽然想到一件往事。好像是在70年代末，琉璃厂极少几家店铺恢复了营业，其中只有中国书店是对外开放营业的，即使如此，也仅限于海王村南面和西面的部分。院中北面二层小楼是内部营业，主要卖些旧书刊和当时所谓的参考读物，如费正清的《美国与中国》，以及小说《多雪的冬天》《战争风云》等等。这栋小楼一般是进不去的，我因与中国书店雷梦水、萧新祺几位相识，所以可以常常去那里翻翻旧书旧杂志。这也是当时琉璃厂唯一可去之处。后来有了几家文物商店，只是接待外宾，很少有人出入。有次我与内子逛书店之后偶然来到庆云堂（现在已不记得当时是否有牌匾），看到店门大开，里面有些碑帖，也有打开摊在桌上的。于是我们踱入店中，看到几位身穿蓝布大褂工作服的中年男女，正在里面说说笑笑，我们进入店中并没有引起他们特别关注。也是我们不识相，竟打开几本旧拓翻开来，有几方鉴藏印章很清楚，多是旧家故物，记得好像有北京张子厚先生的藏品，估计是抄家物资又无苦主者。正在指指点点，有位四十多岁的男蓝大褂走来，很冷淡地对我们说："同志，我们这儿是内部对外宾开放，请您配合。"我当时真是血涌心头，有种说不出的滋味。内子还要与他理论，我却立时拉她走出店门，但"内部对外宾"五字却痛铭心中。乍暖还寒之时的琉璃厂，依然"文革"气象，时隔多年，至今难忘。

巴黎邮事

每到一地，能悠闲地逛逛邮票市场，是一大乐事。但是，如果不谙门径，却很难找到一个城市中邮市的所在。人群所好迥异，也有不同的圈子，在圈外的人可以完全不了解个中玄机。十几年前有位土生土长的香港朋友陪我逛中环、九龙尖沙咀星光大厦和北角钵兰街的邮市，盘桓一天，我向他道乏，他却说是应该向我致谢，如果不是陪我逛了几个邮市，他在香港四十年，尚不知有那么多的人在吃邮票饭。

我在美国、新加坡、泰国和台湾、香港等地都逛过不少邮票市场，除在台北有较充裕的时间流连于牯岭街、汉口街和中华路一段之外，其他城市只是匆匆浏览，并无很大的收获。在美国虽有时间，但不熟门径，亲友又非此道中人，逛了几家，却都不对路。

去岁在巴黎逗留时间较长，几乎逛遍巴黎邮市，接触了些集邮朋友，着实领略了一番欧洲的集邮风情。

世界各国的集邮品流通可谓大同小异，一是临时性的交易市场，也就是我们通常所说的邮市；二是固定经营的邮品商店，均为个体经营，不包括国家邮政部门出售邮票的公司。虽然各国有文化、风俗和语言的差异，但一入邮市，只要你是个集邮者，绝对会忘记身在异域，只凭简单的英语，可以毫无障碍地进行交流和买卖。在这种地方，人们的思维、观念，甚至交流方式都可以说是别无二致。

巴黎的临时性邮票交易市场已经有很久的历史，在欧洲也算是颇具规模，地点就在香榭丽舍大道的一侧，从凯旋门至协和广场有一段绿化带，从这段绿化带走进一片树林，就是邮票交易市场。如果乘坐地铁，可以在克莱蒙索站（Clemenceau）下车，出地铁不远就是邮票市场。准确地说，巴黎邮市是在Cours Marigny内，这里只有每周的四、六、日三天开市。每逢开市，邮商们就开着自己的汽车来到这里，按照交通管制的范围泊好车，然后从汽车后备箱和轿厢内取出桌椅板凳，有的还用折叠钢管支起布篷子，像变戏法一样，很快搞出一个很像样子的摊位，再将邮册码放在摊位上。这种准备工作大约在半小时之内即可完成，时间总在上午十点左右。下午结束的时间大约在五点钟前后，一阵收拾后开车离去，Cours Marigny又会恢复原来的安静，好像从来就没有存在过这个市场似的。这种邮市让我想起十几年前北京的月坛和上海的肇嘉浜、台北的泉州街假日集邮广场，何其相似又何其熟悉。邮商们大多是自带午餐的，每到中午，也有来此贩卖三明治和汉堡包的，逛邮市的集邮者和没有带饭的邮商都可以此充饥。

巴黎的这个邮市面积不算小，大约可以容纳四五十个摊位，在星期六、日可能还要扩大些。虽然距离繁华的香榭丽舍大道只有百米之遥，却完全是另一个世界。秋天午后的阳光温暖和煦，虽然已经开始黄叶飘零，仍然让人感到一种陶醉和慵懒，不少摊主因无生意可做，就伏在桌边睡去。邮市周边还有一些小邮商，大抵是不交摊位费的，于是占据了所有的游人座椅，身边放着几本邮册，多是些低价邮品和电话磁卡。他们用帽子遮着脸，享受阳光的沐浴，偶有人来翻看邮册，也是无动于衷，除非是向他询问价钱，才会懒洋洋地拉下脸上的帽子，回答一下你的问题。

我第一次去巴黎邮市是法国集邮家雅各先生陪我前往的，他在那里给我介绍了法国集邮协会的秘书长，一位俄裔法国人，只能讲一两句中国话，说自己曾两次到过中国，去过长城。看样子这位秘书长也是邮市的常客，摊贩大多认识他。雅各先生知道我收集的范围，特地领我去几个较大规模的摊位，把我介绍给他们，并向他们说明我想买哪些邮品。那些大摊商总有些生意，气派也大些，但对雅各先生却很尊敬，也就不敢怠慢我了。他们一边与雅各先生握手，一边总会问他我是不是日本人。

雅各先生已经七十四岁，我不忍心让他陪我太久，因此第一次逛邮市只是匆匆浏览，并无太大收获。但此后我却独自一人去过四次，最多约盘桓于此达三四个小时。Cours Marigny 的邮市与国内的邮票市场相比，从规模、设施，到邮商的经营方式，待人态度，以至于漫天要价，就地还钱，几乎没有任何不同，只不过是相貌和语言的差异罢了。

邮市的多数摊贩都是一桌一椅，椅子他自己坐着，大模大样，顾客就只能弯着腰翻看邮品，时间长了，腰实在是难以承受，我于是不客气地告诉他，我要坐着看，请他把摊子内的座椅让给我。为了做成一笔生意，摊主多是不会拒绝的。这样一来，我就大模大样坐在摊外看邮票了。如果翻看个把小时，那摊主只好站在摊内，用两只手臂撑在桌边，两条腿交替着“稍歇”，大概也尝到了不好受的滋味。

邮商们经营的邮品大多有一定范围，邮品整理也较国内邮商们规范些，有专做传统集邮生意的，有做专题生意的，也有专做属地邮票生意的。由于票品来源不同，在地域上也会有一定侧重，我在一家专营南美邮票的邮商摊位上，就寻觅到不少在国内难以求购的南美邮票。除少数几个摊位可以买到欧洲国家最新发行的邮票之外，大多数摊位的邮票都是两三年前各国发行的，在国内邮市上也较为常见，而价格往往高于国内邮商的售价。尤其是非洲邮票，凡80年代以前发行的，大多要高出目录价。此外，像印度支那地区的邮票，在国内数量很大，因此价格很低，但在巴黎邮市上却总是要按《香槟目录》的标价出售。

在邮市上与邮商讨价还价是件很有意思的事情。按照他们的规矩，要在最后算账时再打个八折。其实我很清楚，他们的标价早就为这个折扣加了码，里外里实际上是一回事，所以我坚持每套邮票都要先砍下四分之一，最后算总账时再让他打折。这与国内邮市上砍价方式差不多。有时砍多了，法国邮商就会叫起来，声明这样他就蚀了本，但在叫过之后，总会基本按你的要求成交，可见其水分有多大了。

去邮市的次数多了，邮商大多认识了我，老远就会用英语打招呼“Chinese！”有位中年法国邮商很幽默，老远就将他那把“帅不离位”的椅子搬出来，放在摊位前面，做个请我坐下的手势。我也会毫不客气地坐下来，开始翻看他的邮册，当然，最终总会成交若干邮品。

如果说Cours Marigny的邮市与国内邮市有异曲同工之妙，那么杜特大街（Reu Drouot）鳞次栉比的邮票店就算是蔚为大观了。

1993年我在台北很从容地逛过牯岭街，更是到过王敦人的“皇冠”和黄明正的“延平”两位大邮商的店面，与当时的大陆邮票商相比，他们已经是很阔绰了，但与巴黎杜特大街两侧三四十家邮票店相比，终是小巫。杜特大街距离巴黎歌剧院（Opéra Garnier）不

巴黎杜特大街的邮票店

远，街的另一端笔直地和黎塞留大街（Reu Richelieu）相接，Richelieu-Drouot是巴黎历史悠久的街道，像城堡一样的法兰西图书馆就在黎塞留街上。我曾在歌剧院附近向许多人询问邮票店的位置，竟没人能知道巴黎的邮票店在什么地方，真是隔行如隔山，虽仅咫尺之遥，人们却不会注意到这种行业的存在。

杜特大街邮票店分别开设在街道两侧，间或有些古董店、旧书店和钱币商店。从橱窗中就能分辨出这些邮票店的专营项目。有卖集邮用品的店，有专卖封、片、简的店，有专营早期邮品的店，也有专营现代邮品的店。这些商店门面都不大，但店堂内却很幽深，大都是两层楼，四壁大书柜里摆满类似精装书一样的邮册，真如汗牛充栋。那里所有的家具都很古老厚重，大约有几十年甚至更长的历史，显得神秘而沧桑，这也正是巴黎邮票店的魅力所在。

邮票店的营业时间大多是从下午两点才开始，我第一次找到杜特大街是在中午，所有邮票店都锁门恭候。偶有几家店内有幽暗的灯光，望望有人在桌旁收拾文牍，于是轻叩店门，里面的人向我指指墙上的挂钟，只得悻悻而去，坐在街边的咖啡馆等上一个多小时。打烊则在下午六点，也就是说每天只开门四个小时，巴黎人决不肯为挣钱而改变他们的作息习惯，这也正是他们悠闲与浪漫的风格。

杜特大街上邮票店虽然很多，但几乎都没有什么门市生意，老板和店员十分忙碌，在暗淡的灯光下翻阅目录，搜寻邮品，后来我知道他们主要做的是函购业务，每天要回复世界各地的来信，向求购者发货。对于在店堂门市的顾客，多采取一种来者不拒，去也不留的态度，并不十分热情。去过两次之后，我就熟悉了各店的经营范围，于是选择了这条街的21号和23号作为猎场。

21号的老板有六十多岁，戴眼镜，厚厚的嘴唇，他的英文很糟糕，交流起来就有些困难，好在这种买卖很简单，我要的东西他大抵也能听明白。店里有一张很大的桃花芯木写字台，他永远在台灯下整理自己的邮册，我每次去，他就搬出一大摞邮册让我翻看，然后连眼皮也不抬地干自己的事情。我在他的店里买过一些邮票，价格都有很大的商量余地。23号的老板就完全不一样了。他大约有四十多岁，人很精干，能讲流利的英文。他的话很多，脸上的表情也非常丰富，每次去他店里，都会有时间说许多闲话。法国邮商大多用《香槟目录》(*Theodore Champion Catalogue*，法国香槟邮票公司编印的综合性世界邮票目录，法文，1896年首创）和德国的《米歇尔目录》(*Michel Briefmarken Katalog*，德国施万贝尔格出版社出版，德文，1909年首创）作为价格参考。当然，每个店中也备有《吉本斯目录》(*Stanley Gibbons Stamp Catalougue*，英国吉本斯邮票公司编印的世界综合目录，1865年首创，是最老牌的邮票目录)，但很少有人去使用。中国人和多数亚洲国家的集邮者喜欢使用《斯科特目录》(*Scott Standard Postage Stamp Catalogue*，英文，1867年首创)。每当我提出以《斯科特目录》的价格为参照时，23号的老板就会激动地叫喊起来，因为《斯科特目录》的标价远远低于以上三种欧洲目录。正是由于这个原因，我们在闲聊时总会以斯科特为题目。当午后夕阳射进店里的时候，老板总会提议一起喝杯咖啡，我问他能不能吸烟，他恍然大悟地为我拿来一只烟缸说："请随便吸。"于是喝着咖啡，吸着香烟，我作为一种休息，那位老板就向我开骂《斯科特目录》，我的英文很差，不过大概内容还是听得懂的，他说《斯科特目录》一文不值，都是骗人的把戏，斯科特公司存货很多的邮票就会标高价，反之缺罕票就会压低价格，欧洲人视之为废纸。如果按他的价格打电话去美国订购一些少见的邮票，对方就回答没有，等等。我也会反唇相讥，告诉他《香槟目录》也有问题，尤其对法属地和非洲法语国家的邮票价钱标得奇高，这是我们喝咖啡时往往发生的争执，后来我发现他开骂《斯科特目录》成为一种嗜好，只要端起咖啡，老想说这个题目，我只好打断他去说些别的。

23号的老板很滑头，颇懂些心理战术，门槛很精，有几套利比里亚早期票（1906年和1921年发行）就是还不下价来，最后他干脆告诉我："你要能在巴黎待到圣诞节，我会半价给你。"弄得我哭笑不得。

我在23号从来没碰到过其他的顾客，老板也抱怨欧洲邮市近年来不景气。我在他的店里却两次碰到来这里卖邮品的，都是七八十岁的老人，拄着手杖，穿着很考究，一望而知是受过良好教育的上一辈人。他们进店后动作很轻，总是先找张椅子坐下来，等老板和我说完话，才颤巍巍地打开一个小布包，我发现里面都是19世纪80年代前后的实寄封，甚至有那个时代安南（今越南）和中国寄回法国的信封，上面贴有当时在中国使用的商埠邮票和安南客邮。老人与老板讲法文，我听不懂，但大致可以看出是老人希望将这些东西卖给邮票店。老人的神情中有种很复杂的情绪，既有对自己藏品的难以割舍，又有希望卖出去的期盼，那态度虽不卑不亢，显得很有身份，却又流露出无限的苍凉。这两次当中，我发现老板没有买下任何一样东西，原物璧还老者，那老人很失望，却依然彬彬有礼地向老板致谢，临走时还很有礼貌地与我握握手。买卖之间，人生聚散与世态冷暖，给人留下深刻的印象。

有次去23号之前，我顺便在卢森堡公园附近的达拉约食品店(Dalloyau)买些吃的东西,于是拎了个带有该店商标的纸口袋进店，那老板精明得很，上下打量我一番，称我很像个“老巴黎”，否则不会在那个店买东西。确实，在巴黎街上提个Dalloyau或富兄(Fauchon) 的袋子，就像在北京提个“稻香春”或“月盛斋”的盒儿或袋儿，最起码是有悠闲心态去体味这个城市的人。老板很喜欢炫耀自己的藏品,拿出不少罕见的邮品给我看,确实品相都很好,也算是很难得了，他说在整个杜特大街上，只有他才能拿出这样好的东西来。不管怎么说，杜特大街23号，是引诱我在巴黎花钱最多的地方。

除了杜特大街之外,在马德莲娜教堂(Ste-Marie Madeleine)斜对面也有家很大的邮票店，由于地处繁华街道，过往顾客就要多些。那个店的店堂比杜特大街的邮票店都要大，也要豪华讲究些。两次去都只有一位漂亮的女店员，我相信她不是老板。给我最深的印象是她总在打电话，给我搬出几本邮册后，就忙不迭去打电话，没完没了，语气十分缠绵。两本邮册看完了，或选中一些邮品，却无法与她交谈或要求更换些邮册看，只能待她将电话打完再说。一个电话刚打完，急忙换了几本邮册之后，又去煲电话粥，令人好不耐烦。

这家邮票店实际也没有太多生意，我倒是碰到过两次进店来的日本人，都穿得西服笔挺，进店后就大声地叽里呱啦说话，还十分热情地走过来，将我误认成是他们的同胞，大有他乡遇故人的感觉。我马上告诉他们我是中国人，他们立时就像泄了气的皮球，不再理睬我，然后在店里东看西看，一望而知是不懂行的“老赶”。眼看那女店员的电话一时半会儿是打不完了，只得悻悻地鱼贯而出。

巴黎是世界上几个最大的邮票集散地之一，近年来生意萧条，由此也很能看出集邮活动的萎缩与冷却，尤其是年轻人对此多无兴趣，这也是全世界集邮活动衰退的重要原因。

雅各先生是一位非常执著的集邮家，同时也是位知名的物理学教授。他的中文读写要好于口语，曾在中国商务印书馆出版过一本容量很大的《法汉汽车工程与工业词典》，也曾多次来过中国。雅各先生对中国文化有着十分深厚的感情，他收集了1949年以后的全部中国邮票和部分清代、民国时期邮票。通过朋友的介绍，雅各先生与我相识，并执意要请我去他家中做客。

雅各的家在巴黎郊区，他将自己的汽车停在巴黎地铁的环线之外，然后乘坐地铁到市区来接我，再由地铁换上他的汽车，行驶大约十五分钟到他的寓所。巴黎郊区有很多居民区，都是一幢幢的独立住宅，与美国相比，是稍稍窄小些，室内空间和居住面积都不算大，但却很具欧洲风格，不像美国那样千篇一律。

雅各几次来中国带回去许多中国的艺术品和瓶瓶罐罐，摆满了他的客厅，他很兴奋地告诉我这些东西的来源。我看绝大部分是中国旅游点出售的假古董，又不便直言相告，只得随声附和，不至打击他的兴奋情绪。雅各的书房却很有书卷气，一部分是他的业务书籍，其中不乏许多法汉方面的工具书；另一部分则是他的藏品，主要是邮票、邮品和中国钱币，厚厚的册子占了整整一面墙。

9月底是巴黎最好的季节，雅各将展看藏品的桌子安排在屋子和花园相连的阳台上，园子里是厚厚的草坪，几株黎巴嫩雪松体态秀

在巴黎雅各先生的庭院中

美，显得十分舒适而富有生机。几杯巴杜（法国出产的最佳矿泉水）下肚，立时心旷神怡，雅各要我为他鉴定中国邮品，我老实告诉他我是收集世界专题邮票的，对中国早期邮品也是外行，对中国古钱币更是不通。但盛情难却，雅各还是捧出一摞摞的邮册和钱币的大集藏册来，累得满头大汗。

雅各让我鉴定的重点是清代的火票、马封和排单。这些东西我在国内见过不少，略知一二，但从来没有做过深入的研究。雅各此类藏品很多，仔细检阅，发现大部分是赝品，尤其较早如雍正时期的马封，制作粗糙，显然是晚近用油墨印刷的，上面填写的文字拙劣，且错谬甚多。兵部火票需书写的文字更多于马封，所以破绽也就比比皆是，朱文花押也是奇奇怪怪，显然是比照实物照猫画虎地乱来。排单木板文字粗糙，印信也能看出是后来仿刻。我问雅各这批东西的来路，雅各说大多收购于法国邮市，且价格不菲，我只得直言相告，并将有疑问的火票、排单和马封拣出，请他再找人鉴定一下。

我相信这批东西绝非法国邮商伪造，而是国内不法商贩伪造后，通过种种途径流入法国的。

雅各收藏的19世纪末中国寄往法国的实寄封大多没有问题，其中不乏珍品，既有使用中国邮政邮票作为邮资凭证的封简，也有法国人在中国使用“客邮”寄出的封简，品相很好，邮戳清晰，十分具有邮政史料价值。其中有一个20世纪初中国上海寄往里昂的实寄封，始发地是上海，不知何故辗转越南、香港、加拿大才到法国，途中耽误了半年之久，所有邮戳清晰可辨，却没有途经国家和地区的邮资凭证，里昂落地的时间也十分清楚，确为珍罕之品。我告诉雅各这部分藏品可以组成一部邮政史专集,反映中法邮路变迁与发展，如能再增加些资料并丰富些邮品，不失为一部好的邮集，雅各为此很高兴。

雅各所藏中国古钱币始于战国刀布，虽不能贯穿所有朝代，但也不乏珍品，尤其是宋代以后一些罕见泉币，也能偶见于他的藏品之中。因我不懂这方面的知识，很难辨其真伪。雅各的泉币之中还有一部分压胜钱混迹其中，我为他拣出作为另类。由于中西文化的差异，雅各很难理解压胜钱的意义，我只能大略给他讲讲这方面的中国礼俗知识。

整个下午雅各都处于一种极度亢奋的状态，虽然有位中国朋友为我们做翻译，但他不太懂集邮之道，很多东西还需要我们之间以一种特殊的集邮语言达到默契。法国官办邮政始于1672年，是仅次于英国（1635）最早进入近代邮政的国家之一。法国发行邮票的年代是1849年，比英国晚了九年，我很想向雅各先生请教1672—1849年间的法国近代邮政状况及其邮政实物与文献材料，但雅各却不给我发问的时间，只是一味向我提出问题，要我回答他，以至于终未给我发问的机会。

暮色降临，雅各意犹未尽地收拾起他的藏品，招待我吃晚餐。雅各的夫人是位温文尔雅的家庭主妇，几乎不会中文，雅各说她身体不太好，无法做出拿手菜来招待我，其实那已是很标准的法式晚餐。我们一起喝了餐前红酒，吃了头盘，雅各又拿出一瓶1995年的波尔多红酒佐餐，主菜是意式的面条，忌司味儿很浓，比我在意大利吃得更适口。尾食是一大盘各式各样的奶酪，就着红酒慢慢地品尝。

法国人非常珍视自己的文化传统，日常用品皆以古旧物为荣耀，这也是欧洲文化厚重的体现。雅各的餐厅中有一个很笨重的橡木柜，四周都是浮雕。雅各告诉我，那是路易十四时代的出品，餐桌上的烛台也是拿破仑时代的旧物。晚餐虽然很简单，但使用的餐具却很讲究，雅各说那是专门为招待贵宾用的。我们在奶酪和红酒的陪伴下聊到了很晚，度过了一个十分和谐而温馨的夜晚。

中国与法国的文化有许多相通之处，现代中国应该向法国人学习的或许是对外来文化的不排斥，以及对自己国家文化传统的热爱与珍视。

吃小馆儿的学问

时下北京餐馆林立，你方唱罢我登场，不要说是川鲁苏粤，大江南北，民族特色，更有挖掘或杜撰的各种官府菜、私家菜、江湖菜，就是世界各地的珍馐美馔，也会毕现于眼前，大有一网打尽的态势。且不言精力财力，就是“胃力”又能容纳多少？于是去粗取精，去伪存真，精致地满足有限的口腹之欲，慢慢终会成为最时尚的追求。

上个世纪前五十年北京的文化人也大多来自四面八方，一旦融入这座文化古城，即会沉醉其间。引以为乐事者有三：听京戏、逛书摊儿、吃小馆儿。“小馆儿”三字并非是小饭馆的京城儿化音，而是一种特定的涵盖。

首善天衢，繁华无尽。京城也好，故都也罢，北京有许多大饭庄子，垂柳高楼，幽深院落，排场大得很，而饭菜却是不中吃的，色如陈供，味同嚼蜡。北京也有无数的小饭铺，斤饼切面，肥腻二荤，仅能果腹而已。凡此二类，皆不在“小馆儿”之列。

其实小馆儿的含义并不在规模的大小，而在其招揽顾客的烹饪特色或他处所不及的绝活儿。某些颇具规模的大馆子终日达官显宦纷至，车水马龙不息，而又不肯怠慢三五小酌，且风味独具的，似也应属此类范畴。清末南城广安门内北半截胡同的广和居，虽有几进院落，能够承应较大的席面，但在前厅的散座儿里，也一样能尝到别无二致的“潘鱼”“江豆腐”“吴鱼片”等名菜。这些冠以姓氏的菜品大多出自官门私宅，广和居泛征博采，成为自己的招牌菜，相对不少规模相当的冷饭庄子，确是高明多了。

清末北京的馆子大多开在南城，先是集中在宣南，大致是宣武门至广安门一带，后来随着前门周围市肆的繁荣，逐渐扩展到珠市口、大栅栏附近，至于开设到东单、东四、王府井、东西长安街两侧至西单牌楼，基本上是民国以后的食肆繁荣了。

小馆子大多菜系各异，生面别开，令人有耳目一新之感，相对旧式饭庄那种鸡鸭席、海参席、燕翅席程序化的套路，既清新又实惠，所费不多就能尝到别具一格的菜肴。民国以后至卢沟桥事变之前，此类小馆子可以小到一间门面，三五个座位，例如隆福寺的“灶温”，安儿胡同的“烤肉宛”；也可以大到三楼三底，散座、雅间俱全，例如东华门的东兴楼、煤市街的泰丰楼，都可以谓之小馆儿。

吃小馆子之谓还有一层含蓄的味道，旧时的文化人并不以摆阔为荣，明明是去馆子里吃得十分精致，能够四九城地去发掘各家拿手菜，却淡淡地说“吃个小馆儿”，既谦和又很有味道，所包含的内容岂止是仅为吃饱肚子。

除了少数馋人之外，吃小馆儿往往是二三人同往，既能免除独酌的孤寂，又可以多叫几个菜调剂口味，边吃边聊，别有兴味。如果二三好友皆是知味者，在饭桌上也会由此及彼，品出个上下高低，道出些子午卯酉，无非是些饮馔源流，烹调技艺。似这等呼朋引类下馆子，绝非为了应酬，也非钻营事由、洽谈生意，吃得兴起，自然会引出些京华掌故、文坛旧事，何其乐也。

至于酒，大抵是要喝些的，但仅微醺而已，既无劝酒之举，又无闹酒之态，适可而止。一二两莲花白、绿豆烧，或半斤八两绍兴花雕，因肴馔不同而异，每至吃得痛快，聊得酣畅，也可浮一大白。

小馆儿里的菜并不见得个个儿做得好，但每个馆子却都有几个自己的拿手菜，诚为不俗的出品，例如东兴楼的乌鱼蛋、烩鸭条，泰丰楼的锅烧鸡、炸八块，致美斋的四做鱼、烩两鸡丝、萝卜丝饼，恩成居的五柳鱼、鸡茸玉米，厚德福的糖醋瓦块、铁锅蛋，小有天的炸胗肝、高丽虾仁，曲园的东安子鸡、荔枝鱿鱼，同和居的九转肥肠、赛螃蟹、三不粘，萃华楼的油爆双脆、芙蓉鸡片，峨眉酒家的宫保鸡丁、绍子海参，闽江春的红糟肉方、扁食燕，丰泽园的酱汁中段、葱烧海参、烤馒头，春华楼的焦炒鱼片、烹虾段，砂锅居的管挺脊髓、烧脂盖、炸鹿尾，同春园的炸春卷、枣泥方脯。其他绝活儿如玉华台的灌汤包、灶温的一窝丝、新丰楼的片儿饽饽、祯源馆的烧羊肉、穆家寨的炒疙瘩、合义斋的炸灌肠、都一处的炸三角。凡此种种，无非是些鸡鸭鱼肉之类的普通原料，绝不见燕翅鲍之属，以平常之物悉心做成看家拿手，招徕了八方来客，维持了百年生计，确是值得深思的。眼下多讲创新，如果连传统都保不住，又何来创新之有？

自40年代末至60年代初，北京东安市场内东侧有家很红火的苏沪菜馆叫做五芳斋，两楼两底，轩窗西向，上下两层皆为散座，每日两餐，应接不暇，生意如此之好，并非是沾了东安市场的光，因为周围几家馆子如奇珍阁等，终日冰清鬼冷，与之形成强烈的反差。五芳斋无论是规模大小还是菜式风格，都堪称是家地道的小馆子。

五芳斋最拿手的菜有清炒虾仁、烧马鞍桥、冬笋肉丝、南炒腰花、砂锅鱼头、荔枝方肉、蟹粉狮子头、烧二冬等，点心则有两面黄、虾仁伊府面、雪菜肉丝面、枣泥松糕、蟹黄汤包、五丁包子、水晶千层糕等等，皆为精工细作，远非他处可比。

五芳斋的店堂十分嘈杂，木质楼板总是咚咚作响，推开轩窗，近观东货场、吉祥戏院、东来顺、丰盛公；远眺可及中路十字街。粗桌木凳，简单至极。那里的堂倌大多也是南边人，颇有看人下菜的功夫。这里所说的看人下菜，绝非以贫富衣帽取人，而是要检验食客的功夫水平。老主顾不消说是不敢怠慢的，必是笑脸相迎，对其口味嗜好也是了然于胸。对于不太熟或新来乍到的客人，这堂倌会不动声色地听听你如何点菜，其间也不向你做任何推荐。二三人小酌，点上三四样拿手菜，一两样特色点心恰到好处，如此考试合格，堂倌便知你是行家里手，于是笑容可掬，殷勤招待。否则即便来者是华服旷世，点尽菜单子上的贵菜，也会遭到堂倌的白眼，认定你是个“老赶”，会始终对你不冷不热，保持一种漫不经心的态度。

吃小馆子一不可摆谱儿，二不可摆阔，得其门道者一是要知道各家食肆的精致出品，二是要和堂倌混得厮熟，更有知味方家，能够唤出灶上张头儿、李头儿，道其短长，评其优劣，使其心悦诚服。这些，在觥筹交错的应酬筵席上都是办不到的。

没有好的食客，就造就不出好的厨师；而没有精绝的饮馔，也培养不出知味老饕，二者相辅相成，不可或缺。吾国为餐饮大国，食之有道。饮食流变，实为文化传承，既赖于经济的发展，更臻于文化的提高。

食风者，世风也。

大城小调

日前，中日书法珍品展在上海举行，为了一睹唐摹王羲之《丧乱帖》和唐摹王献之《地黄汤帖》等难得一见的海外珍藏法帖，匆忙乘夕发朝至的火车赶赴申浦，居停二日，不但在上博大饱了眼福，而且还忙里偷闲，大饱了一回口福。

北地虽仍春寒料峭，南国已然草长莺飞，时维仲春，江南早就一片新绿了。

每次去上海，总想找几家有特色的馆子尝尝，但因不得门径，始终未能如愿。此次有一知味青年同行，安排得既妥帖又充实，着实领略了真正的沪上风情。

下车伊始，即往思南路一家名为“泰和”的面馆吃早点。在上海说起“泰和”面馆的字号可能无人知晓，但要问起“阿娘面”，却大大地有名。尽管在招牌上“泰和”二字远远大于“阿娘面”，却远抵不上“阿娘面”的名声响。

思南路“阿娘面”馆距淮海中路仅十丈之遥，在面貌上却要倒退三十年，完全是上海70年代街道的景象。那面馆门面狭小，里面只能够放上三张桌子，都是三十年前塑料贴面的铁管家具，凳子则是没有靠背的小圆凳，这样的装备不要说在上海、北京，就是在小城镇上也算难找了。那位“阿娘”年届七旬，矮矮胖胖，是标准的上海里弄阿婆的样子。为了不再与店堂争地，一个小台子摆在马路边上，凡吃面者，都需先在小台子前面开票交钱，此情此景，又有恍如隔世之感。

“阿娘面”只有十来个品种，最为著名的是黄鱼面，每碗十二元。以此为界，往下有雪菜大排面、辣酱面等等，大约四五块钱一碗；往上有虾仁面、虾腰面、爆鳝面、虾蟹面等等，最贵的不过二十八元一客。上海本地居民和附近的常客大抵要到黄鱼面为止，凡慕名而来的远道客人则会要她最好的面吃。

“阿娘面”仅在马路一侧的店里操作，对面一间只是供用餐，于是两三个女服务员就要用托盘托上四五碗面穿过马路，回来后再收拾用过的碗筷，放在托盘里运回操作间，每天如此要穿越马路百十趟。思南路上汽车、摩托车、自行车穿梭不断，而手托四大碗热气腾腾“阿娘面”的服务员要左顾右盼地穿过马路，闪转腾挪于其间，真是一道奇特的景观。

吃“阿娘面”要有耐心，要时时看看自己手里的号牌是多少，听着送面人口中呼号，这种情景也是多年不见了。

“阿娘面”姗姗而来，一大碗黄鱼面，浇头是七八块鲜亮的黄鱼肉，香气扑鼻，且面爽汤清，腴而不腻；那虾蟹面上敷了一层厚厚蟹肉和蟹黄，伴有几个带膏的河虾，早已是先声夺人了。面煮得恰到好处，不硬不糟，将浇头就来吃，再喝一口汤，其鲜无比。

“阿娘”卖票收钱累了，就让别人帮忙，自己搬个凳子坐下，笑眯眯地与人打着招呼，看我们吃得高兴，会扬起头来，得意地问我们：“好吃吧！”这种神态完全像是一位母亲得意地牵着自己的孩儿给人看："看我这孩子聪明漂亮吧！"

第二天临上火车前，我们又去吃了一次"阿娘面"，那日正逢周六，已是人满为患，马路两侧或站或坐已等候了二三十位，两三个服务员托着盘子快步穿行于车海人流，已经累得红头涨脸了。我边上有位上海姑娘，告诉我"阿娘"二十多年前在面馆楼上开了一家小小的私家幼儿园，她本人就是在"阿娘"开办的幼儿园里度过的童年。后来"阿娘"老了，幼儿园办不动了，就在楼下开了这家面馆，生意一直这么好。不知是为了报答"阿娘"的保育之恩，还是垂涎"阿娘"的面，这女孩经常来吃面。

"阿娘"知道我们要赶火车，于是格外施恩，将我们手中的34号调到20号，只等了不到二十分钟，那香喷喷的面就吃到了嘴，当看着我们用筷子挑起面条的时候，端坐在马路对面小凳子上的"阿娘"向我们眯起眼睛扮了个鬼脸。

"春"是一家地道的上海家常菜馆，开在进贤路茂名路口，店堂绝对超不过十六平方米，只能摆下四张桌子，每桌仅能坐下四至六人，已经很挤了。打算在"春"吃饭是要提前两三天预定的，我们是在离开北京前就给"春"打了订位的电话，总算勉强订下一桌。

据说这家馆子开业已经有十八年，从来没有打算扩充门面，每天中午晚上最多供应八桌客人，而且总是座无虚席，不熟门径的人休想能临时去"春"吃顿饭，大有"皇帝女儿不愁嫁"的气派。每逢周日，"春"是不营业的。女老板年年都要出去度假，当然也是闭门谢客。我们与女老板聊起，她说春节是在新西兰过的，那里是她认为世界上最美的地方。

"春"的装潢比"阿娘面"相差无几，桌子上铺的是塑料台布，几把钢管坐椅，无论来几个客人，也是一把粗茶壶，只是按人数加几个玻璃杯。四顾店堂陈设，很难想象是在上海这样的现代化大都市。尽管如此，这里也不乏微服显宦、文苑精英，更会有金发碧眼出入，女老板都会与之谈笑风生，绝无拘束之感。

“春”的菜是极好的，大多由老板随意安排，并没有可以参照的菜谱，纯粹是沪上寻常百姓的普通菜肴。那日吃了上海酱鸭、卤汁牛肉、雪菜豆板酥、麻油莴笋四样小菜，接着是毛蟹年糕、田螺酿肉、清炒草头、红烧鲈鱼，最后是一大砂锅腌笃鲜。腌笃鲜除了鲜肉、咸肉外，春笋和百叶结是少不了的。又见另一桌上夫妻二人要了一份白切猪肚，蘸着浓浓的酱油，煞是羡慕，欲向老板要求加一份，那女人竟说：“你们的菜够了，不能再要了！”如此生意风格也殊为少见。

与“阿娘面”和“春”形成强烈反差的是代表着旧上海租界文化的“乐庭”了。“乐庭”开设在巨鹿路的一座花园洋房中，院中花木扶疏，两三层的洋楼内部高低错落，房间并不太多，而且尽可能保持了旧时代的原貌。最初只有三个房间，大的一间可容十人，中的一间是六人餐台，最可爱是小的一间，透过大玻璃窗，可以看见庭中花园，是个非常温馨的二人世界。三个房间之中是个小客厅，镶着护墙板和欧洲式的壁布，壁炉一侧是高至屋顶的书柜，装满了洋文精装书。无论是吊灯、烛台，还是油画和经典家具，都将时光逆转至上一个世纪30年代的某个夜晚。“乐庭”新近又辟出一个容纳散座的就餐空间，叫作“乐庭茉莉香”，装修得十分得体，四周墙壁洁白，没有任何装饰物，一侧是十米长的酒柜，内壁是淡紫色的玻璃，在灯光的映照下，将淡紫色反衬在对面的墙上。桌上的台布是浆过的。椅子上的靠垫和口布也是淡紫色，使整个餐厅形成了只有白和淡紫两个色调，显得典雅而高贵。

“乐庭”的服务生都是很有教养的男生，白衬衣，黑礼服长裤，腰间是银色的围带，打着黑色领结，还一律带着白汗布手套，动作极轻，使整个餐厅呈现出一种安谧与宁静。

老板王光森先生温文尔雅，颇有几分书卷气，那天正向日本《朝日新闻》的两位女记者介绍他的菜肴，忙中还热情地领我参观了整个餐厅的环境。

“乐庭”的菜以精致著称，四样小菜是太白醉鸡、烟熏鳗方、梅子山药和腐皮素鸭。量很少，却极精致，盘中没有任何花叶做成的装饰。那醉鸡是用十年陈的花雕烹制，鳗方用的是海鳗，皮韧肉糯，烟熏味儿极浓。最喜一道荠菜蟹肉羹，刚刚掀开盖碗，一股荠菜的清香扑鼻而至，颜色碧绿，下面的蟹肉和翅丝与之相伴，鲜而不腥，相得益彰。为了向日本记者演示名菜，“乐庭”特地做了一道新式的叫化童鸡，切开外面的面壳，脱骨童鸡与腊味饭相辅相成，形成了饭不腻、鸡不柴的特殊风格。这道创新菜肴要提前预订，我们是沾了日本人的光，才品尝了这道佳肴。点心中的蟹黄汤包做得奇好，皮薄汤浓，吮之鲜香，很像早年北京玉华台的出品，只是更为精致些罢了。

如果是预订宴席，大约每人所费五百元，贵是贵了些，与一般店大欺客的酒楼相比，倒确实是物有所值。如果二三人就餐，在“乐庭茉莉香”按每人一百五十元就能吃得比较满意了。

要体味一下上海的“老牌儿小资”吗？去一次“乐庭”罢。

上海是一个兼容多元文化的城市，无论是雅室笙簧，还是闾巷俗曲，都是整个城市交响中的插曲，就像在《天鹅湖》中，既有匈牙利的舞曲，也有拿波里的旋律。所庆幸的是，在这座日新月异的东方大都会中，还能听到如此令人怀恋的大城小调。

莫道禅林霜月冷

俗人寄寓于寺庙之中，是自古以来中国社会生活的一个奇特现象，因此，寺庙也就成了中国士人生存空间的一个特殊角落。

自佛教传入中土以来，寺庙就成为一个宗教活动的重要场所。寺庙建筑自汉代开始就大多按照官署布局建造，或类似于传统民居院落，层层递进，重重叠叠，尤其在唐以后，基本定制，寺庙的概念已异于汉至南北朝时的石窟寺和塔庙了。宋代禅学兴盛，更有了“伽蓝七堂”制度（七堂指佛殿、法堂、僧堂、库房、山门、浴室、西净），僧人们从顶礼诵经到生活起居都有了一系列的保障。寺庙中除了相对固定的僧人群体之外，大多接待游方的外来僧人暂住（寺庙是否接纳持有度牒的僧人，可以从天王殿后面的护法韦陀手持金刚杵的姿态来判断）。至于允许俗人（相对于僧侣而言的普通人）寄寓于庙中可以说兴盛于隋唐时期。

下榻于寺庙，寄寓于丛林，大抵与宗教信仰无涉。而自隋代以来的科举制度，却与这种特殊的居所有着密切的关系。史学家严耕望先生有一篇《唐人习业山林寺院之风尚》的文章，专门研究了寺庙与科举之间的关系。严先生在解释这篇文章的写作时说:“大抵汉代取士重经学，经学尚师法，故学子追随名师，受业学官。唐人取士重文学，文学尚性灵，故学子择居胜地，陶冶气质；而寒士习业更多寄寓寺院，青灯攻苦，随僧洗钵。考之史籍，唐之宰相大臣诗文巨匠，微时习业，即往往如此。”(《唐史研究丛考》序言)佛寺道观是清净之地，有益于心性的净化与气质的陶冶，为读书人提供了一个潜心读书的环境。于是出世与入世的僧俗也就共同相安于寺庙之中。唐代以来的士人有多少曾厕身禅林，或寄寓于寺庙，无法做出详尽的统计，但从唐宋至明清以来的诗文判断，很多士人与寺庙都有着密切的联系，或有在寺庙中的生活经历。王维是唐代诗人中最有佛性的一个，他的许多作品中充满了禅机、禅理和禅趣。许多高旷顿悟的性灵之作，绝对与寺庙有着密切关系。其他如白居易、元稹、张籍、常建、柳宗元、刘禹锡、韦应物等人，也都有许多与寺庙和僧人有关的作品。宋代以苏轼及黄庭坚为首的江西诗派，诗中所表露的禅风禅味，一方面自然来源于佛典传承，另一方面也离不开寺庙环境。贾岛当过和尚，有较长时间的寺院生活，才有了“鸟落池边树，僧推月下门”的对偶。常建住过破山寺，出入于禅堂方丈之间，才留下“曲径通幽处，禅房花木深”的佳句。中国士人将禅林的清幽化入诗境，可以说为中国士大夫文化开辟了一个与西方文化迥然不同的空间环境，无论得意与失意，士人在此徘徊于出世与入世之间。

除了佛教寺庙，道教的宫观也为士人青睐，唐代尤以王勃、卢照邻、贺知章、李白、李贺等人的作品最能体现这种慕道、咏道的创作思想，道骨仙风无不流露于诗歌之中。士人栖息于佛寺道观的心态大多不完全是一种信仰，而是求得一时心灵与生理的平静。自宋人严羽《沧浪诗话》以来的历代诗话、词话中，可以找到无数这种特殊创作环境中作品的出处。

士人宿于寺庙中的时间有长有短，或为游历，或为避乱，或为苦读，或为谈禅，中国不少小说以此为创作背景，如《西厢记》中的张珙与崔莺莺相遇于佛寺，《玉簪记》中的潘必正与陈妙常邂逅于道观，《望江亭》中的谭记儿与白士中偷情于尼庵，凡此种种，屡见不鲜，大都与寺庙道观允许俗人借宿赁居有关，居然成就了不少姻缘。

“天下名山僧占多”，佛寺道观与周边环境有着密切联系，诸如栖身于闹市葫芦寺的贾雨村之流毕竟是一些末路的失意穷酸，漂泊无定，暂时容身而已，住庙的感觉自然就不那么雅了。

除了士人之外，帝王乃至公卿住庙的例子也不胜枚举。诸多名寺都有皇帝的驻跸碑碣，甚至在禅林之中另辟行宫。于是许多政治活动也就发生在寺庙宫观中了。例如，京剧中刘备相亲于甘露寺，刘瑾审案于法门寺，都是以寺庙为依托的故事。由此衍化出许多志怪侠义和儿女姻缘，可以说都与寺庙宗教无关。直至近代谭嗣同与袁世凯秘晤于法华寺，李鸿章驻节协约于贤良寺，更是恍如昨日，千年以来的禅林冷月又无时不在红尘的氤氲围绕之中。

几十年来，我住过的寺庙有近二十座，仅就北京地区而言，就有上方山的兜率寺，西山的香山寺（遗址）、卧佛寺（十方普觉寺），八大处的香界寺，门头沟的戒台寺和潭柘寺，旸台山的大觉寺，怀柔的红螺寺，等等，经历过寺中春夏秋冬的景色，感受过禅林风霜雨雪的韵致。其中住的最多、印象最深的，当属戒台寺与大觉寺了。

戒台寺与大觉寺都是始建于辽代，辽代契丹是向日的部族，因此整个寺院都是坐西朝东的。戒台寺的夏天最好，其他季节总有不尽人意的地方。十几年前，戒台寺的客房尚未经过大规模修缮，虽然简陋一些，却有一种古寺苍凉的感觉。第一次住在方丈上院，地势较高，要从活动松的左侧拾级而上，两度盘旋方至院门。院门很小，朱漆剥落，推开时吱吱作响。院内有松柏两株，遮天蔽日。三面筑屋，小廊环绕，院内杂草丛生，苔痕遍布，略有萧疏之感。午后阵雨，持续下了一个小时，放晴后又是一番景色。院内草木被雨水沐后更显青碧，空气中弥漫着一股泥土与植物的清香。彼时我妻搬出一张藤椅在廊下读书，直至夕阳西下。入夜，蝉鸣歇止，蛙声渐起，与同赁居院中的朋友将桌椅搬至屋外，沏上一壶好茶拟做彻夜清谈。凉风袭来，暑气顿消，夜空中繁星密匝，草木间流萤明灭，都是城市中难以见到的景象。午夜之后，茶兴阑珊，毫无睡意，于是借着月光信步来到五大名松的月台之上。夜色中，五棵古松的秀干虬枝更显得苍劲古拙，与昼间所观，大相径庭了。流连间忽觉饥肠辘辘，有人说如能此间备清粥小菜一席，可助不寐之雅兴，可惜夜深人静，何处可寻，只得回房睡去。第二、第三日午后复雨，而傍晚初歇，一个下午坐在廊下观雨，雨停后再下山已是时近黄昏了。行至戒坛院，有群鸦鼓噪于院中，猛然间想起不知何人所作的诗句："天际余霞初过雨，归鸦犹识旧经坛。"可谓出神入化至极。

戒台寺最后一层原有万佛阁，年久失修，将倾圮，1964年落架待重修，后历丙午浩劫，架构砖木被劫掠一空，荡然无存，重建也就遥遥无期了。最近听说要复建万佛阁，希望能够恢复原制结构，不失旧貌。万佛阁左侧有牡丹院，是一处寺中别院，为清末恭亲王奕䜣所建。奕䜣曾与慈禧两度失和，尤其是光绪十年（1884）以后脱离政治舞台，此后十年间大多住戒台寺中。牡丹院在万佛阁与戒坛院之间，两进的院落，院内花木扶疏，庭院是坐北朝南的，与寺院格式相逆，总有一种不舒服的感觉。我没有在牡丹院住过，据说已经承包出租，时有大款出入其间。去岁在前院饮茶，感觉远不如方丈禅院清幽，尤其是深闭的第二层朱门之内，传出阵阵搓麻之声，大煞风景。牡丹院百年兴废，终归是权贵在寺院中的特殊禁地而已。

旸台山大觉寺每年至少要住两三次，或因工作，或是休闲，无论春夏秋冬，都曾在此盘桓，因此有着特殊的眷恋与不解的情怀。

大觉寺始建于辽咸雍四年（1068），至金章宗（1190—1208）时列为西山八大水院之一，名清水院。明代中叶以后几近荒圮，清康乾时两次重修，形成现在的规模。“文革”前后为林研所占用，不对外开放，也正是由于这个原因，寺中文物大多得以保存。80年代中期后殿龙王堂失火，从此交由北京市文物局管理使用，更得到大规模的修葺，从寺中的整修到周边环境的维护，建树弥多，功不可没。

大觉寺胜迹多见于民国时期游记之中，多与春季观杏花有关。大觉寺附近有管家岭，每至暮春，千株杏花绽放，红遍山野，京城士人纷至沓来赏花，顺便游大觉寺，非专为大觉寺而来。大觉寺迤北，又有鹫峰与凤凰岭，皆与旸台一脉，每当秋深，霜枫渐老，黄栌

京西旸台山大觉寺内的大雄宝殿（修复前摄）

尽染，又是一番风光了。

春天的大觉寺最美，清明前后，四宜堂前的玉兰花怒放，是一大景观。接下来是大雄宝殿前的紫藤、天王殿前的丁香、前后殿两侧的海棠，大致前后有一个多月的花期。大觉寺内有玉兰四五株，唯四宜堂前的一株最佳，也是我在全国各地看到的玉兰中最美的一株。这株玉兰并不高，而树冠却很大，更兼体态秀美，花苞硕大丰腴，宛如玉质，竟无出其右者，其侧一株高大的紫玉兰就显得逊色多了。传说这株玉兰是当年寺中住持和尚迦陵禅师从江西庐山移来。迦陵与雍正的关系非同一般，不料雍正即位反而将他谪贬到庐山，直到在彼圆寂后才得以归葬在大觉寺。又有传说这株玉兰是迦陵在庐山手植，移来后更加枝繁叶茂，每至玉兰绽放，游人络绎不绝，流连忘返。近年来，四宜堂内有明慧茶院，设竹制桌椅，更可以在树下品茗赏花了。

四宜堂院内厢房庑廊两侧，有西山逸士溥心畬(儒）先生的题壁诗手迹，右为五律一首，左为瑞鹧鸪词一首。款书丙子三月，当在1936年，也就是溥心畬先生寄寓在旸台山大觉寺之时，手书墨迹依稀可辨，弥足珍贵。五律为“丙子三月观花留题”：“寥落前朝寺，垂杨拂路尘。山连三晋雨，花接九边春。旧院僧何在？荒碑字尚新。再来寻白石，况有孟家邻。”时隔一个甲子的1996年，我忽然心血来潮，步先生原韵作狗尾之续：“夜宿前朝寺，辛夷发早春。湘帘隔日影，叠嶂远红尘。灵泉泽芳草，晓露润苔痕。粉墙题壁在，谁念旧王孙。” 心畬先生系宗室，恭王之孙，素有“旧王孙”印钤，常用于书画之上，故出此言耳。

长夏逭暑，大觉寺亦不失为一佳处。从市区驱车至旸台山麓，入寺门即有一种清凉之感，寺内树影婆娑，绿荫覆地，顿觉暑气殆尽。夏季住在方丈院最佳，室内不用空调也觉怡然凉爽。禅院中游人减少，绝无喧嚣吵闹，伴着蝉鸣，可睡上一个很长的午觉。我喜欢方丈后院，那里有一棵高耸入云的白皮松，数百年的树龄，两人合抱不拢，每有风来，松涛谡谡，此起彼伏，不绝于耳。如果下午觉睡得多了，夜不能寐，不妨漫步于寺中，万籁俱寂，唯有淙淙泉声入耳。

重阳菊月的大觉寺并无萧瑟之感，尤其是两殿之间那棵千年的大银杏，经过春夏两季雨露滋养，更觉茂盛，只是绿叶转为金黄，层叠一色，如同一把金色的大伞，将两殿之间的天空遮起，在秋日阳光辉映下，叶荫撒满整个月台，那种柔和的暖色将深秋烘染得十分温煦。沐浴着金色的斜晖，拍遍月台上的石栏，偶尔有黄叶落下，常常会有兴衰枯荣之感。中国文化的理性思维往往得之于感性的觉察，这株大银杏历经枯荣，阅尽沧桑，至今仍然生机盎然，而曾流连于古柯之下的数十代人，今又何在？

时至隆冬，大觉寺确实萧疏了。冬天住在庙里，有一种阴冷的感觉。夜间和衾而卧，听着寒风肆虐，吹动枝桠和殿角的风铃，别有一番感受，或者说是在寺中听风最独特的感受。时疾时缓，时强时弱，越是风声趋于平缓时，风铃声响越大，而寒风越是疾速时，风铃声反而被淹没了，偶有被折断的枝桠和着沙尘扑打窗棂，总会使人夜永无眠，盼着天明。

20世纪的最后一个新年我是在大觉寺度过的，除夕之夜，伴着龟鼓鲸钟迎来了新的一岁。下雪了，当是大觉寺难得的胜景。雪中，可以隔窗看着洋洋洒洒的大雪逐渐覆盖寺院，寂静无声之中已是银素世界。雪霁，拾级而上，到憩云轩或者领要亭领略全寺风光，除了留下的脚印，依然可以清晰地分辨出殿堂远岫，“低柯留暗翠，圆沼湛微明”，尤其是放生池的一泓清水，更显得晶莹可爱。

大觉寺的一年四季都是美的。

也许是悟性差的缘故，或者素无佛根，我住在寺庙中好像从来没有悟出过什么禅机，倒是不时为与山川融为一体的寺庙中之声色所动。读过不少古今人吟咏寺中景色的诗词，我最喜欢的是日本诗人兼汉学家祇园瑜（1677—1751）的一首《叶声》绝句：“山径秋寒识鹿行，夕阳僧院扫还轻。梢头未必学松韵，几度风檐作雨声。”诗写寺中秋叶，而全篇又不着一“叶”，已臻化境，如没有寺中生活的经历，是很难体会的。

草色入帘青

帘是韵，也是通向美的桥。

1987年暮春，我去上海同济大学宿舍拜访陈从周先生，恰逢《帘青集》出版，蒙先生题字赐之，珍藏至今。《帘青集》取刘禹锡“苔痕上阶绿，草色入帘青”，恰好作为先生园林散文结集的书名，再贴切不过了。

集中有《说帘》一篇，将中国的帘在建筑美学上的意义概括为“隔中有透，实中有虚，静中有动”，我想是对帘的最准确定义。

帘在中国的使用至少有两千多年的历史，《三辅黄图》称未央宫中有光明殿，殿前以金玉珠玑为帘，极尽奢华。汉唐以后，帘的使用就更为普遍，成为日常生活和居室布置不可缺少的用品。

帘能起到“隔”的作用，但这种隔却在似有似无之间，大约也是中国文化特有的韵致。我在法国的凡尔赛宫和枫丹白露看到过窗内的帘，那是厚厚的丝织幔帐，虽有流苏垂地，高可数丈，终是隔了个严严实实，给人一种压抑和沉闷的感觉。从帘的字形来看，而今简化了的“帘”字真如同现实生活中的窗帘，也就是窗檐下的一块布，只要拉起来，那布幔就真的把外面的景色隔开来，大煞风景。繁体的“簾”字上半部示以竹为之，下半部却正是有种通透的感觉。

帘大抵可以分成垂帘与卷帘，垂帘多以珠玉串成，最细的称之为虾须帘。这种帘最大的魅力是在轻风吹拂时能够微微摆动，透过帘，一切静物都会动起来，但总会有种人工造作和浮光掠影的感觉。卷帘则多以竹、苇编成，以绳索拉动，上下舒卷。竹苇之间有隙，帘外的景物仍可均匀地透出，其静多于动，给人一种闲雅清幽的感觉。

我更爱卷帘。

帘更多见于诗词之中，其使用的频率大抵与窗、门、栏杆、朱户、屏、罗帐等差不多，但所产生的意境却远在同类词汇之上，这也是中国诗词特有的审美艺术效果。“重帘不卷留香住”“帘卷西风”“帘外雨潺潺”“清晨帘幕卷轻霜”“月上帘笼”，如此种种，不胜枚举。于是那帘留下了香，卷起了风，隔过了雨，凝住了霜，挂上了月——美在帘外，也在帘中，若是移步换景，又是一种视觉空间。

陈先生说他最不喜绣帘，缺少空透；亦不喜画帘，以假景乱真，我赞同先生的意见。

卷帘大多是素的，或为竹帘，或为苇帘。竹帘的做工要讲究些，如用湘妃竹制作，则是湘帘了。湘帘大多悬于室内，轩窗轻启，湘帘半卷，多是书斋寝室的幽绝之选。竹帘是挂在窗外的，轻起的风，霖铃的雨，会给帘带来无限的动感。有廊的居室用帘最妙，那帘是挂在廊檐下的，帘与窗形成了一个较大的空间，帘的透视和与之形成的景深则别是一番风韵。

北京的旧式院落四合方正，南房大抵是无需悬挂卷帘的，另外三面，帘都有绝佳的效果。北房为正，三五开间，前廊已能起到遮阳挡雨的作用，帘的实用价值并不太大，廊柱两边（留出堂屋正门）檐下各垂竹帘或苇帘四挂，整个院落会沉浸在一种宁静与安谧之中。西厢房的上午和东厢房的下午，日光直射，若是廊檐放下帘，屋内立时会显得异常舒适。时值正午，踏进院落，三面前廊竹帘垂下，屋前太平花繁茂如伞，馥郁芬芳；廊下笼中饲禽偶鸣，但听鸟语，不闻人声，一两只肥猫安睡于窗台之上，这大约是五十多年前北京普通人家的景象。

至于江南水巷，那帘多是挑出窗外的。轩窗无檐，每将竹帘垂下，南方人多会用根棍子将帘支起，谓之挑帘，其目的多是为了使窗与帘之间形成一个小小的空间，有如北方廊檐下悬帘的作用。近水轩榭，竹帘轻挑，无论是临窗把酒，还是凭栏品茗，间壁的粉墙乌瓦，河中的柔橹轻篙，都会从帘中透过，成动静等观之趣。

中国的园林之趣，帘是不可或缺的。园中的窗是为借景之用，无论远借、邻借、仰借、俯借或应时而借，极目所视，皆可借资。无论是轩室的棂窗还是亭榭的洞窗，一架竹帘，都可将借来的直观景色笼罩上一层含蓄的韵。乘画舫游湖，若将湘帘垂下，岸上朱甍瓦宇和市井喧嚣在眼前缓缓而过，外面却不能窥到舱内虚实，那是一种流动的韵了。

帘韵发挥极致的季节，当在春末夏初之时，这是因为刚进入热的季节，人本能地有种慵懒状态，还不十分适应骄阳的照射。每至上午九时将竹帘放下，下午五时将帘卷起（东厢房卷帘的时间或许晚些），屋内就会保持一种怡人的温度和氤氲。加之春末夏初花草葱茏，水木清华，从帘中望去，绿红相映，香气袭人。尤其是午后，竹帘垂下，屋内荫凉匝地，正好睡去，辗转间偶闻屋外几声叫卖，朦胧中似在有我无我之间，所谓“一帘幽梦”的幻觉，当在斯时也。

儿时家中多用苇帘。苇帘较竹帘便宜，却不禁使，大致每两年要更换一次，那帘子的环是乳白色岫玉的，帘绳穿过，可将苇帘缓缓卷起。后来迁至东四居住，北面正房无廊，只是在一排西厢房上垂以苇帘。春夏之交，小院内花木扶疏，最北面是一株粗大的海棠，枝繁叶茂，花事极盛，每逢花期，遮天蔽日，几将北房隐去。中间是一株杏树，花期很短，稍有微风，则会杏花如雨，然而那水白杏却是极好吃的。最南端是株高大的梨树，花虽茂盛，但似乎从来没有结过梨。“梨花一枝春带雨”，那梨树就在我的卧房外，透过苇帘，但见堆花如雪，馨香浮动，不免令人生出无限怅惘。不知为什么，我总觉得隔着苇帘看见的那株梨花，比卷起帘笼的直观更加妩媚动人。

门上的帘子多为竹制。旧式竹制门帘多镶有布边，一为使其经久耐用，二为不致掀动时将手划伤。这种竹帘的作用大致是既能使室内空气通透，而又免于蚊蝇的飞入，因此上至宫闱府第，下至蒲柳人家，虽庭门尺度有别，竹帘大小殊异，每至夏季，没有不悬挂竹帘的。有些人家室内间隔也会悬以垂帘，豪奢者有以珠玉水晶为之，配以紫檀的帘架，碧玉的帘钩，“百尺虾须上玉钩”，说的就是此类物件。

帘虽起到隔的作用，但却隔中有透，“深院静，小庭空”，帘的韵致在于安详与静谧。隔着帘，景物依然是静的，只是有些虚幻罢了。隔着帘，传递的信息是什么？无非春去秋来，花开花落，于是心如止水，人永远是庄静的。

居住环境的变迁，会导致人们心态的改变，如果说帘是韵，那将是一种即将流逝的韵，一种不能复生的韵。

旧　夜

夜是静的，静中发出的声响会给人留下格外深刻的记忆，如同听一首老歌，伴随着那熟悉的旋律，当年的景象也会出现在眼前。

记得几年前有一则电视广告，是为黑芝麻糊做的，我认为是一例十分成功的广告策划，宁静而温馨，是电视广告中的不俗之作。黑芝麻糊在哪个城市叫卖并不重要，这种叫卖声是否准确也不重要，关键是广告体现了夜间叫卖的情景，和城镇夜生活形成一种和谐状态，丝丝暖意油然而生。长夜不寐，偶闻货声，无论是在山城石板街头来一碗“炒米糖开水”，还是在石库门弄堂口叫一客“桂花赤豆汤”，所费无几，却有荡气回肠之快。

时光荏苒，数十年生活节奏与生活方式的变化也波及到夜。夜深人静之时，细小的变化往往不易察觉，而岁月光阴正是在这种细微的变化中流过。何谓夜？大约应从晚上九点钟算起，直至午夜过后，拂晓之前。冬长夏短，子时（即夜十一时至凌晨一时之间）应是夜的眼。

生于北京，长于北京，最熟悉的当然是北京的夜。

春夜最怕的是风，最喜的是雨。北京的春风并不是那么和煦，尤其是夜间的风，摇曳着刚刚发芽的枝条，强劲地发出呜呜的声响。白天看到一树桃花初绽，与朋友相约次日去赏花踏青，忽来一夜大风，在床上辗转反侧，不知晓来花落多少？几十年前北京的风沙特大，想着醒来又是一层尘土，也是一种不快的情绪。只有到了暮春的夜，才有了春夜的气息，但那时花事将尽，已是绿肥红瘦了。春雨却是好的，“随风潜入夜，润物细无声”，春天的雨大多是无声的。第二天醒来，又是一层新绿。至于“小楼一夜听春雨，深巷明朝卖杏花”，则是江南小城的意境，在北京是体味不到的。

夏夜是短暂的，入伏之后更是闷热，夜虽短而难熬，盼的是能有微风袭来，每遇炎夏不寐，总是伫望星空，或在庭中看树叶是否摇动，无奈事与愿违，竟然没有一丝微风，只能摇扇解暑。前半夜偶然听到叫卖声，是打冰盏儿和卖梅汤的。那打冰盏儿是用拇指、食指和中指将两个铜碗打的铛铛作响，不用吆喝就知道是卖冰激凌的来了。这种冰激凌是土制的，放在木桶之中，盛在江米面制成的小碗里，质量当然是粗糙的。小时候因为家里管束，认为这种东西不卫生，从来不许去街头买来吃。于是就非常羡慕邻里孩子们去买这种冰激凌，看着他们吃得津津有味，艳羡不已。酸梅汤大多也是打冰盏儿卖的，那梅汤是用乌梅熬制的，当然远远抵不上信远斋或通三益的，更比不了东安市场丰盛公的酸梅汤。但那梅汤是冰凉冰凉的，暑夜难熬，一碗下去，同样会气爽神怡。

仲夏之夜最短，往往在闷热之极时忽然雷鸣电闪，暴雨骤来，这时无论是早已入梦的，还是反侧难眠的都会从床上跃起，迅速去关严门窗，以免雨水溅进屋里。此时听雨，有一种久旱逢甘霖之快。少顷，檐溜滴水，似未停歇，其实已然云收雨霁，一片乌云散后又是月朗星明。复启门窗，凉意丝丝，暑气略消。此时正好入睡，只是已近拂晓。

秋夜渐长，变化也最大。初秋而闻蛙鸣，与盛夏似无大的分别。北方听到蛙唱，大多在夏季暴雨过后，比南方“黄梅时节家家雨，青草池塘处处蛙”要晚了一个季节。某年住在武夷山下的幔亭山房，入夜后蛙鼓不歇，此起彼伏，声浪之高，闻所未闻，至今印象犹深。北京缺少水域，青蛙多在雨季后的水坑和杂草中生存，闻其声而不见其形，更有一种神秘的味道。蛙的喧噪声并不讨厌，在那种特有的韵律与节奏之中依旧可以恬然入梦。

接下来就是秋虫了，主旋律当然是蛐蛐的叫声，偶尔也伴有蝈蝈。不知为什么，每当听到秋虫的鸣叫，我总不免有些伤感，大概是络纬啼残，凉秋已到的缘故罢。仲秋是秋夜中最平静、然而也是最短暂的时光。中秋节过后，天气转凉，秋风渐至，与初秋竟成完全不同的气氛，风虽不大，却落木萧萧，残叶飘零。夜静之时，连树叶落下的声音都能听到。拂晓之时，也总能听到清扫落叶的沙沙声响。每逢秋雨，霖铃有声，淅淅沥沥，时落时歇，想来晨起又添几分寒意。“夜阑卧听风吹雨”，最能引起各种不同的情绪，或怅惘，或悲悯，或慷慨，或感怀，因人而异，因时而异，最是情致抒发的难眠之夜。

最令人怀恋的当是北京漫长的冬夜。

寒夜待旦，可以消遣的生活内容是无尽丰富的。如遇北风怒号，大雪迎门，则更添冬夜之趣。偶尔风雪夜归，屋内外温差和气氛迥异，更觉家的温馨。冬天傍晚的街头尚有卖熏鱼和羊头肉的，入夜仅剩下卖硬面饽饽、水萝卜和半空儿（带壳儿的瘪花生）凄厉的吆喝，或远或近，如泣如咽，最是令人无限怅惋。尤其是拥衾取暖之时，闻其货声可想见叫卖人为了几文生计踡曲于街门巷角，瑟瑟发抖的情景。小时候常见祖母打发佣人至街门口，多给些钱买下小贩篮子里所有东西，让他赶快回家去，那些水萝卜和落花生则让佣人们去分着吃掉。

寒夜客来，以茶当酒，几样零食如花生米、豆腐干等，要是能再有一碟儿蜜饯榅桲、炒红果之类，更是大喜过望。雪夜造访者，必是故人知己，于是谈兴大发，海阔天空，说古论今，不觉午夜将近。南方人家多在此时做上一碟炒年糕或酒酿圆子，北方人家会以一碗鸡丝汤面或清粥小菜充当宵夜，这种舒适的感觉也只有在冬夜中才能体会得到。斯时聊可对弈手谈，或展玩一两件书画收藏，切磋研讨，何其乐也。

客去，如仍无困意，可在寒枝疏影的窗下孤灯展卷，或临池开笔，此时读书写字，又不同于昼间。难怪古人有“雪夜闭门读禁书”“红袖添香夜读书”的嗜好，或曰有些病态，却终为文人所青睐。

夜阑人静，有远远近近数种声音会不期而至，显得格外清楚。一是野猫闹春的号叫，在冬夜之中尤为凄厉。一两只猫会召唤来一群猫，那叫声一阵高过一阵。其实这里面也有些是不安分的家猫，听到同类相邀，忙不迭前去赴约，参加和声。当年我家养的猫就会有这样的举动，而眼下几只猫住在楼房里，从小没有过这样的欢娱，就是听到楼外有群猫闹春，也是无动于衷了。第二种声音是婴儿的夜啼。也许是随着优生优育和居住条件的改善，婴儿的夜啼声现在已很少听到了。婴儿夜啼多在深夜，时断时续，声音愈远，闻之愈真。这种声音却不讨厌，反而与长夜形成了一种和谐的美，一种生命的蠕动和活力的张扬。声止，那婴儿必定在母亲的襁褓之中熟睡了。第三种声音是老人的咳嗽。咳嗽声在昼间是很难辨察的，但在夜间就不同了。冬天是咳嗽最多发的季节，寂静冬夜里，最能辨出邻里咳嗽的声音。感冒后的咳嗽多是短而促，而老年哮喘则是咳疾喘徐，其声也没有壮年感冒者那样洪亮。长夜不寐，闻咳声即能辨出邪在脏腑还是在肌肤与腠理之间，这种声音是最不忍闻的。第四种声音是十分偶然的，那就是夜行人发出的声音。窗外有人走动，会发出脚步声响，每遇下雪，就会发出咯吱咯吱的声音，是踩踏积雪所致，令人感到格外静谧。旧时照明设备很差，夜间行人不免心虚胆怯，于是总要哼上几句壮壮胆，“父女打渔在河下”“孤王酒醉桃花宫”是引车卖浆者流都会唱的。那时的人颇讲公德，这样的歌唱多在前半夜或拂晓之时，而且绝非引吭而歌之。

中国的文人多钟情于夜，所阅诗词，书于夜或吟咏夜色者几近半数，可见夜的魅力。夜是涌动情思的时节，夜是生发幻觉的光阴，文人和艺术家在夜间可以产生无数灵感，却往往要在昼间去梳理和归纳。夜里产生的东西不免有许多虚幻，俗话说“夜有千条路，醒来卖豆腐”，晓来还是该干什么干什么。尤其是做大事业的人，夜里的思绪和幻觉如白天拿来实施，难免会发生荒唐的谬误。

夜是生命的三分之一，夜是美的。

读《清初诗文与士人交游考》

《清初诗文与士人交游考》（南京大学出版社，2001年版）是旅美学者谢正光先生的著作。谢先生是耶鲁大学博士，现任美国Guinnell学院历史系教授，致力于明末清初文化史及清诗研究，中文著作有《钱遵王诗集笺校》（香港，1990）；《明遗民传记资料索引》（台北，1990）及《清初人选清初诗汇考》（与佘汝丰合撰）等。

《清初诗文与士人交游考》收录文章十二篇，关于清初诗文研究与士人交游研究的文字适各参半。部分文章曾在大陆、台湾及香港专刊发表过。其实这两部分文字有诸多关联之处，合而观之，相互印证，丝毫没有突兀之感。对此十二篇文章，我最感兴趣的则是关于清初士人交游的部分，计有《顾炎武、曹溶论交始末——明遗民与清初士大夫交游初探》《清初贰臣曹溶及其“遗民门客”》《顾炎武与清初两降臣交游考论》《清初逸民与贰臣——顾炎武、孙承泽、朱彝尊交游考论》《就〈秋柳〉诗之唱和考论顾炎武与王士祯之交谊》《顾亭林交游表》六篇。　在这六篇文章中，主要涉及的是顾亭林和曹秋岳两人。而以历来“操守”观点而论，顾与曹恰恰是两个对立方面的代表人物。顾亭林一向被尊为儒学鸿硕，极具操守，入清不仕，尤其学术思想上也逐渐由理学转向经学。而曹溶自明末至清初无论科名还是仕途都相当顺遂，成为清初大吏。顾与曹恰巧同是生于明万历四十一年（1613），曹溶卒于清康熙二十四年（1685），比顾炎武多活了三年。曹顾两人在当时的经历和后世的声名大相径庭，似乎已成有清以来的定论。

《顾炎武、曹溶论交始末——明遗民与清初士大夫交游初探》一文分别以康熙元年（1664）、三年和八年曹顾两人四次相晤为顺序，梳理曹顾二人二十年的交谊。谢先生以曹溶《敬惕堂诗集》九题十一首为依据，分别阐述了两人在山西大同、北京香山、山西雁门和河北大名的四次会面。其中以第二次在北京香山的会面最为重要，因为在这次会面中还出现了另一个重要人物，也就是同为贰臣的孙承泽，地点就在香山附近的孙承泽别墅——退谷（今卧佛寺樱桃沟花园，民国时期为名士周养庵[肇祥]购得，也称周家花园）。此次是曹溶挈顾炎武同访孙承泽的。比起曹溶，孙承泽的历史则更为复杂。孙是前明进士，官至刑科部给事中，入清后又做过兵、吏部侍郎。在李自成占领北京时，曾有降附的经历，因此在南明弘光时被定入“从贼案”。顾炎武此次与曹溶同访孙承泽，并非是顾与孙的初次见面，在此前后，顾与孙也是有着论学之交的。“退谷”是在京服官的明末遗民经常聚会之所，除曹秋岳、顾亭林之外，吴梅村也是“退谷”的常客。谢先生在慎重引用《敬惕堂诗集》涉及曹顾交往事迹的基础上，还旁引《屈翁山先生年谱》《孙公承泽行状》作为时间和背景的补充，完整地从康熙元年顾亭林投刺曹秋岳于山西大同，至康熙二十一年（1682）曹秋岳《哀顾宁人殁于华阴》为结束。文章论道：

亭林和秋岳论交始末，向来未受注意，亭林集中无一字及秋岳，固然是原因之一。而秋岳《敬惕堂诗集》到目前为止，仍只有雍正三年（1725）的初刻本，以至流布未广，也是一个原因。除此之外，对二人交往的忽视，恐怕也和清初以来史家用以衡度当时士人政治操守的“阐释架构”不无关系（下略）。

这种以政治操守作为唯一衡量标准来衡量清初士人的风气，自清初以来，从未衰竭。到乾隆末年为止，官私撰述的史籍无不如此（下略）。

本文意在指出清初士人于政治操守之外，尚另有所宝爱。政治上所作的抉择，亦并无碍于他们在其他方面的认同。亭林与秋岳对民生利病共有的关怀，以及他们在汉唐碑刻和修撰先朝历史的声气互通，都说明了“遗民”和“贰臣”之间，在政治立场以外可以建立起共识和认同（下略）。

另一篇文章《清初贰臣曹溶及其“遗民门客”》也就曹秋岳《敬惕堂诗集》和《倦圃尺牍》为依据，分析了曹溶入清之后与明末遗民如朱彝尊、俞汝言、顾炎武、屈大均诸人诗文唱和、尺牍往还的情况。甚至遗民领袖黄宗羲及其门人弟子无不与曹秋岳互通殷勤。这里用“遗民门客”似有可商榷之处。秋岳科名早达，又先后任广东布政使与山西按察使，于岭南和山陕两度开府，入幕任职不乏明末遗民，但这批遗民中的精英人物与曹秋岳之间是士林之交，并非依附关系。曹秋岳不但交游遍于南北各地，且以他为中心集合了一大批士人，这其中既有曹秋岳学养与人格的魅力，也有曹氏对士林的尊重与礼贤下士的原因。从谢正光先生所引证的大量诗文中可以看到，“贰臣”与遗民之间的交游，更重要的一个原因则是共同的文化背景，这种共同的文化背景往往在我们论述明清之际士林关系时被“操守”这一唯一标准所冲淡和忽略。自明亡至康熙初年，时经二十年时间，改朝换代的兴亡之感已逐渐淡化，而士人之间的文化背景却没有很大的变化，朝代的更迭没有使文化发生断裂，正是这种文化背景得以延续的重要原因。

在《顾炎武与清初两降臣交游考论》一文中，作者以程先贞《海右陈人集》所录与顾亭林有关的各体诗十四首为依据，将二人在康熙元年谋面之后的交谊和频繁往来考订得十分清楚，也就是自此至康熙十八年为止，亭林几乎每年与程先贞见面，有时甚至一年之内达两三次之多，可谓挚友，且有顾亭林自己的诗文为证："海上乘槎客，年年八月来。"（见顾亭林诗集汇注《德州过程工部》），可见《海右陈人集》中所记两人交谊实非虚夸。顾程二人虽同为"复社"成员，但在明却一朝一野，在清初更是名节上泾渭分明，身世遭逢大相径庭，而在入清之后保持了十八年的往还，可见相知之深。而与史可程（史可法之同祖弟，曾随多尔衮下江南，向史可法劝降）之论交，大抵也在此同一时间。史与程先贞相比，在名节上更逊一筹，因为他在降清之前还曾降附李自成，在弘光朝曾纳入"从逆诸臣"之列。这篇文章中所论亭林与程、史二人的交往，又不同于顾、曹之交，层次之高下，人品之殊异，似乎有辱于亭林，但事实终归是事实，所以谢正光先生在最后指出：

> 总括来说，亭林晚年择友，既未以个人的"政治操守"作为衡量的唯一标准，他所考虑到的，至少也包括了学术文化活动的参与和认同，以及个人习性的相近等因素。

然而近百年来的学者，对亭林以及和他同时代的士人们行谊的审度，却一直离不开"政治操守"这把量尺，叙事论人，终究仍局限在五伦中的"君臣"一义之上。对于其他一切复杂纠缠的人情物理关系，皆不措意。用这样一个导源于乾隆朝修《贰臣传》之际的“阐释架构”来评价亭林以及其他清初的士人，不但有欠公允，也是不符合于从历史本身来说明历史的准则的。

总之，谢正光先生的《清初诗文与士人交游考》一书，从清初诗文所反映的士人交游踪迹，提出了一个不以“政治操守”作为审视清初士人生存状态的唯一标准的理论，诗文引证的论据皆非虚妄，这是研究明清交替之际士人生存空间与心态变化的一个新的视角。我以为，在此基础上更可以深入探讨明清政权交替之际文化传统的延续性问题，以及探讨这种政治更迭而未发生文化断裂的现象乃至士人群体的延续，而这一不同以往的思路如果展开，也将会使相关的中国前近代文化史和文人社会的研究别开生面。

留作他年记事珠

最初读到的唐鲁孙先生作品是80年代由台湾大地出版社出版的《故园情》，且只有一本下册。从封底的书目上看到，大地还出版了他的《天下味》《老乡亲》《中国吃》和《说东道西》《什锦拼盘》等数种。半部《故园情》已使我心为之动、神为之往，于是对唐先生的其他杂文也萌生阅读的饥渴。1993年我随出版代表团赴台，在台北火车站附近的书店街遍寻而未果。又拜托台湾出版业同仁代为购之，终因行程匆匆，未能将这套丛书带回大陆，一直以为遗憾。后来，由广西师范大学出版社引进版权，重新编印了“唐鲁孙系列”十一种，这套系列杂文编印精良，装帧清雅，确是极具可读性的好书。

鲁孙先生姓他他拉氏，满洲镶红旗人。是最后一位伊犁将军志伯愚（志锐）的侄孙，而其族姑祖母就是光绪的珍妃和瑾妃。唐先生的祖父仲鲁（志钧）也是进士出身，入翰林，曾任兵部侍郎。庚子（1900）事变，为免遭联军涂炭，在家中设礼祭祖后自尽。民国初年，由清末遗老出资刊行过一部《庚子辛亥殉难诸臣图录》，分上下两册，唐先生的祖父即在上册之中。下册是辛亥殉难诸臣，首页即是先曾祖季和公（赵尔丰），第二页是端午桥（端方），而唐先生的伯祖志伯愚（志锐）即在第六页。鲁孙先生本名葆森，字鲁孙，以字行，也是为了纪念他的祖父志仲鲁。鲁孙先生生于1908年，即是光绪三十四年，离清帝逊位只有三年时间了。不少介绍说鲁孙先生是珍妃的侄孙，其实鲁孙先生的曾祖名长善，而珍瑾二妃的父亲名长叙，是鲁孙先生的曾叔祖。

入民国后，鲁孙先生已是家道中落，虽有"文采风流"的文化底蕴，却不得不治谋生之学。于是中学毕业后入财税学校学习，弱冠之年，已然自立且为生计奔波了。这在当时的旗人中不能不说是属于积极向上的一类。嗣后流寓武汉、上海等地，足迹遍于大江南北。抗战胜利后台湾光复，唐先生于1946年去台任职，不想从此后四十年海天相隔，终老台湾。

唐先生的笔记大多是谈饮食的，但在这些文字中不仅涉及饮食本身， 也在很大程度上说到当时的社会风气、世态民情、人际往来和商家兴衰。我想但凡是有一点近现代文化基础和阅历的读者都会体察到这些方面的内容。唐先生长我整整四十岁，而也就是这四十年，是中国发生翻天覆地变化的四十年，不要说唐先生所称的"故都"，乃至整个中国和世界都是如此，其文化差异大抵可以相当前近代文化的两个世纪。唐先生的后半生是在台湾度过的，他对大陆的记忆大约是在上个世纪20年代至40年代，而且北平沦陷时期他又在内地，胜利后回过北平，只是短暂停留，1946年春天就定居台湾了。

所以说他笔下的"故都"当是二三十年代的北京。

唐先生并不是"足不出都门"的"老北京"，他的足迹遍于全国各地和印度、东南亚诸国，见闻颇丰。仅就饮馔而言，也不囿于"故都"一地，因此常有比较之说。例如《围炉吃火锅》一文，对东西南北各地的火锅无一遗落，无论是东北的酸菜白肉锅子，北京的菊花锅子、涮羊肉，四川的毛肚火锅，江南的什锦锅，广东的打边炉，都娓娓道来，而且对原料的叙述全面与准确，非时下人所了解。再如《津沽小吃》和《吃在上海》等，也是一个老北京眼中津沪两地的饮馔，所以说唐先生的见闻是很开阔的。

唐先生的随笔集中也有一部分不是关于饮食的文章，涉猎十分广泛，记梨园、岁俗、技艺、市井、闻人、异类种种。有些文字谈到的内容是近年大陆同类文章很少涉及的。如《故都茶楼清音桌儿的沧桑史》《舞屑》《扇话》诸篇。读唐先生的文章，我更注意的是他在文中涉及的旧人旧事以及当时的世态百象。

唐先生与我家可以算是世交，从两三篇文章中可以看出唐先生与先曾伯祖次珊公（尔巽）有过多次接触。从时间判断，彼时次珊公已是耄耋之年，而唐先生还不到二十岁，估计在1922年至1927年间。那时也正是次珊公主持修撰《清史稿》之时，1927年《清史稿》仓促完成（关内本），次珊公也于同年辞世。《故园情》中有一篇《赵尔巽收服张作霖》的文章，演绎了当时先曾伯祖在东三省总督任上降服张作霖的故事，关于这些内容，我从小听两位祖母讲述多次，与唐先生所述内容没有太多出入。尤其是张对次珊公终身感戴，即使是在直奉战争以后，张以海陆空三军大元帅入主北京时，每次来北兵马司赵宅（今航天工业部所在地）请安，用大红禀帖（即手本）上书“沐恩张作霖”一事，我的两位祖母也是常讲的。此外，在先曾伯祖入殓时，张曾披麻戴孝在北兵马司家中灵堂叩头泣血、号啕痛哭的情景，我的两位祖母当时也以侄媳身份守灵，故所述甚详。

在《舞屑》一文中，唐先生对北京饭店新厦落成后举办舞会的盛况也有描述，这些都涉及当时（20年代至30年代，准确说是卢沟桥事变之前）北京上流社会的生活状况。此类文字是很难在“老北京话旧”之类中找到的。文中提到当时北京饭店经理邵宝元先生，我认识邵老先生是在50年代末，当时他和我的祖母同在北京东城区政协活动，有一次我与祖母在吉祥戏院看戏，不知何故祖母中途离席，我等着看后面的武戏不肯离去，于是祖母就将我托付给邵老先生，散戏后他一直将我从吉祥戏院送回东四家中。我们从金鱼胡同一路步行，一老一小聊了一路，这位邵老先生十分和蔼，会讲故事，路上走了一个小时，一点儿也不寂寞。彼时邵先生已是六十开外，不知他后来何时去世的。说到邵宝元先生，还使我想起一件很有趣的事，当时东城政协统战人士开展文娱活动，排演全本《四郎探母》，我的祖母饰演萧太后，而两位国舅则分别由郭布罗润麒先生和邵宝元先生扮演。两人一高一矮，一瘦一胖，相得益彰。当时政协有“真假国舅”之说，因为郭布罗润麒先生系荣源之子、溥仪皇后婉容的胞弟，所以无论台上台下，都是当之无愧的国舅，至于邵宝元先生只是台上的假国舅而已。这出戏排了半年多，后来终在北京市民政局礼堂上演，就这个圈子来讲，也算是盛况空前了。

《舞屑》中还提到当时北京饭店跳舞场中的风头人物，其中提到“冯六赵七”的如夫人，冯六赵七指的即是冯幼伟（耿光，中国银行总裁）和先伯祖赵世基。先伯祖大排行七，先祖父叔彦公（世泽）行九，在当时北京上流社会中被称为赵七爷、赵九爷。他们与冯六爷同是“梅党”健将，与梅兰芳交谊甚厚，我幼年时看到过许多他们与梅兰芳同游西山的照片。唐先生在文中描述的北京饭店舞会，谈到的人物有王府的福晋、宅门的内眷、权贵的名媛，以及交际花、电影明星等形形色色，至于男士，有身着晚礼服者，着西装者，也有着长袍马褂者（如辜鸿铭、江朝宗之流），更有紫呢左袒的喇嘛出入于舞会之中，对今天追求“酷毙”的时尚青年来说，真可谓开风气之先了。

唐先生阅历丰富，谙熟清末民初掌故以及不同阶层的社会生活，上至宫闱宦海，下至市井闾巷，腹笥甚宽，这都与唐先生出身世泽名门及青年以后的遭际有着密切的关系。唐先生还通晓民俗，擅长顾曲，十分熟悉北京梨园的人物故事和旧京岁时节令风俗。从这十余种随笔中都可以体味出他在这方面的功力。

唐先生的文字是白描式的。用他自己的话说："就是只谈饮食游乐，不及其他，以宦海浮沉了半个世纪，如果臧否时事人物，惹些不必要的啰唆，岂不自找麻烦。"也正是这种白描式的文字，娓娓道来，朴实无华。而以南渡衣冠对旧京遗制的眷恋与怀念，却又无时不流露于字里行间，这也许正是上一辈人在感情方面的沉郁与庄静。

唐先生的文字是不虚妄的，绝不妄言己所不知的领域，虽雪泥鸿爪，皆为亲身历见，有多少记多少，很少浮夸与过多的峻峭深刻之笔。唐先生文字中既没有子虚乌有的"满汉全席"，也没有时下两岸某些文化名人的谈禅说道。

唐先生的文字是可以当作《洛阳伽蓝记》看，比照《东京梦华录》来读的。

大陆版唐鲁孙系列的每本书前都有高阳先生和逯耀东先生的两篇文章作为序言。这两位先生中，高阳先生是作家，其作品《胡雪岩》《玉座珠簾》《秣陵春》等久为大陆读者所熟知，如果在世，也已是年近九十岁的人了。高阳先生是杭州许氏，本名许晏骈，系出名门大族，高阳是许氏郡望，故以此为笔名。80年代末，高阳先生来大陆，我的姨公许揆若（宝骙）先生和俞平伯词丈宴请高阳先生（平伯先生的夫人许宝驯与许宝骙先生是姊弟，和高阳先生是同宗），彼时我曾叨陪末座，席间多次听高阳先生提到过唐鲁孙先生，我也是那时才知道台湾有位唐鲁孙。逯耀东先生是台大历史系教授，治魏晋南北朝史，也是位美食家，著有《肚大能容》《出门访古早》等专记饮食风物的杂文。我的那本小书《老饕漫笔》出版后，得到逯先生谬奖，此后书信往还，多次提到鲁孙先生的著作在大陆出版的问题。现在唐先生的系列杂文终得在大陆付梓，对逯先生和我来说都是件十分高兴的事。

由唐先生的杂文使我想起大陆一位与唐先生情况极为相似的老先生。说来也是巧合，他与鲁孙先生恰是同庚，这就是上海的金云臻（琪）先生。云臻先生是觉罗宗室，满洲镶黄旗人，中年以后流寓沪上，晚年开始写作，也写了不少记叙饮食风物的笔记。1986年春天我去上海，住在上海文联的美丽园，每天下午与云臻先生相约在美丽园茶室聊天，一杯洞庭新绿，两样宁式点心，晤谈甚欢，成为忘年之交。后来云臻先生在文物出版社出版了一本《饾饤杂记》，我也帮他出版了一本《燕居梦忆》，这是云臻先生仅有的两本笔记，其内容和文笔与鲁孙先生极其相类。

金先生与唐先生分别生活在海峡两岸，严格说都算不上是文化大家，也都是在退休之后才提笔写作的，所记平生闻见、社会生活，都极具史料价值，同时也能读之入胜，这就是中国笔记体裁的魅力所在。1986年我从上海回京后不久就得知云臻先生已作古。他在去世前赠我手录诗稿，以行楷书于彩笺之上，依然保留至今。卷首“题吟草”曰：“覆瓿盈囊事有无，解嘲勿复计揶揄。未须侥幸纱笼碧，留作他年记事珠。”

像唐鲁孙、金云臻这样的耆旧在世的还有多少？他们带走的是一段鲜活的历史，留下的是一些陈旧的记忆，老成凋谢，逝者如斯，还是希望中国的文化多为我们留下一些这样的吉光片羽罢。

且去填词的书生

不久前，南开大学的来新夏教授在《人物》杂志写了一篇怀念先君的文字，因而托中华书局的崔文印先生向我索要一帧先君的工作照。用毕归还时，来先生同时赐赠了一本他的随笔集《且去填词》。

来先生是我的长辈，虽然从来未瞻清辉，却并不陌生，幼年时家中有一本《辅仁大学同学录》，彼时常常翻阅，除有陈垣、余嘉锡、孙人和、溥伒、余逊、周祖谟诸位先贤外，后面还有两届毕业同学的照片，我的父母均系辅仁毕业，也在其中。来先生毕业于辅仁历史系，且长先君一届，由于“来”姓稀少，故印象犹深。及长，又拜读了先生的《北洋军阀史略》《林则徐年谱》，尤其是《近三百年人物年谱知见录》，更是常常置于案头的工具书，获益良多。至于先生的杂文随笔，读之甚少。《且去填词》读后，使我对先生有了更多的了解。

说来凑巧，不久后先生偶然来京，住在东四十二条中国青年出版社的招待所，先生电话告我，是晚即将先生接来寒舍小坐，面聆赐教，真可谓“人如其文”，先生在《且去填词》随笔集中的风格，使我的了解得到了进一步的印证。

《且去填词》共分五卷，一是围绕文化所写的学术短文和杂感。二是针砭时弊的杂文。三是有关人物的纪念性文字。四是书序与书评。五是数年来的游踪屐痕。凡十数万言，皆有感而发，不作阿世媚俗的空泛之谈，实是秉承了上一代学者的治学之风。如《重读〈陈垣史源学杂文〉》《读〈弢翁藏书年谱〉》既是对先贤的缅怀，也是深得前人治学精微和指归要义的文字，虽非煌煌大论，却见微知著，惠于后学。

来先生在南开执教数十年，教学之余，在中国近代史方面的论著甚丰，也曾主政南开大学出版社，从事编辑出版工作，是位精力充沛的学人。先生生于杭州，就读于北京，却五十多年居于津门，对天津的人文掌故、历史风情十分熟悉，如《兴建天津邮政博物馆刍议》《漫话〈津门杂记〉》《一部当代的新图经——〈天津通志·照片志〉读后》等文章，显而易见地反映了先生对天津史地人文与社会生活的了解，同时也能看出先生对津门的眷恋之情。

这本随笔集以杂文《且去填词》代序，而后记中又提到对“且去填词”的理解，来先生说：“我也总想让‘且去填词’一语有个浅显通俗的诠释，让更多人理解。想来想去都不恰当。忽然有一天清晨楼下有人为争早点摊位争吵起来，有位天津老乡陡地发出响亮的一声‘该干嘛，干嘛去！’击退了对方。这不正是对‘且去填词’最准确、最贴切的诠释吗？——这就是我对书名的自我解说。”来先生《且去填词》一文发表后，曾有人提出异议，以为“仁宗显然是把柳永视为只知填写艳冶小词的无行文人，难当大用。”而来先生则认为人应该扬长避短，且用人者当善用人才。我看两种见解都不错，尤其是那位天津乡亲的诠释更为贴切——“该干嘛，干嘛去！”只是有此自知之明的人却并不多。

书中杂文部分多有感而发，尤其对时下社会乃至学界的不良风气加以针砭，切中要害。人们常以为中国上一代知识分子大多历经坎坷，棱角磨尽，其实并不尽然。从先生的杂文中，或从与来先生的一席谈中，都能感受到来新夏先生嫉恶如仇的棱角，这也就是我所谓的“人如其文”了。但先生另一方面又具有中国传统的儒者风范——恕道宽容。在《书生论》一文中，先生既看到并揭示了书生群体的悲剧角色：“中国书生的不够成熟，缺乏独立性格，因而他们很难摆脱受权贵左右的阴影。”同时又以为“似乎无需过分苛求而应给以谅解的”。“‘毕竟是书生’与‘百无一用是书生’的主要含义并无二致，只不过前者包含的层面多一些，它既有对人的曲谅，也有自我解嘲的打趣，又有自我辩解的无奈”。先生同时也希望：“……探求中推向对书生群体的考索，启示中国的书生能以前车为鉴，摆脱受‘戏弄’的窘境而日趋成熟。”先生的《书生论》毕竟是书生之论，体现了儒者的仁厚、平和与宽容。但是，今日中国“书生”正在发生着质的变化，“学而优则仕”逐渐发展为“学而优则商”，肯坐冷板凳，甘于寂寞的实在是太少了，即使肯把浮名去换浅斟低唱的也不多，书生群体中的悲剧角色正在舞台上逐渐消逝，也确在摆脱着别人的“戏弄”，但是不是摆脱着自己对自己的“戏弄”？悲剧角色或多或少还有些悲壮，而自己戏弄自己的，或许就是喜剧中的小丑了。

先生的书生之论毕竟论的是上一代的书生，无论是他们的软弱、曲谅、自嘲或无奈，都是可敬而可爱的。记得太初（周一良）先生逝世时，挽联甚多，其中某君所撰“王谢堂前无王谢，书生身后有书生”为最佳。太初先生出身世家，故以“王谢”比附，先生又有《毕竟是书生》一书，故以“书生”为典，言辞贴切，寓意深远。我真是希望能保持些上一代书生的儒雅与操守，要真是追逐功利与“浮名”，不如“且去填词”罢。

永远的长者

2005年7月7日，数千人在北京八宝山送走了一位可敬的长者。

6月30日下午，在从吴县甪直返回苏州的途中，突然接到儿子的电话，告诉我启功先生走了。其实是在意料之中，我知道启先生在春节之后情况就很不好，能够维持半年时间，对九十多岁的人来说就很不容易了。然而仍很难接受这一事实。启先生走了，带走了一种儒雅而精诚的文化，我们失去的不仅仅是一位长者，而是长者所拥有的文化风范。

我的父亲赵守俨与启功先生是挚友，他们之间的交谊可谓是典型的君子之交。

父亲小启功先生十四岁，他在辅仁大学就读时，启先生就已经是助教了，应该说情在师友之间，因为同是受业于陈援庵（垣）先生门下，因此启先生总是谦虚地称父亲为学长。此外还有一个原因，就是他们少年时代都曾随戴绥之（姜福）先生学习古文。这位戴先生一生著述不多，但古文字学极好，曾在我家教过家馆，启先生和我的父亲都是他的学生，课业文字学、训诂学和《礼记》。

古文基础打得牢固，受益终生，正是由于这一渊源，他们一直互以“师兄”相称。

启先生是一位博学通儒，中国文化的深厚积淀与学养真可谓是后无来者。他的书法作品被称为“启体”，效法者无数，东施效颦的赝品更是铺天盖地。而启先生的绘画作品并不在其书法之下。他在青年时代已经加入了溥雪斋（忻）先生发起的松风画会，我见过30年代松风画会几位先生合作的一幅山水，计有松云章和镛画秋树，松窗溥佺作寒枝，松风溥忻作坡石并题，松荫叶仰曦画高士。启先生号松壑，补桥柯远岫。其时启先生在众多老先生中是“小字辈”，无论年龄和辈分都在诸位先生之下，而能跻身于老成之中，足见先生的绘画修养。启先生曾受业于贾羲民和吴镜汀，其实我以为启先生更多的是得益于古人。启先生一生经眼的古代书画真迹无数，得其真髓，他的竹石章法可远溯文同、夏昶；他的山水神韵当得法于大痴、云林，直至四王。我见过一些启先生40年代至70年代的绘画作品，功力之深，取法乎上，皆堪称精品。

1971年春天，父亲突然接到通知，匆忙从干校返回北京，继续负责“二十四史”的标点校勘工作。这是“二十四史”整理工作的第二阶段（第一阶段是50年代末至“文革”前夕）。这次规划又增加了《清史稿》。经过“文革”浩劫，原来参加点校工作的专家学者已然去之一半，所以只能重新组织各方面的力量，具体名单由父亲拟定，再交军管部门去审批。由于增加了《清史稿》，父亲提出借调启功先生、王锺翰先生等来中华参加点校工作，终获批准。启功先生也从此摆脱了“文革”中的逆境，开始了点校《清史稿》的工作，从此父亲与启功先生朝夕相处，直至近十年后这项工作结束。除了工作关系之外，父亲与启先生私交甚厚，可谓无话不谈，那时他们常在一起聊天，启先生爱说笑话，他讲过的笑话父亲常常回家转述，逗得大家捧腹大笑。而在书画鉴定方面，父亲向启先生请教颇多。彼时启先生尚居小乘巷寓所，有时来家中做客，还盛赞母亲菜烧得好吃。我自十岁出麻疹后开始了哮喘之疾，70年代是发病最多的时候，经常要到医院去输液，这些事给启先生留下了深刻的印象。启先生还给我介绍了不少偏方，只是我没有用过。后来哮喘居然痊愈，多年后，启先生每见到我，第一句话总问我哮喘犯过没有，我告诉他早就好了，可下次见面还是要问，并问我吃什么药好的，他说要把这方法介绍给别人，足见启先生对他人的关爱。

在中华标点《清史稿》的日子是启先生很快乐的时光，事后他常常回忆起那段生活，虽然物质生活并不十分丰富，但能在“文革”期间有这样一个避风港，并从事一项喜爱的工作，对启先生来说于愿足矣。我印象最深的是“文革”之后刚刚恢复稿费制度，那时稿费不多，但吃吃馆子是足够了。70年代后期，父亲与启功先生及其他几位先生常常一起聚餐，谁得了稿费就去吃一顿，轮流坐庄。那时北京没有现在这么多饭馆，我记得他们去得最多的是安定门内的康乐餐厅和东四十条西口的森隆饭庄。再晚些时候崇文门的马克西姆餐厅开张了，有位先生得了一些补发工资，还请父亲和启先生他们去奢侈了一下。

80年代以后，启先生的名气越来越大，社会活动也越来越多，向他求字求画的人络绎不绝。有不少人知道父亲和启先生的关系，登门转托父亲向启先生求字画，但一概被父亲回绝。父亲的理由是不能给启先生添麻烦，他自己与启先生二十多年的交往，从未张口向启先生要过一幅字画，因此至今我家仅有一帧1974年启先生送给父亲的扇面，一面写的是他自己的论书绝句，一面是画的朱竹，是启先生用一旧藏加重真佛赤金舒莲记扇面所作，堪称精品。这也是父亲收藏的唯一一幅启先生的作品。

1993年6月，父亲住院期间查出肺癌，启功先生得知这个消息后非常焦急，多次打电话到中华书局和家中询问父亲的病情。他曾两次到医院看望父亲，尤其是在1994年春天，他从香港归来不久又住院，出院后立即扶杖到病房来看望父亲，令父亲至为感动。为了使父亲得到更好的治疗，他主动为父亲的经治主任、大夫都写了字，画了画儿，并题款派人送到医院，我知道他这都是为父亲做的，十分不安。1994年4月13日父亲病逝，我和中华的同志一再讲千万不能惊动启先生，可是在父亲的告别仪式上，启先生还是来了。那天灵车因故耽误了时间，原定九点钟的仪式拖至十点钟才开始，启先生居然在八宝山大礼堂的休息室中坐等了一个半小时。仪式开始前，我们夫妇去休息室向大家致谢，启先生握着我的手一句寒暄客套话也没有，但却老泪纵横，我想他与父亲的友谊尽在不言中了。在以后的日子里，启先生经常向很多人提起父亲，总是说："守俨走得太早了，只活了六十八岁，太可惜了，太可惜了！"后来，父亲的文集出版，启功先生欣然为之题写了书名。

2004年，为了纪念父亲逝世十周年，《书品》组织了一些纪念文章，第一篇就是启先生的。去年启先生身体已渐衰弱，眼睛又不好，已经不能写文章了，可他还是口述录音，请别人整理成回忆父亲的文字，情真意切令人感动。启先生居然还记得我小时候标点《汉书》（文中说是《东观汉纪》，是启先生记错了）的事，真是惭愧。这些年来对启先生疏于问候，说真话，实在是因为他太忙太累了，那么多人围绕着他，那么多人登门拜访，我真不愿意去添乱，搅扰他平静的生活。

启功先生走了，那么多人去送他，可见他在人们心中的地位。启先生一生于师长、于亲人、于朋俦、于后学都可谓是至爱、至亲、至善。那么多人知道他、认识他、崇敬他，因为他是通儒大师，因为他是书法名家，可在我眼里，他永远是一位和蔼可亲的长辈。

我所了解的季黄先生

最初拜识季黄（朱家溍）先生还是在1985年，缘由是筹办《收藏家》杂志。其实知道先生的名字为时更早，只是没有见面的机会罢了。此后近二十年的时间，与先生经常见面，直至2003年秋天先生辞世。

2001年，拙作《老饕漫笔》即将出版，我将校样呈送先生，拟请他写一篇序言。先生翻阅后欣然同意，两周后即电话告我已经完成，让我去家中取稿。先生的序言竟然写了六千字之多，其始便道："赵珩世兄写的一本《老饕漫笔》将要出版，约我写一篇序，把排印稿送来给我看，书中内容很多都是我熟悉的，觉得颇有趣味。我想也不必拘泥所谓'序'的文体，本书既是漫笔，我也漫笔一番……"也正是这篇序言，在该书出版后引起不少误会，这个误会就是不少书评中对我年龄的推测。先生称我为"世兄"，正是明确指出我是他的晚辈，只是今天的不少读者不懂旧时的称谓，于是认为我是季黄先生的同辈，年龄也和他差不多。

我家与朱家可称世交，平时先生对我直呼其名，每有书信文牍往还，先生总书“赵珩世兄”，赐下大作或称“世讲”；我则称先生为“季老”或“季黄老伯”。

先生生于1914年，先君生于1926年，他比我的父亲长了十二岁。他们都是毕业于辅仁大学，先生毕业于1941年，先君毕业于1947年，比我的父亲早了六届。他们的家世和所受的教育都有许多相似之处，尤其是在旧学根底和中西文化的结合方面，更是他们许多同辈人中的佼佼者。先君在世时与先生有过不多的交往，倒是我在近二十年的时间中，与先生成为忘年之交。

开始拜访先生，大多是谈谈文稿，后来则无话不谈，大至清宫掌故、文坛旧事；小到饮食起居，猫猫狗狗。以后去看望先生，主要是闲聊，能够在他的“蜗居”坐上两三个小时，直到薄暮掌灯时分。我们谈得最多的，还是关于戏曲和书画的内容。

先生一生钟情于戏，尤擅杨派武生和老生。他对杨小楼的武生戏有过深入的研究和揣摩，虽未能得其亲授，却受益于给杨配戏的钱宝森、迟月亭和杨的女婿刘砚芳、外孙刘宗杨；老生戏则得到过杨宝忠、王少楼、陈少武的指点。此外，还有幸从红豆馆主溥西园（侗）和曹心泉、侯益隆学过昆腔。对于行外人来说，能够与这样众多的戏曲名家切磋研讨的，据我所知仅有季黄先生与刘曾复先生了。

我从小看戏，知见仅能从50年代中期算起，与先生相比，不及万一。即便如此，先生还是把我看作知音，每谈及戏，总会眉飞色舞，兴奋异常。80年代末，季老的夫人赵仲巽女史尚健在，只要是聊戏，她老人家也总会加入，最爱说的事情是其少年时与我的叔祖父赵蔗初（名世辉，赵尔巽之子）一同看戏的往事。她也看过我叔祖登台彩唱，并且告诉我，当年程继先先生曾对她说，可惜蔗初出身宦门，无法下海，否则程派传人非他莫属。（我的这位叔祖父1941年太平洋战争后移居美国，参与了后来联合国创办工作，成为联合国终身顾问，一直住在美国新泽西，数十年在美未曾间断戏曲活动，并在香港订购大量行头，经常彩唱。80年代初程派青衣赵荣琛赴美，曾与他合作演出。因二人均姓赵，一个继承程继先的小生，一个继承程砚秋的青衣，一时有"程程赵赵，赵赵程程"之誉，传为佳话。）季老的夫人出身名门，是清末军机大臣荣庆的孙女，与我家也是世交，她说小时候常在北兵马司赵家玩耍，曾见过我的曾伯祖次珊公。

季老直至八十多岁时，每当聊得高兴，还能在屋中比划几个云手、山膀，绝对是正宗大武生的架势，一招一式皆有师承。1985年10月，季老在长安戏院演出《青石山》，饰关平，宋丹菊为之配演九尾狐。《青石山》这出戏在50年代中期以后几乎绝迹于舞台，因此观众对其剧情和人物并不了解，但其中不少人是为了观看季黄先生风采去的。那日节目单因疏忽印错，写成季老饰演吕洞宾，当吕洞宾着黄褶、执麈尾上场，场内立即响起炸雷般的喝彩，弄得台上演员不知所措，台下善顾曲者为之愕然。后来有人大呼："错了！错了！"这才稍稍平息下来。待到季老扮关平出场，彩声反倒不如吕洞宾上场时热烈了。那日演出甚为精彩，尤其是关平收狐开打，几个亮相极见前辈功力。是日我在台下观剧，躬逢其盛。

先生在80年代演了多出绝迹于舞台的京昆剧目，如昆曲《牧羊记·告雁》《浣纱记·寄子》《满床笏·卸甲》《鸣凤记·吃茶》，京剧《湘江会》《宁武关》《定天山》《青石山》等等。我在朱宅经常碰到不少京剧演员登门问艺，可见先生于戏曲腹笥甚宽，吉光片羽皆成广陵绝响。

季老事后赐我《青石山》剧照，虽是在后台所摄，但亮相的姿势很边式，先生比较满意。于是亲笔小楷题写上下款，钤以"宝襄斋"印信，我珍存至今。

季黄先生是清代宫廷史专家，对于故宫文物的鉴定曾做出过巨

1985年朱家溍先生演出《青石山》剧照，饰关平

大的贡献，又编写《国宝》等大型文物图册，是国家文物鉴定委员会委员、中央文史馆馆员，关于这些，已经早有过许多介绍，广为世人所知，故在此不作赘述。先生之所以能做出这些成就，主要来源于他自身深厚的旧学功底和文化修养。

先生出身世家，从小经眼的文物无数，1946年正式入故宫工作后，又接触到故宫大批稀世珍宝。耳濡目染，终成一代大家。先生虽不以书画家名于世，但其画作功夫却直追古人。我见过不少他早年的作品，笔墨儒雅，疏者师法倪云林，细者拟似王烟客。山水布置、笔墨皴染皆有所本，无处不合古意。某日先生高兴，从书斋中取出他临摹的韩滉的《五牛图》，工笔彩绘，极其精细，传神达意，绝非一般仿作。每次向先生请教古人书画学问，必受其益，先生的许多见解，都能脱出俗见，令人心悦诚服。前些年故宫从拍卖会上重金购得北宋张先《十咏图》，我向先生请教其真伪，先生笑曰：张先真迹仅见于著录，目前有谁见过？此件《十咏图》流传有序，有历代古人鉴跋，即使是宋人仿作，能够保存至今也是罕见，况无其他传世作品与之比较，故当以真迹视之。我很佩服先生的见解和诚挚客观的态度，千年流传的稀世珍品，如展子虔《游春图》、陆机《平复帖》，又如何能作出准确的评判呢？

先生的尊人朱翼盦(文均）先生一生收藏碑帖，仅宋拓精品就有《鲁峻碑》《乙瑛碑》《史晨碑》《云麾将军碑》《九成宫》等，皆为国之重宝，凡此七百余种都在1953年无偿捐献故宫博物院。2002年故宫在乾清宫西庑举办了“朱翼盦先生捐献碑帖精品展”，先生寄来开幕式请柬。那日适逢大雪过后，我开车从东华门入故宫，只能停在故宫消防队附近，然后步行穿过太和殿前的广场，积雪有半尺厚，非常难走，到达展室时，仪式已经结束，先生在传杉、传荣姐妹的陪同下正走出西庑大门，见我匆匆赶到，颇有不悦。这件事我一直很内疚，感到十分失礼。

先生曾赠我《故宫退食录》，收录了他关于清宫生活、书画文物、社会见闻、戏曲艺术等多方面的文章数十篇，虽然文字都不算长，但颇具史料价值，读来平实生动，从中能真实地反映出季黄先生做人、做事、做学问的一贯作风。又赠我《历代著录法书目》，是查阅历代法书流传和见于著录的重要工具书，使我从中获益良多。

1998年12月，我在家中请季老吃饭，那天先生兴致很高，于是我拿出几件旧藏书画请他一起观赏。先生对每件作品都有很精辟的评价，本拟日后请他为之作跋，先生也欣然应允，可惜后来因诸事纷扰，也是我因循拖拉，竟未能如愿，实在是件很遗憾的事情。先生对我家厨艺大加赞赏，后来偶然给他送去些食品，也都很对他的胃口。

朱家溍先生在我的书房中

许多拜访过季黄先生的人都会说他的居住环境太简陋了，尤其是进入90年代以后，很多人都改善了生活条件，像季老这样的国宝级人物却依然住在类似50年代的旧房中，且家具陈设和取暖设备也如同隔世之物，谁会相信一个捐献文物价值超过亿元的老人会如此清寒。我每次去先生那里，总会和先生分左右坐在外屋仅有的两张粗木扶手椅上，中间是个茶几，对面的方桌上总是堆满了乱七八糟的东西，直至90年代中，都一直是个12英寸的小电视机。每逢冬季，屋里就要生上蜂窝煤炉子，那炉子上坐着白铁水壶，冒着热气。里间是先生的卧室兼书房，有几件硬木家具，但也显得十分简陋。这些都与先生在青少年时代居住的帽儿胡同旧宅有天壤之别。世事沧桑，星移斗转，先生能在数十年社会、家庭和个人的巨大变迁中对臧否祸福做到宠辱不惊，随遇而安，坦然自若，依然故我，完全是由于他深厚的文化渊源和自身的修养，这是如季黄先生这样家世背景和文化底蕴的上一辈老先生所共有的特质。

季黄先生诙谐风趣，同时也很热爱生活，每逢春节将至，总会在案头摆上几盆水仙，发出淡淡幽香。他也很重视仪表，在许多重要场合和学术活动中，西服穿得十分得体，休闲的衣服也很有品位，颇有老派英国绅士风度。我见一批毕业于燕京、辅仁的前辈，他们喜欢穿苏格兰花格子绒布衬衣，骑凤头、汉牌自行车，抽英国三B烟斗，会吃西餐，能说一口流利英文。季老也有这种40年代燕京、辅仁毕业生的风格和情结。

季老和夫人都爱猫，家中的猫养了许多年。我们也常聊养猫的趣事，先生曾向我多次讲起他在武当山看见过一只活了四十多年的猫，我却不信，认为是不可能的，可先生却很固执地说是亲眼所见，并认为是在山里吃了某种草药，日精月华，才会如此长命。这个故事我也向许多人转述，但至今仍是半信半疑。

大约是2001年前后，季老经检查发现了肺癌，他从很早就十分清楚自己的病情，却一直非常乐观，照常去故宫上班，照常参加许多社会活动，甚至照常吸烟。我去看望他时，为了不影响他的健康，坚持在屋里不吸烟，后来季老发现了，问我是不是戒了，我说出来缘故，他却自己先拿出烟来吸，然后又让我吸。有次家中无人，先生忽然很严肃地问我说："我一直想问你个事，又不好启齿，你告诉我，当年令尊患肺癌，到最后时刻有没有什么痛苦？肺癌痛不痛？你要如实地告诉我。"我当时十分惊讶先生会向我提出这个问题，只得如实相告，我发现先生表现出一种很释然的样子。

先生最后住进305医院，我曾两次去医院看他，最后一次是与我妻同去的，带去一些先生爱吃的西式肠子面包和沙拉等，入病房时正逢他熟睡，不便惊醒他，仅在病房里稍坐片刻，看到他睡得十分安详，我们也觉得很欣慰，然后告辞而去。是晚传移打来电话，说先生醒来后见到我们送去的东西很高兴，说"今天晚上有西餐吃了。"于是传移给他做了三明治，先生吃得很香。万万没有想到，这次去看望先生竟成永诀。

就在先生临终前两天，他还让护士用轮椅将他推到病房走廊尽头，那里的窗户东向，正好对着近处的北海和稍远处的紫禁城。先生在那窗前坐了良久，望着他为之贡献了一生的故宫，向他所钟爱和留恋的北京做了最后的告别。

怀念绍良先生

绍良先生是我的长辈，认识绍良先生已有近五十年的时间。

说来有缘，大约五十年前绍良先生住在东四四条内的流水东巷，而我家住在东四二条，80年代我的父母搬到团结湖北二条，周先生的家也迁至团结湖北三条，因此周先生与父亲颇多往还。后来因周先生在市内有两三处住所，见面少了。最后他较长时间住在通县（今通州）的双旭花园，我曾去过三四次看望他。

东至周家与我家不仅是世谊，而且还有些亲戚关系，这个关系太初（一良）先生最说得清楚。十年前太初先生曾要我复印一部分家谱送给他，好像就是为了弄清云南萧家与我们两家的姻亲关系，后来在他的文章中也提及此事。1990年太初先生吩咐我为他的大伯周志辅（明泰）先生出版了一本旧作《杨小楼评传》，原著是志辅先生几礼居戏曲丛书之第六种，1978年曾在美国华盛顿周肇良书画馆初版，对杨小楼艺术及当时京剧舞台演出和社会生活都有可贵的参考价值。这也是周志辅先生移居美国后在大陆出版的最后一本著作。太初先生与绍良先生是叔伯昆仲，两位都是前辈，虽未能有幸在座下聆听教诲，但因种种关系，却与两位先生有过很多往来与接触，尤其是绍良先生，从小就认识，了解得更多些。

50年代至60年代初，我家住在东四，与父亲来往较多而住得近的几家是陈梦家先生、谢刚主（国桢）先生、袁翰青先生和周绍良先生，而绍良先生则是最年轻的一位，所以和他更随便一些。我小时候去东四四条流水东巷的时候，绍良先生大约只有四十多一点，但几十年来他在我印象里却没有太多的变化。早先去他家有时是父亲带我去的，也有时我替父亲去给绍良先生送信、送书和稿件，那个小四合院我至今尚有印象。绍良先生也常来我家坐坐，与父亲聊聊天。80年代初，因为同住在团结湖附近，绍良先生来家里的次数更多了，我回家看望父亲常常遇到绍良先生，往往坐下来一起聊天。绍良先生有些口吃，加上哮喘病的缘故，说话就显得吃力，所以谁都不会在他讲话时打断他，总是让他将一段话表达清楚后，再接他的话茬儿，无论赞成与否，绝对不在中间插话，这是多年来与绍良先生谈话时养成的一个习惯。每逢过旧历年，两家都会互赠一些食品，绍良先生也是一位老饕。

由于家庭背景和生活经历的关系，绍良先生除了佛教文化与版本目录学方面的渊博学问之外，还具有多方面的文化修养，如收藏鉴赏、书画、戏曲曲艺等等，这也是老一辈文化人综合素质的体现。正是因为这个原因，与先生聊天的内容可以十分广泛，绝对不会感到乏味，而且受益良多。

80年代初，天津曲艺团"文革"后首次来京演出鼓曲专场，阵容十分整齐，如小彩舞（骆玉笙）、小岚云、阎秋霞等人都再度出山，在北京长安戏院登台献艺。那日我下午五点多钟就到了西单一带，恰巧在西单南大街遇到绍良先生，他好像是刚刚从法源寺（也许是广济寺）出来，告诉我晚上要去长安听大鼓，我说我也是来听大鼓的，绍良先生显得很兴奋，说："你也喜欢这玩意儿？"又问我是否吃饭。我告诉他正在找地方打算随便吃点东西。他告诉我绒线胡同西口有家素菜馆子很好，一定要让我同他一起吃晚饭后再同去听大鼓。那天先生格外高兴，我们在这家素菜馆（这馆子开了两三年，字号已记不清了）的楼上吃了一顿很好的素菜，有"清炒鳝丝"，是用冬菇丝替代鳝丝做成的，为了酷似鳝丝，出锅后在上面撒了香菜末和胡椒面。绍良先生告诉我，这家馆子不能算是斋饭，因为芫荽属于"小五荤"，佛教是忌食的。此后这个素菜馆我又去过两三次，都没有绍良先生请我吃的那次好，后来这家馆子也就歇业了。

由于绍良先生与我的戏票不是同时买的，所以座位也就不在一处，看看我手中的票稍好于先生的，就与绍良先生旁边的观众对换了，这样两个人可以坐在一起。那日演出颇为精彩，尤其是坐在先生旁边，给我许多指点。绍良先生对天津曲艺的流派师承十分熟悉，对大鼓的源流都能道出脉络，实在是顾曲行家。后来我在《光明日报》副刊写过一篇《京韵大鼓与清音子弟书》，其实不少东西都是从绍良先生那里得来的。

绍良先生是藏墨名家，晚年欲将收藏名墨拓片出一本书，于是找我去商量出版事宜，后来我安排了编辑室主任陈果具体负责这项工作。陈果为人谦和敬爱，深受绍良先生褒奖，以至我后来和绍良先生的联系都是由他来来往往，最终出版了上下两册《蓄墨小言》。书稿出版后仔细拜读，仍发现有些错误，都是由于我们不大懂得墨品知识所致，感到十分对不起绍良先生。

《蓄墨小言》出版后，我与陈果带着几部样书去拜访先生，同时还带了数种家藏旧墨请先生鉴定。因《蓄墨小言》中所拓之"曲园著书之墨"与我手边的一块"曲园著书之墨"有很大差异，顺便也带上请他鉴别真伪。绍良先生告诉我，曲园（俞樾）所造私家之墨多种，《蓄墨小言》所拓仅为其中之一，我家那块扁形椭圆头的也是“曲园著书之墨”的一种，他亦曾见过，不会是赝品。另外有块较好的，是赵之谦所制藏。让他老人家最欣赏的是我带去的一盒“金台刘氏墨”，认为是汪节庵拣选的墨中精品，背后祥云图案中的“芷云”二字也似曾相识。

2000年以后，绍良先生因哮喘、肺气肿经常住院，每次入住人民医院病房，我都会去看他，《老饕漫笔》出版后，我请陈果先带给他一本，后来我去医院看他，他对我说：“住在医院简直闷死了，这次幸亏陈果同志送来你的书，我是仔细读的，太有意思了，里面讲的许多事情和地方都是我熟悉的，帮我回忆起好多东西，我这几天在病床上常常想起旧时的一些可记的材料，你要再帮我出本小书。”不久先生出院，很快整理了一本《馂余杂记》，虽其中大部分都在《烹饪杂志》发表过，但汇集起来也颇为可观，2003年终于面世，了却了先生的心愿。

绍良先生晚年住在通县的双旭花园，很少进城活动了，偶尔让人带封信给我。他知道我集邮，因此中国佛教协会每次开会时发行的首日封和邮折总是寄给我一份。我去双旭看他时，也常常去德国人开的肠子铺里买给他爱吃的食品，放在冰箱里慢慢吃。绍良先生在书房里有个小床，周围都是书籍。他多年来使用气喘气雾剂，后来肺气肿严重，也就不太管用了。他知道我年轻时也患过哮喘，总喜欢问我有关哮喘的一些问题。他对肾上腺素有种恐惧，可能是医生劝他少用的缘故。我主张他还是常常用一点，缓解症状，减轻肺气肿的压力，以他的年纪来说，副作用已不是主要问题，减轻痛苦才是最重要的。

绍良先生待人诚恳宽厚，更有佛门居士的慈悲胸怀，是位学养深厚的长者。他晚年的记忆力已不太好，有些事情往往记不起来。某次我去双旭看他，一进门他就对我说："通县没有什么好出产，我发现这里的炸饹馇还是老味儿，知道你今天要来，昨天下午特地叫人去买了几袋，你给令堂大人带回去尝尝！"彼时先慈去世已经两年，先慈去世时，绍良先生还打过吊唁电话来，不想他已经完全忘记了。我当时谢谢他的好意，没有向他作任何解释和纠正，我想完全没有必要再说什么了。

绍良先生去了，我去八宝山送他，碰到许多熟人，发现与我年龄相仿的，几乎都是他的学生和学界后辈，门墙桃李，我没有资格忝列其中，因此只能一鳞半爪地记下些近五十年来的琐事，权作对绍良先生的纪念。

绍良先生一生恬淡平静，与世无争，趣味清雅。祥云冉冉婆罗天，清圆智月无边，先生此时一定快乐地生活在极乐世界中。

怀念父亲

1994年的春天对我来说是最为难过的一个春天,4月13日，父亲终于离开了我们。他是在1993年6月初住进医院的，在医院中查出了肺癌。此后，他再也没有能够走出医院。在那十个月里，我与他朝夕相伴，送他走完了最后的人生旅程。那段时间的情景，现在闭上眼睛,亦恍如昨日。记得1993年的深秋，我还用轮椅推他在花园中漫步，后来天气转凉，只能在病房度过一个漫长的冬天。他喜欢阳光，盼望春天，眷恋着园中的花木。我也企盼着天气逐渐转暖，再把他推到花园中。那时，医生也常说，如果能挨到春天，呼吸一下新鲜空气，将会延缓一段生命。我常常想起欧·亨利《最后一片藤叶》,希望出现奇迹，可是却没有等到这一天。

父亲生于1926年1月18日（夏历乙丑十二月初五日），当时我的祖父在东北任职，所以他出生在黑龙江省的齐齐哈尔。取名守俨，“守”字辈，同曾祖父兄弟行均为立人旁。时年郭松龄倒戈事件平息，东北局势转危为安，故乳名为“安”。先字文伟，后改孝威。次年，伯曾祖次珊公（赵尔巽，清末东三省总督，民国后曾任清史馆馆长，领修《清史稿》)病重，父亲随祖父于秋天回京视疾。次珊公《宋拓房梁公碑跋》中曾记：“……丁卯重逢乡举之年，八十四翁无补赵尔巽病榻谨记。犹子世泽率孙俨从黑龙江省来，即命之代笔。秋节前十日。”文中提到的世泽即是我的祖父（字叔彦，号拙存，大排行九）。我的曾祖父季和公即是做过驻藏大臣，并署理四川总督、与中国近代史有着密切关系的赵尔丰。另一位叔曾祖小鲁公，就是精于收藏鉴赏的傲徕山房主人赵尔萃。

伯曾祖去世不久，父亲即随祖父移居大连海滨别墅，住了一年多时间，这是1929年至1930年底，父亲刚刚记事，在他的印象中，这是一段恬静、安适的生活。“九一八 ”事变前夕，日本人在东北已是气焰嚣张，大有“山雨欲来风满楼”之势，因此全家于1930年岁末回到北京定居，同时，也到了父亲接受教育的年龄。在此之后，父亲一直学习、生活、工作在北京。

父亲的家世和他所接受的特殊教育方式，决定了他一生的生活道路。他幼年没有上过正规的小学（1934年暑假过后，曾入育英小学四年级，因不习惯学校中嘈杂的环境，一个月后即辍学)，而是在家中延师受业。蒙学过后即从戴绥之（姜福）先生读文字学、训诂学，复讲《礼记》《老子》《孙子》等。这位戴绥之先生教授时间最长，他使用的讲义《字原》保存至今。继而从郝之卿先生读《左传》及唐宋古文。这位郝先生学识渊博，经史之外，还精通中医、化学，并发表过研究王阳明思想的文章。父亲十五岁时，又延林久博先生（清末广州将军孚琦之子）讲授《汉书》及诗词；从计照先生读中国文学史和汉魏古文。父亲在五岁至十六岁之间，受到了完整、系统的中国传统式教育，在经学和史学方面打下了坚实的基础，这在他同年龄的人中，可以说是一个特例。

父亲九岁时开始学习英文，先是请一位爱尔兰女教师在家中授课，直到1936年他考入干面胡同美国学校。从1936年至1941年的五年多时间中，他没有上过正规的高小和初中，而是先后就读于北京的美国学校和天津的圣路易学校。他在美国学校中成绩甚好，总在全班第一、第二名之间。在英语口语和阅读能力以及西方文化方面也同时打下了良好的基础，可以说又是一个特例。即使是这段时间中，回到家里依旧是中国传统文化的教育。祖父对父亲的教育十分重视，凡家中延聘的汉学教师都要亲自进行考核。祖父认为，中国的传统式教育不可废，而西方语言文化也不可不学，因此为父亲安排了这样一种特殊的教育方式。我的祖父风流儒雅，琴棋书画广有涉猎，尤其在书法和收藏鉴赏方面造诣颇深，对父亲影响很大，使他从小在家庭生活中受到一种潜移默化的文化熏陶。祖父要求父亲从小临帖，使他写得一手好兰亭，受益终生。祖父与父亲年龄相差四十三岁，他们父子之间虽然感情笃厚，但由于时代所限，缺少交流，这是父亲到晚年都一直感到遗憾的。

1941年太平洋战争爆发，北京美国学校被迫关闭，父亲才又辍学回家继续自学，请了一位吕先生兼授数、理、化，准备报考大学。

抗战期间，北京院校南迁。1943年暑假后，父亲考入辅仁大学经济系。由于他没有正规中学的毕业文凭，第一年只能暂作特别生，次年才转为正式生。父亲为什么要考经济系，我一直搞不懂，后来才知道是祖父希望他在大学里学一点“经世之学”的缘故。父亲很少向我谈起他在辅仁四年经济系学的课程，我仅知道他的毕业论文是《中国倾销问题之检讨》，至于写的是什么，他自己也说不上来。但是他对辅仁陈援庵校长以及余让之（逊）、柴青峰（德庚）、启元白（功）、周燕孙（祖谟）诸先生的文史课却留下极深的印象。可见人在青少年时期奠定的文化基础和形成的文化气质是难以改变的，这也决定了他一生的事业。

整个20世纪，对于中国来说是经历着文化大动荡、大变迁、大撞击的年代，无论是探索与反思，承传与毁灭，所给予人们的兴奋与痛苦都是真实的感受，对于生活在这一世纪的知识分子来说，感受会更为深切。我的父亲是跨越两个不同时代的知识分子，他所受到的教育又十分特殊，因此，不同时代的文化特征以及所产生的矛盾，在他身上都有所体现，他所承受的痛苦也就更为真切。

父亲是一位真正的爱国者，他对于自己祖国的挚爱是那样地深切，甚至常常溢于言表。记得父亲曾在我幼年时为我讲过都德的《最后一课》，他的感情是那样地激动，当时我困惑不解，后来我终于在他少年时代的日记中找到了答案。1937年7月，父亲十二岁，随祖父避居天津，他正从瞿润缗先生受业，读《汉书·艺文志》，正上课时传来北京沦陷的消息，师生在书房中痛哭失声。父亲在日记中写道："……平生第一次有国破家亡之感。"太平洋战争爆发之后，叔祖赵世辉（字蔗初，赵尔巽之子，其妻为张作霖之女，张学良之妹。他是联合国第一代工作人员，后被聘为联合国终身顾问）定居美国新泽西后，曾几次提出接父亲去读书，并为此做了安排。后来由于种种原因未能成行，其中最主要的一个原因是父亲眷恋故土。然而父亲对祖国的爱并非是一种狭隘的民族主义，他的眷恋和兴亡之感都是植根于对中国传统文化的情感之中。他从小耳濡目染中国文化的博大精深，以及在此基础上形成的伦理道德，对他有着最为深刻的影响。而他所接受的西方教育则更加深了中西文化的印证与交流， 使他对中国文化的内涵能有常人所不能达到的理解和诠释。与此同时，西方文化的人文意识也渗入他的精神世界，使他在这两种文化的交融之下，成为一个既有深厚旧学根底，而思想又十分开放、通达的学者。在我的印象中，他后来的生活无论处于顺境、逆境，从来都是处之泰然，也从未动摇过他做人的准则。而他处事为

父亲在工作（摄于1988年）

人的宽容平和与面对人世沧桑所具有的那种儒者的超然大度和睿智通识，则无一不体现着他所具有的这种双重文化素养。

一个人在一生中难得有机会做成一两件有益于社会、有益于后世的大事，父亲在这一点上可谓是幸运者。他自1958年调入中华书局后，在近二十年的时间里始终负责组织并实际主持了点校本“二十四史”及《清史稿》这一巨大文化工程的整理出版工作。从那时起，他与“二十四史”的整理出版工作结下了不解之缘，为此，他付出了生命中三分之一的时间。“文革”后期，《清史稿》整理标点工作上马，也是由他主持这项工作。当时就曾有人议论：《清史稿》是五十年前由赵尔巽主持编修的，五十年后又恰巧由他的侄孙赵守俨主持整理，可谓史学界一段佳话。

关于父亲为“二十四史”及《清史稿》整理工作所做的贡献，已在与他一起工作的许多专家与同事的文章中提到，并给予了极高的评价，他们所了解的要比我知道的多得多。但是，父亲在这项巨大文化工程中的敬业精神和对名利的淡泊，却是最令我难忘的。

60年代初，标点、校勘工作正式开始，全国一批第一流的教授和专家集中到北京，住在京西翠微路二号大院。当时，我家也住在院中。记得那时放学回家很少能看到父亲的身影，有时匆匆回来吃过晚饭就又去开会，直到十点多钟才回来，继续伏案工作到深夜。从工作规划的制定和修改，到专家教授的生活起居，他都亲自动手和安排，可谓殚精竭虑，处处渗透着他的辛勤劳作。直到1966年“文革”开始，这项工作才不得不停下来。1969年的中秋节，也是他随中华书局全体人员下放“五七干校”的日子，他带着对工作的渴望，对未竟事业的遗憾登上了南下的列车。1971年春天，终于恢复了对“二十四史”的整理工作，他最早从“干校”调回北京做筹备工作。虽然那时的政治空气依然是阴霾密布，但“二十四史”仍如一块巨大的磁石，吸引着他的热情与真诚。在当时的政治空气下，人员的借调，资料的汇集，规划的制定，都存在着极大的困难和压力，但他在各方面的支持下，终于使这项工作走上了正常的轨道。每天，从晚饭后到深夜，他又开始伏案工作，审读点校完成的稿件，解决标点、校勘中存在的问题。已成各史出版后，陆续收到不少读者来信，凡是涉及标点、校勘中具体问题和提出意见的信件，他都要一一阅读，并亲自回信。

1978年底，标点、校勘完成的“二十四史”全部出版，呈现在读者面前，这项浩大的文化工程终于宣告结束。翻遍全书，无论是扉页还是前言、后记，都见不到他的名字，就是由他撰写并刊登在《人民日报》《光明日报》上介绍“二十四史”整理工作的文章，也是以编辑部名义发表的。在以后的署名文章中，他也从没有在文中谈到过自己。正如在一篇记述他的文章中所写：“在成绩面前，守俨先生一直是默默无言的。在他的心里，从来没有称量过自己贡献的大小……但他的心仍然与‘二十四史’紧紧贴在一起。”父亲的敬业精神和对名利的淡泊，永远是我学习的榜样。

父亲一生致力于古籍整理和编辑出版工作，以他的学术根底和思维的敏锐来说，他应该有更多的个人著述，但一方面他留给自己的时间不多，另一方面，他治学十分严谨，不成熟的东西从不愿拿出来发表，这使他的论著有着少而精的特点。父亲在治学思想和研究方法上，服膺陈寅恪和岑仲勉两位先贤，而考据的功底又颇有清儒遗范。他读书广博，用功甚勤。不仅熟悉正史，更熟谙各类野史、笔记，对前人读史札记也颇有研究，且重视考古成就和敦煌文献资料。他还经常阅读中外学者的史学论著，十分注意新的研究成果，做有大量的读书笔记和资料卡片。父亲治学的最大特点是善于从正史、笔记及各类史料中发掘出能够反映唐人社会生活、精神风貌乃至政治关系的相关内容。他利用笔记小说材料和敦煌考古文献写成的《唐代婚姻礼俗考略》和《唐临川公主墓志记事考索》等文章，正是这方面的力作。尤其是《唐代婚姻礼俗考略》一文，至今仍是学界有关唐代婚姻礼俗研究的代表作之一。由于他个人生活和家庭的影响，他十分重视唐代科举制度乃至士大夫生活的研究。在这方面，他写有《唐代科举制度的历史作用》《唐代的科场风波》等一批论文。这些文章都体现了他以文化史为侧重点的治学风貌。

在古籍整理方面，他除了主持“二十四史”的整理工作之外，还多次参与了全国古籍整理出版规划的制订工作，提出过系统、成套的重要选题规划。他参与了从 1958 年到 1992 年三届全国古籍整理出版规划的制定。他也亲自动手点校整理了不少历史笔记，如《朝野佥载》《唐两京城坊考》以及与唐人科举关系密切的《登科记考》等。

父亲待人真诚，他与学界和学人之间的关系，绝不是一般出版社与作者之间的关系。据说有的学者在著作的出版方面曾得到过他

父亲最后一次参加全国古籍整理出版规划工作会议（1992，北京香山饭店）
左二起：张岱年、詹锳、任继愈、袁行霈、徐放、阴法鲁、赵守俨、周振甫

的无私帮助，但他无论在任何场合都从不提及，就是我也举不出具体的事例。同时，他对学术界的老一辈学者十分尊重，虚心请教。许多老一辈学者如郑天挺、谢国桢、邵循正、孙毓棠、唐长孺、王仲荦、翁独健等先生都因此与他结成忘年之交。父亲病重期间，启功先生不顾年高体弱，自己又刚刚出院，还到医院去看望他，并将自己的书法作品分赠给父亲的经治医生。八十高龄的王永兴先生两次来医院探望，令人感动。对于中、青年学者和同事，他从来是循循善诱，毫无保留地帮助和指导。无论对工作、对学问，他也一向是从善如流，他的丰富学养和谦诚精神得到每一个与他接触的人的承认和赞佩。

父亲与母亲相濡以沫，感情笃厚。我的母亲也是毕业于辅仁大学，后来因身体不好，一直在家从事些英文翻译工作。她自幼聪慧，多才多艺，除有《西学东渐记》《女权辩护》等译著外，亦擅丹青，幼年曾师从徐北汀，学“四王”笔意。母亲对父亲的一生起到了重要辅助作用，无论是父亲秉烛伏案的日日夜夜，还是在“文革”中的艰难岁月与云梦大泽的酷暑寒冬，母亲始终与他相依相伴，尽最大可能为父亲创造一个安适的生活环境。我读过不少回忆和纪念父亲的文章，几乎无不提及我的母亲，称赞她的庄静贤淑和待人的真诚热情。我想，这应该是父亲能够潜心事业和生活幸福的一个重要原因。

父亲晚年有些疏懒，他很少参加社会活动，就是学术界的一些活动参加的也不多，其实这对他的身体是很不利的。他喜欢在家中读读书，做一点读书笔记，也愿意看看电视。他常常说渴望一种恬淡的田园生活。从80年代后期到父亲生病之前，我们住在和平里而父母住在团结湖，彼此见面少了。由于工作繁忙，大概十天左右我才去看他们一次。偶尔我妻做些菜，请他们来和平里吃饭，父亲总是很高兴。我去团结湖次数少，父亲也会很不满意，对我来说，这是永远无法弥补的遗憾。从他在医院中发现肺癌开始，我和妻子轮流住在医院陪伴他，十个月朝夕相处。就是在九三年底我赴台北、香港访问期间，对医院中的父亲也是魂牵梦萦，生怕他会在那十几天中出什么问题。这十个月是我们相聚最多的日子，虽是去日苦短的痛苦时光，但仍是我至今珍视的记忆。

父亲最后的几年，常常沉浸在少年时代的记忆之中。后来翻检他的旧作，偶然发现一篇题为《幻园琐忆》的文章，这篇小文很美，但很伤感。我从来没有看到过他写散文，但读完之后，我深信这是他用心和泪写成的，这才是真实的他。他的“幻园”也是我的出生之地，虽然我离开那里只有两岁，毫无记忆，但读完之后，却仿佛真地看到了那个园子，那里的一草一木。我想，此时他一定回到了那里，那里永远留住了春天，永远留住了爱。

我和父亲在年龄上的差距与父亲和祖父的年龄差距相比要小得多，因此，除了父子情深之外，我们之间有更多的东西可以交流。父亲思想十分开放，所以他在家庭中十分民主，我们之间的和谐气氛，绝不是父子之间的伦理和“父慈子孝”的陈旧规范所维系的。我们常常可以平等地争执、探讨一个问题，可以无话不谈。我的妻子吴丽娱治学唐史，与父亲是同行，在学术方面也有很多见解可以切磋，他们之间相互了解之深，是一般翁媳难以达到的。我们与父亲之间的感情是难以淡忘的，父亲去后，我们夫妻各有一联挽之，文字虽粗浅，却是心声。

我的一联是：

是真父子，才尽不言平生功业，愿春去华落花开，仍还昔时岁月；
莫假道学，又何必计身后哀荣，盼夜永无眠有梦，依然旧日音容。

我妻的一联是：

慈爱若所生，书继业继家风继，
相知逾父女，心同道同是非同。

时间并不能消磨一切，谨以此文献上我们对父亲永久的爱。

幻园补记

十年前整理父亲遗稿时，发现他在80年代末写的一篇散文，题为《幻园琐忆》，读后感觉从内容到文风都与他平时的文章迥异，但却是他内心深处有感而发的纯情之作。如果父亲在世，可能不愿将它发表，我与妻再三考虑后，还是收入了他的《文存》之中，其目的是想还原一个更为真实的他。现将他的文章附于补记之前：

幻园琐忆（赵守俨）

“十年河东，十年河西”的俗语，生动而深刻地反映了中国各阶层社会地位和财富分配的急剧变化。十年的“轮回”，在历史长河中不过一瞬，由于社会地位变化的周期很短，中国私人的宅第园林能够传至三世以上的就比较少见，这与欧洲的社会迥乎不同。圬者王承福曾说：“吾操镘以入富贵之家有年矣。有一至者焉，又往过之为墟。有再至、三至者焉，而往过之则为墟矣。”这几句话千年以来不知引起多少人的共鸣，只有过来人才真正懂得其言之恸。

我也曾经有一个小园，严格地说它够不上一座园林，可是也颇有些花木之胜，有些园林的必要点缀，在那里留下了我的童年和青少年时代，留下了我对小园的沉挚的爱。我离开它已近四十年，实际上却一直生活在其间。到老来，那里的一草一木，小园中发生过的事，像是旧的照相底片重新经过显影，变得更为真切。我称之为“幻园”，这是依世俗观点取的名字，其实它才是真实的，只有它才是永恒的。

我永远不能忘记那“蔷薇障”“小香雪”，太湖石堆成的玲珑小洞，山后的僻静小径，绿茵半亩的老榆树。

一条长长的、两旁摆满鲜花的甬道，通向小园深处。甬道的尽头有一对搭了架子的茂密龙爪槐，夏日满地浓荫，清凉无汗。有一个时期，这小园也是狗的乐园，为了怕它们骚扰客人，又怕前后院两群对立的狗打起架来，有人出了个主意，以龙爪槐为界，“画疆而治”，在此筑起一道竹篱，在槐架当中还装了包有半截铁皮的双扉。结果这个办法对防狗并未奏效，却意外地为小园增添了掩映之趣，后来沿着竹篱种满了蔷薇，形成一道“蔷薇障”，使小园显得更加深邃。

东南角假山上有座茅亭，是全园最高处，通向茅亭的“山路”曲折萦回，颇见匠心。有的要步过池上的石梁，经过山洞，宛转拾级而上，始达山顶。有的隐在花丛里，或要经过枝叶相交、浓荫蔽日的林间小路，先把你引向池边，然后峰回路转，才隐约见到登山的石磴。山顶的亭子是我小时候每天都要光顾的地方，不在书房读书的时候，甚至流连忘返，可以在这里玩上两三个小时。亭后尚有隙地，在我们初迁来的时候，原来有座花房，后来倾圮，由于这地方出入不便，遂把花园改建在西院。我父亲曾有意把假山后的空地垫高，与亭子所在的平台相连，在上面改建阁子式敞轩，再随山势造游廊，迤逦通向西院。我对于这一畅想十分兴奋，还提出了一些补充意见。可是改建计划所费不赀，后来连维持小院的现状都不可能了，当然无法成为现实。

园中心有棵老榆树，已经是百余年前的旧物了，夏日投下一大片浓荫。大概因为它覆盖的面积太大，枝叶又过于繁密，树荫下的花木总是生长得不好，由于这个缘故，我的父亲一度想把它砍掉。我不知从什么地方得到的启发，认为这株老榆象征着一家之主，我小时候最爱我的父亲，生怕砍去对他不利，而这个想法又不能出口，于是就千方百计找借口来阻挠，结果总算保住了老榆，心理上如释重负。

我母亲的书房与她的卧房毗连，在楼上，东南两面全部是窗户，听说原来是一个大阳台改造的。窗外有紫白丁香十几株，还有海棠和太平花。每当三四月间，这些花几乎同时绽放，推开窗户，花气熏人欲醉，只听见隐隐的蜜蜂声，“下临无地”，一片花海。这间书房像一叶小舟在花海中浮荡。这种境界牢牢印在我心里，当小园成为“幻园”之后，我名之曰“小香雪”。过了许多年，凡到过小园，躬逢“小香雪”之胜的人，也常常向我谈起它，言下不胜唏嘘。当我飘零于云梦泽中，曾作过小香雪纪梦诗一首：

山岫闲云恣意游，
繁华深处隐高楼，
金衣公子犹识面，
为谱新声万古愁。

我虽然从小读旧书，却没有正式学过旧诗，因为我的父亲说，作诗会耽误“正业”（大概指正经正史），因此我的诗谈不上诗味，不过

1943年所摄“幻园”小楼一角

2003年所摄“幻园”小楼一角，与1943年同一角度照片已去一甲子

这一首倒确实是纪实之作。第二句当然指“小香雪”。第三句也是有事实背景的，我父亲的书房就在我母亲书房的下面，同样两面墙都是窗户，春夏两季，朝东的窗户总是开着的，常常可以听到黄鹂声。抗战前几年，还养了一些画眉、鹦鹉、鹩哥、八哥、玉鸟等等，散挂在窗外丁香、海棠间，花落闲庭，夹着几声鸟鸣，小园更显得幽静。古人称黄鹂为“金衣公子”，此即第三句之所指。

谈到这里，我想插叙一段我童年时代的心态。由于生长在乱离之中，从小我就感到任何事物都是靠不住的，对于这座小园，因为爱之过深，就产生了一种“怕”——深恐什么时候会失去它，与它永别。我所碰到的许多事都往往勾起了这种联想，可是这种思想活动，当时不敢也不愿向任何人提起。记得我在书房里读过一首长篇纪事诗（似乎是南北朝无名氏作品，原诗始终没有再查到过）作者是一位妇女（或模拟一位妇女），在战乱造成的颠沛流离中，追忆当年恬静美好的家庭生活，其中有这样两句：

溶溶日影上阑干，花落庭前鸟声碎。

它引起我许多的联想与深刻的共鸣。我把诗中的环境完全想象成我父亲书房中暮春之际的景象，我想有一天我会不会和此诗的作者一样，以同样凄楚的心情来追忆小园中这段恬静的生活呢？想到这里，我几乎无法克制内心强烈的伤感，这种伤感直至今天还常常再现。还有一次，有人对我讲了一部国产电影《劫后桃花》的故事，似乎讲的是家里有花园的一位小姐爱上了她家里的花匠。战争破坏了他们的天堂，她和这位花匠经历了种种苦难，经历了颠沛流离，终于又回到原来的城市。旧时宅第园林已为当权者所占，侯门似海，他们只好从半掩朱门的缝隙偷窥，突然这位小姐对她的恋人说：“我看见了，我们常常去那里玩的那棵桃花，不是正在盛开吗？”我觉得有一天我对我的小园也会像那对剧中人一样，……我心爱的小园有一天也会为别人所有，……这故事对我的触动更大，我反复回味，茫然若失，几乎不能自持，我初步懂得了“黯然销魂”的滋味。

今天小园的主人和到过那里的客人已一个个谢世了，所剩的寥寥可数，这一页很快就要揭过去了。这里不久可能夷为平地，由于它既非名园，又不是名人故居，将来不会再有人知道它的存在。我不愿意在此追忆小院中有关的人，以及我和他们感情上的联系，那里发生的悲欢离合。当年的欢笑，有些今天已化为泪。我已垂垂老矣，我不忍再写它，承受不住情感上的激荡。有许多应做的忏悔，也只得暂时从阙，俟请异日了。

在三十九年前北风呼啸的严冬里，我终于离开了我的小园，我当时清楚地知道这是永别，借用 Jeorge Elliot 的一句话，我知道“金门永远对我关闭了”。从此我脱胎换骨，铸成新人。而“幻园”也同时诞生了，那里永远是鸟语花香，永远有一个年轻的我。

附记：《红楼梦》中的大观园，实际就是曹雪芹的夸大了的“幻园”。“秦淮残梦忆繁华”，这就是《红楼梦》产生的思想动机和思想背景。许多红学家把作者的思想说得高深莫测，神乎其神，岂其然乎？

父亲所谓的“幻园”，并非是什么著名的私家园林，只是他居住了近二十年的一栋住宅和其中的小园。这里也是我的出生地，直至两岁才离开那里。所幸是这栋住宅和小园至今保存完好，从外观到内部结构经过了八十多年的沧桑巨变，居然没有什么太大的变化，不能不说是个奇迹。

“幻园”在北京东总布胡同东口（旧门牌61号，新门牌34号），从外表看，是坐南朝北的一座普通大门。进入门洞，除依门向西有一排坐北朝南的平房外，园中只有一栋两层的灰砖花园洋房，完全是西式建筑，据说是一位德国人设计的。院落十分开阔，从门洞开始的甬路向南延伸，是个很大的花园，最南端有一土丘，四周是太湖石，高处有一茅草亭（今亭已不存）。楼房的前沿，有一很宽敞的回廊，可供乘凉小憩，完全是欧洲风格。它最早的主人是那位德国人，据说因打牌豪赌，一夜之间输出，后来短期易手两次，1930年前后由我的祖父购得，1931年入住，直到1950年，父亲在那里度过了他的童年和青少年时代。

园的东南以亭为中心，形成一个园中最有意趣的所在，也是全园的最高处，那土丘虽不高，但要步入亭中，却要曲折蜿蜒拾阶而上。此间还要经过丘前小池上的石梁和太湖石砌成的石洞，更兼林木掩映，花丛环绕，虽远不及江南园林胜景，也称得上匠心独具，在北京的私家小园中算是中西合璧，小巧玲珑，从建筑格局到居住环境可谓是别开生面。

当年甬道两侧摆满盛开的鲜花，走到尽头的小园深处，有一对木架支撑的龙爪槐，东西两边是竹篱，将小园分成前后两部分。花园中树木繁茂，百年榆树浓荫铺地，小楼四周有海棠、丁香、蔷薇、榆叶梅、太平花，姹紫嫣红，花团锦簇，这就是父亲在文章中所描述的“小香雪”和“蔷薇障”。听祖母说，院中西部有一座花房（刚买下这座院落时，花房在南端亭后，后来倾圮，30年代就将花房移建在西院了），一年四季可供园中装摆的花卉及室中清供的切花，由一位专职花匠来完成全年的养护。

除却满庭花木之外，我的两位祖母还分别在院中养了许多小动物，有猫有狗自不消说，回廊中还有黄鹂、画眉、鹦鹉、八哥、玉鸟等等。我的老祖母喜欢独出心裁，居然还养了鹩哥，那鹩哥叫声很大，总会惊扰其他的饲禽，后来在亲友的劝说下，她才将那只鹩哥送人。她还一度在园中养过一只猴子，那猴子名叫“三儿”，大概是取之“猴三儿”之意，也是上蹿下跳，弄得园中不宁。父亲十来岁时喜欢养鱼，于是在西院花房前摆了两排金鱼缸，虽有花匠帮着侍弄，但父亲往往亲自动手喂食换水。夏季鱼缸招来不少蚊子，因此他双腿被蚊虫叮咬，后来留下不少伤疤。每逢暮春，园中鸟语花香，凡是到过“幻园”的亲友，都曾常常向我描述园中景色，与父亲的那篇《幻园琐忆》几乎没有什么出入。

我离开“幻园”时才两岁，对那里的居室和庭园没有留下任何印象，几十年来，完全是凭借他人的讲述，才能依稀有些想象。几年前，我的几位舅舅编写了一本关于淮安王氏的杂记，名为《敦说堂随笔》，内有多处提到东总布胡同我家旧宅的居室内部，后来又依据父亲晚年时的录音，对那栋小楼的情况才有些了解。那栋小楼的楼下有大客厅、小客厅、餐厅、祖父的书房和寝室及一个卫生间，此外还有一间客房。楼上西侧是祖母的书房和卧室，东侧是老祖母的房间，父亲的房间也在楼上。楼上有两个卫生间，上下两层的面积完全相同。园中一进门西侧一溜儿北房是家中管事和佣人们的住房、厨房以及贮物间，最西面另开门处是车房，这大约就是“幻园”的全部。

“今天小园的主人和到过那里的客人已一个个谢世了，所剩的寥寥可数，这一页很快就要揭过去了……”从父亲写这篇小文至今又过去了二十年，对这座小园中的人和事稍有了解的长辈就更少了。记下点滴所知旧事，不过是为父亲的《幻园琐忆》做些注疏罢了。

“幻园”的主人

我的祖父叔彦先生（名世泽，字叔彦，号拙存，后以字行），生于光绪十年（1884）。是清末署理四川总督兼驻藏大臣季和公（尔丰）的

曾祖父赵尔丰

任清史馆馆长时的赵尔巽

第三子，我的曾祖父在四川殉难后，他们兄弟逃出成都。辛亥后，随我的曾伯祖次珊公（尔巽）住在青岛。民国时期，次珊公就任清史馆馆长，以总裁领修《清史稿》，祖父就在黑龙江省任东三省烟酒事务专卖局局长。1928年东北易帜不久，祖父就请求卸任，从此再也没有做过任何官。1929年至1930年初，祖父买下大连海滨的别墅，在那里居住了一年多。从父亲留下的录音中可以了解到，那两年东北局势尚属平静，大连的别墅就在老虎滩附近的山坡上，环境幽静。祖父本拟定居大连，从他那时所填的一首《满庭芳》词中的“青山当户，天外海波宽”和“低唱向花间”，也可以体会到那里的美好景色和他当时悠闲的心态。1930年初，在四伯祖（名世愚，字泺生，号梅岑）和十二叔祖（名世辉，字蔗初，祖父之堂弟，赵尔巽之子）的再三催促下，才决定回北京居住，从此也就再没有去过大连别墅。

自从迁入东总布胡同61号，祖父一直过着深居简出的寓公生活，收藏鉴赏和围棋度曲占据了他大部分的生活内容。我至今收藏着他那个时候改编的明人传奇和皮簧剧本二十余出，其中据《玉搔头》改编的《凤双栖》等曾由张君秋演出。他的围棋达到六段水平，偶有故旧登门，对弈手谈，可消一日之闲。此外琉璃厂肆中骨董商频至，为他搜求些书画古玩。祖父风流倜傥，一手行楷颇有晋唐之风，用元白（启功）先生的话说：“字写得非常好，通篇精神，无一处败笔。”我现在的书房中仍挂着他临写的“兰亭”长卷。可以说，1937年卢沟桥事变之前，祖父一直如同大连的生活，优雅而闲适，经济上也是不成问题的。但自北平沦陷后，他的心情越来越差，加之东北房产收益不能到达，他也更不会在日伪时期做事，于是坐吃山空，经济上日渐窘迫。许多藏品不得不设法变卖，维持偌大一个宅

祖父居“幻园”时临写的《兰亭序》墨迹

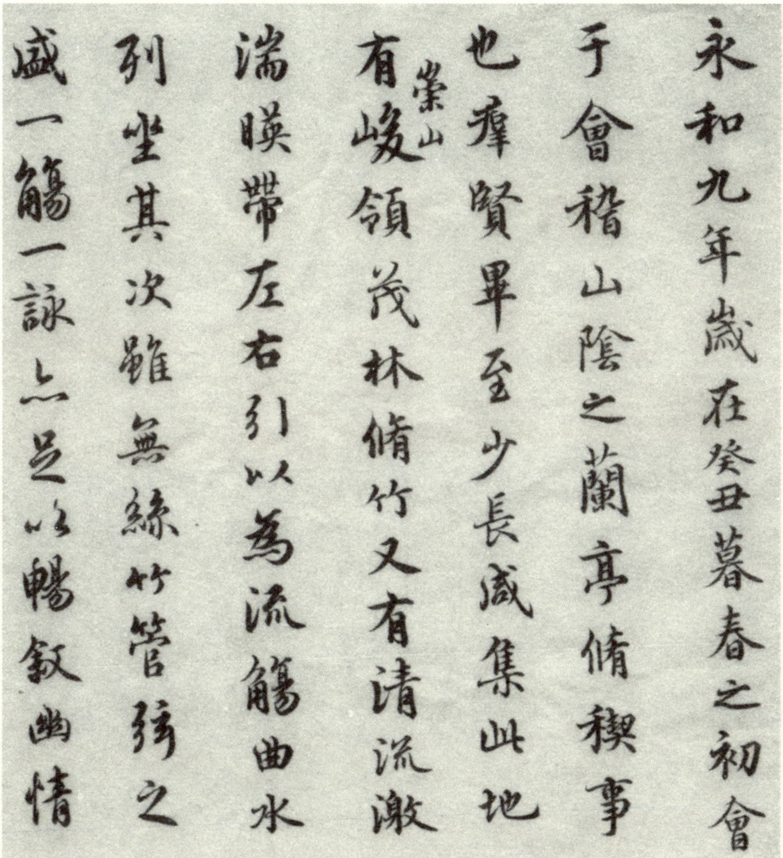

院和佣人的开支，实属不易。我听祖母说，那时祖父规定每日生活用度不得超出一块银元，虽然庭院深深，却已是江河日下了。

我有两位祖母，都是祖父的侧室，祖父的原配夫人是苏州顾氏，很早以前就去世了。老祖母姓初名婉，字静瑜，终身无出。但父亲和我小时候都得到她的庇护和抚养，对父亲视如己出，因此我们之间的感情至深，1976年去世。我的祖母姓汪名姞，字曼殊，与祖父年龄相差很大。她性格率真，为人忠厚，但却缺乏生活料理的能力，1987年去世。在“幻园”之中，我的两位祖母是较为活跃的，她们喜欢北平的都市生活，这也是祖父后来未能再回大连的原因。我的老祖母（我一直称之为“老奶奶”）绝顶聪明，处事果断，虽然文化程度不高，却能背诵《诗经》不少篇目，她的许多富有哲理性的语句至今仍在家中流传。我的亲祖母（因为她喜欢请人吃糖，所以我一直称之为“糖奶奶”）也是个性很强的人，因此两位祖母之间也会

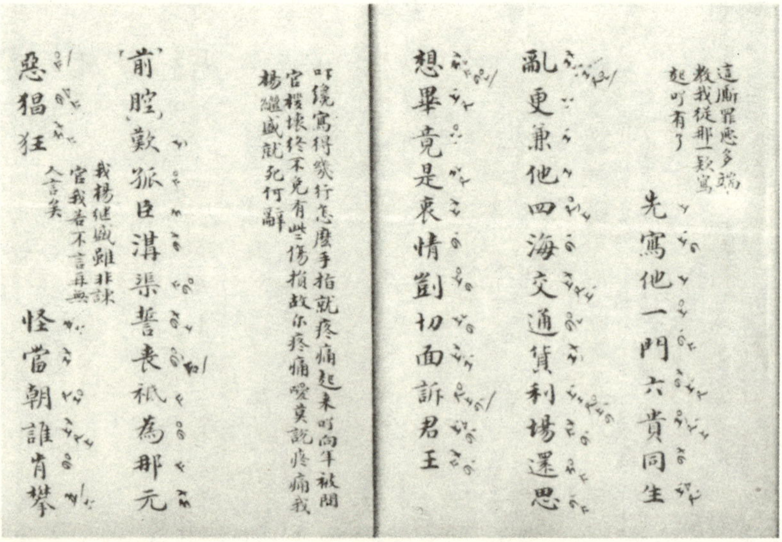

祖父手书《鸣凤记·写本》工尺谱

父亲六岁时戏装照（饰《群英会》之鲁肃，未挂髯口）

经常发生些摩擦。她能识工尺谱，会唱昆曲和皮簧。在乐器中，老祖母擅笛而祖母擅箫。由于她们的居室各在楼上东、西，于是就有了“东屋太太”和“西屋太太”之称。家中佣人厨役皆以此称之，父亲也就称她们为“东屋娘”和“西屋娘”，后来亲友也以东、西相称。

早在北平沦陷之前，家中景况尚好，祖父的生活兴趣也很浓，于是家中亲友还经常一起唱唱戏，拍拍曲子。据说曾彩唱过《四郎探母》，我的祖父饰前部杨四郎，祖母饰铁镜公主，家中管事先生郭采章饰后部杨四郎，老祖母反串小生杨宗保，另有其他亲友分饰剧中角色，着实热闹一番。父亲十四岁以前观剧颇多，也曾登台彩唱游戏，他极喜欢余叔岩，我曾听到过几句他晚年宗余派的录音，虽然气力及换气技巧不济，却也十分有韵味。余叔岩1943年去世后，他就很少看京剧了。

1931年至1950年祖父和两位祖母一直住在“幻园”，只是偶尔在天津短期居住，夏天去北戴河避暑。父亲和我都是独子，家中人口十分简单，虽然有厨佣、杂役多人，人来客往，“幻园”的生活依然是宁静的。父亲说：“……在那里留下了我的童年和青少年时代，留下了我对小园的沉挚的爱。我离开它已近四十年，实际上却一直生活在其间。”我相信这确是他的肺腑之言。父亲是一个极重感情的人，且深受中西双重文化的熏陶，他的思想感情深处对旧物的怀恋与悲悯，都给他终生造成很大的痛楚。父亲对“幻园”的依恋决不是在物质方面，而是对逝去时光的追怀与眷恋。

我保存着父亲十四岁至十五岁时的日记，是以小楷书写于线装毛边纸本上的，虽大多是流水账式的记述，诸如散步、读书、游戏，或外出购物、观剧、看电影、与同学亲友聚会等等。也偶有感情抒发，虽是“爱上层楼”的愁绪，也足见他在“幻园”中的快乐和多愁善感的心态。这是“幻园”与他之间剪不断的联系，也是四十多年来“幻园”一直使他魂牵梦萦的原因。

与“幻园”有关的人和事

东西总布胡同一带历来是人文荟萃之地，名宅私邸比比皆是，两年前北京市档案馆曾在西总布胡同举办了胡同历史展览，详述了此间第宅的变迁。令我想起《封氏闻见记》中记载唐朝代宗大历年间长安第宅更迭变易之速的文字。父亲在《幻园琐忆》中援引韩愈《圬者王承福传》的一段话，也是有感于第宅兴废所反映出的社会变迁。

“幻园”地处东总部胡同东口，距离旧时贡院很近，科举废止之后，贡院一带十分荒芜。以此向北，即是南北向的北总布胡同，3号院落即是梁思成、林徽因的寓所。他们迁入此地的年代大概在1930年，与我家搬到东总布胡同61号的时间相差不多，一直住到卢沟桥事变后才举家南迁。与“幻园”一墙之隔的59号是曾任北大校长的马寅初先生住宅，街门在我家东侧，台阶三层，是一种不中不西的奇怪风格。“幻园”对面是黄家，也即是黄宗江、黄宗英的父母和他们兄妹姐弟的家。黄家的西侧有一幢红砖墙、绿屋顶的二层花园洋房，院落十分宁静，那就是我的四伯祖梅岑公的住宅。

我的四伯祖是曾祖父季和公（尔丰）的长子，大排行四，长我祖父七岁，父亲称他为“大爹”。与祖父相比，他的性格更为内向，很少交际，足不出户，除怡情诗词歌赋之外，最有兴趣的是数学，常常一人在房中研究些《九章算术》之类的东西，30年代中已经去世。其独子守侗虽与我父亲是堂兄弟，但年龄相差很大（40年代初英年早逝）。倒是我的两位堂兄与父亲年龄相仿，名为叔侄，实似兄弟，在父亲所遗日记中到处可见他们叔侄在一起玩耍的纪录。40年代末，四伯祖侧室携我的一位堂兄举家迁往上海，东总布胡同那座红砖绿顶的花园洋房也就卖掉了。这栋花园洋房内虽有高大树木，但庭院却没有“幻园”开阔。1949年以后，成为冯玉祥夫人、当时任卫生部部长的李德全的寓所。

至于“幻园”中的客人，颇为纷杂。余生也晚，所知无多，仅就我知道的一些人物叙之。

1931年“九一八”事变前夕，张汉卿（学良）在北京短暂居住，曾来东总布胡同61号看望祖父，那时叔祖赵世辉刚刚与张学良二妹怀童结婚不久。1993年11月我在台北与少帅曾通电话，自报家门，说我是叔彦先生之孙，张学良先生马上就说出他去过东总布胡同，记忆力之好，令我吃惊。

我的七伯祖世基与梅兰芳交谊甚厚，与冯幼伟（耿光，行六，人称冯六爷，中国银行总裁）有“冯六赵七”之称，俱是梅党。祖父与梅也有过往，但不如七伯祖那样密切。20年代初，我家尚未定居北京之前，祖父与两位祖母往来于东北和北京之间，居住在北兵马司曾伯祖家中，与七伯祖、梅兰芳、冯幼伟、李释勘他们常常在一起，我见过他们同游西山的照片。七伯祖中年早逝，祖父迁至“幻园”时，七伯祖已经故去。那时梅兰芳住在无量大人胡同（后改为红星胡同）东口路北，与总布胡同相去不远。据两位祖母讲，梅兰芳也曾来过“幻园”。至于张君秋，他是祖父义子，有段时间就住在楼下客房，祖父的一些剧本就是根据张君秋当时具备的条件而撰写的。直到我祖父去世后的十余年间，张君秋每年旧历年三十晚上或初一一早都会来给两位祖母拜年。

来往的书画篆刻名家，据我所知有半丁陈年、石雪居士徐宗浩，以及王福厂、童大年等人。祖父至交陈仲恕（名汉第，清末名翰林陈豪次子，陈叔通之兄）曾赠与祖父一对铜制元押，印文为“赵九”二字，祖父大排行九，恰巧相合。祖父甚为钟爱，后不慎遗失，由童大年根据原来印文用白芙蓉料重新仿刻，钤之与原印别无二致。印章边款由童大年述其始末缘由。不久原来的元押忽然找到，合浦还珠，与童大年补刻的石料印章共存之。祖父印信及闲章、书画鉴藏印约三十余方，皆出自王福厂、童大年等名家之手，至今由我珍藏之。那时祖父曾请摄影师将所藏书画全部拍摄，制成珂罗版，这项工作十分繁杂，是分批分期进行的，前后大约用了半年时间。

仲恕、叔通昆仲都是祖父往来较多的朋友，后来仲恕先生寓居上海，多有书札往来。1949年后陈叔通（名敬第，后以字行）先生任全国政协副主席，也曾来“幻园”劝说祖父出来做些工作，为祖父婉谢。

在卢沟桥事变之前，家中曾经有过一辆汽车，牌子好像是“别克”，是那种方头方脑旧式样子，当然也就雇用了一位司机。这辆车大概使用了两年后，因汽油和司机的费用太高，而实用价值又不大，也就卖掉了，留下车房只是堆些杂物。

自从卢沟桥事变之后，祖父心境日渐颓沉，1950年因患脑溢血突然去世，年仅六十六岁。父亲在《幻园琐忆》中借用George Elliot在

《弗洛斯河上的磨坊》中的“金色的门在我身后永远地关闭了”，我想，这既是指搬出“幻园”的依惜之情，也是指祖父的离去。

“幻园”与父母的姻缘

父亲与母亲的姻缘与他们当时所居住的地理环境有着密切的关系。我的外祖父家也住在东总布胡同东口，即是弘通观甲四号，现在这条胡同几经变迁，已不存在。

弘通观虽是条小胡同，只有七八户人家，却有几所深宅大院。外祖父的甲四号即是在北洋政府“第一流人才内阁”担任交通总长并代理过国务总理的周自齐在民国初年所建，五进院落，前廊后厦，前后都有花园，住房达四十余间。后来周自齐将此房租给外祖父，他们1932年的夏天从东四北的汪芝麻胡同迁至此处，母亲时年九岁。外祖父家在此一直住到40年代末，50年代弘通观四号、甲四号和与其西邻一墙之隔的国立艺专（中央美术学院前身）大院连成一片，成为国家出版总署的办公地点。

外祖父讳毓霖，字泽民（1892—1958），江苏淮阴人，早年毕业于中国大学商学系，一生从事金融工作。三十二岁已经做到财政部库藏司司长，后任交通银行（中央、中国、交、农是旧时中国四大银行）常务董事。他一生严谨正直，为人宽厚，给我留下很深的印象。外祖父有五子二女，母亲是他的长女。

我的母亲王蓁（字景南）生于1923年，她就读中学的年代正值北平沦陷，为了不受日本人的奴化教育，外祖父将她送至米市大街的“圣心女校”，这与祖父将父亲送至干面胡同的“美国学校”都是一个道理，因为当时这两所学校的学制与课程设置完全不按日伪教育当局的规定标准执行，全部英语教学，用的也是外国教材。圣心女校是天主教教会所办，实际上是学校与修道院两重性质兼有，当

母亲1947年毕业于辅仁大学教育系

时在北京也被称之为“法国学校”。圣心的教师都是修女，被称为“嬷嬷”。学校的清规戒律也很多，例如衣服必须是蓝白两色，长裙过膝，夏季不得着短袖衣衫，一年四季不许穿长裤，不许做任何化妆修饰等等。后来母亲也在“慕贞”中学读过书。1941年太平洋战争爆发，“美国学校”被日本人强迫关闭，“美国学校”的部分学生转到“圣心女校”，父亲却没有去，一直请家庭教师在“幻园”中授课。

父亲与母亲相识是在他们1944年考入辅仁大学之后，父亲就读于经济系，母亲就读于教育系。最先认识母亲的其实是我的堂兄，他比父亲还年长一岁。后来赵家叔侄与王家兄弟姐妹常在一起玩，两家住得又是近邻，就有了常在一起开Party的事。王家弘通观甲四号的客厅有二百多平方米，能容纳四五十人共舞，成为开Party的很好的场所，于是也就越来越熟。那时我的父母常常一起骑自行车去辅仁上课，课余时间多是在北海和什刹海、后海度过的，那是他们最美好的回忆。至今我们保存着一柄父亲在1944年赠与母亲的团扇：“细雨乍停，寒悄悄，隔墙飞动笛声。浓云破处月华生，清辉分照下，两地数残更。一曲阳关人已远，难忘细语叮咛。横波脉脉动深情，露含红烛尽，漏断梦难成。翠幕高高卷，清风扑面来，残梅影里独徘徊，又是一痕新月照苍苔。”楷书清秀，词句缠绵。

从1944年至1947年他们结婚，母亲一直是“幻园”中的常客。祖父对母亲十分满意。我的祖父虽一直过着旧式士大夫的生活，但思想却不保守，他并不希望父亲与旧式人家或所谓的名门望族结亲，更不欣赏没落旗人家中的旧式闺秀。母亲的天资聪慧和文雅庄静，以及她在英文、绘画方面的才华留给祖父很好的印象。此外，还有一个重要的原因，那就是赵家与王家虽然长辈之间夙无来往，但我的外祖母家却是中国几百年来的名门望族——嘉兴钱氏。母亲的外祖父钱锦孙（字伯愚，号磊云）在清末曾做过户部员外郎，入民国后历任财政部次长，全国币制局帮办，全国烟酒事务署署长，也曾是我祖父任东三省烟酒事务局局长时的上司。母亲作为钱锦孙的外孙女，自然是被另眼相看了。我的两位祖母也十分喜欢这位尚未过

父亲与母亲新婚时摄于“幻园”室内（1947）

门的儿媳，我的老祖母常说：“简内斯（我母亲的英文名字是Janice）是半新旧的脑子。”意思就是既有新文化知识，又遵从传统的伦理道德。母亲入住“幻园”不到三年，且身份是“少奶奶”，那时从来没有操持过家务。

由于母亲受过良好的教养，又擅丹青（曾受业于徐北汀），于是祖父常常教她许多文物鉴赏方面的知识，也是她资质甚佳，对于陶瓷、书画的鉴赏都有较高的水平，以至后来文物出版社对外发行的许多汉译英陶瓷类图书，都请她做审定工作。母亲也有一些英文译著，关于这些已在《怀念父亲》等几篇文章中提到。

“幻园”留下了父亲童年和青少年时代的足迹，也见证了父亲和母亲从相爱到结婚的美好时光。那里的一泓池水，半亩蔷薇，春天的蜂飞蝶舞，秋日的萧萧落木，更多融入的是父子之情、慈母之爱，以及夫妻、朋友的挚爱亲情和友情，这就是直到他晚年病中仍然念念不忘的故园。

重游“幻园”

2003年深秋，在北京市档案馆研究室同志的陪同下，我和妻子重回“幻园”，终于替父亲完成了他的夙愿。

当我踏入“幻园”的大门，似乎立时进入了一个十分熟悉的地方，完全没有陌生之感。根据我幼时的照片，那甬路是碎石子铺就的，现在已经变成了水泥方砖，一直铺向小园的深处。东南端的土丘仍在，但在南墙外盖起了五六层的楼房。可能是盖楼时挤占了南面的面积，南墙似乎向北移了一些，而且从视觉上也显得压抑。土丘四周的太湖石像是少了些，前面的小池和池上的石梁都已不存，父亲文中所说的那个石洞也难寻踪迹。土坡上还有些石桌石凳，不知是不是当年的旧物，然而那茅草凉亭却不见了，土丘四周只有一

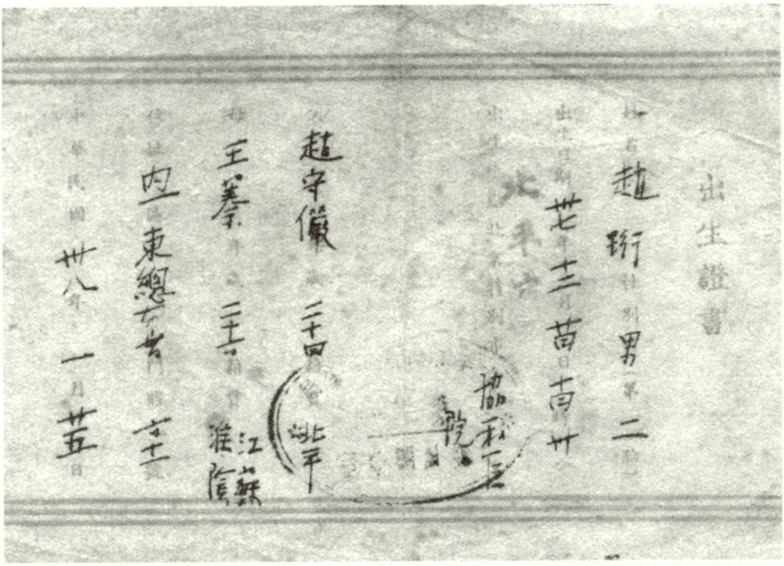

我的出生证，时居“幻园”

过周岁时与祖父摄于“幻园”（1949）

些年代不太久远的灌木和乔木。西南面肯定是被挤占，于是西院已大部不存，西面的院墙已经十分接近那座小楼了。

我没有看见楼外南侧的欧式回廊，可能是已经拆除了。从南向北的甬道两旁现在种了许多美人蕉。园中也有一个能够攀援植物的木架，但我却没有看到那两株龙爪槐。北面那排平房仍在，外面显得有些零乱，但车房还在原来的位置。大约最能体现原貌的就是那座两层小楼了，除了更换为塑钢的拉窗之外，其他似乎一切如旧。楼下部分为树木掩映，楼上原来祖母的书房和寝室与我旧有的照片对照，却没有任何改变。为了不惊扰现在的主人，我们没有进入楼内，只是围着小楼转了一遭。

半个世纪的时间，很难说是一瞬，其间有多少世事沧桑，然而小园还是那样的宁静。秋风飒飒，黄叶飘零，旧园老屋仍在，已是物是人非。小园中的悲欢离合，都已经成为过去，我不会像父亲那样能够一幕幕闪回，只是觉得五十多年的时间凝固于此。是真？是幻？我无法作出判断，我替父亲了却了一个夙愿，但我也庆幸是我代他回到故园，如果真是他在世时回到了这里，我知道他会是怎样地失望，他心中的“幻园”也许就会成为碎片。人生的许多东西实际上是虚幻的，“幻园”亦如是。消逝了的一切不能再现，还是让它存留于记忆里，萦回于梦中罢。

父亲走了，带走了他的“幻园”。从此，那个“幻园”也就永远地消失了。

后记

《彀外谭屑》即将付梓，欣慰之余，诚挚感谢三联书店同仁几年来对我的鼓励与帮助。自从拙作《老饕漫笔》出版以来，由于图书宣传及日文译本的版权代理等种种事务，与三联的领导和编辑们有了更多的接触，深深地为三联的文化气氛和敬业精神所感动，编辑部诸君与我同好，成为我的良师益友，彼此相处和谐融洽，如果没有这样的氛围，也许这本小书就未必能顺利问世了。

在此，特别向协助本书出版的孙晓林先生致以衷心感谢。同时，本书得到黄苗子前辈题签，深感荣幸。首都图书馆地方文献部的李诚先生、王伟先生和袁碧荣女士为本书提供了部分图片，并进行了扫描工作。上海《文汇报》的陆灏先生和中央电视台的李近朱先生也为本书提供了图片。北京燕山出版社的同事阙明先生作了个别插图的修版工作，封底印章为凌士欣先生所制，在此并致谢忱。

2006年6月作者谨记